麦浪滚滚

马国山 著

黑龙江教育出版社

图书在版编目（CIP）数据

麦浪滚滚 / 马国山著. -- 哈尔滨：黑龙江教育出版社，2021.12
ISBN 978-7-5709-2799-9

Ⅰ.①麦… Ⅱ.①马… Ⅲ.①长篇小说－中国－当代 Ⅳ.①I247.5

中国版本图书馆CIP数据核字(2021)第262426号

麦浪滚滚
MAILANG GUNGUN

马国山 著

策　　划	北京一书万象文化传媒
责任编辑	张培培
特约编辑	刁小菊
装帧设计	北京和衷文化传播有限公司

出版发行	黑龙江教育出版社
地址邮编	哈尔滨市道里区群力第六大道 1305 号（150070）
印　　刷	三河市百福春印刷有限公司
开　　本	787 毫米×1092 毫米　1/16
字　　数	220 千字
印　　张	16 印张
版　　次	2021 年 12 月第 1 版
印　　次	2022 年 1 月第 1 次印刷
书　　号	ISBN 978-7-5709-2799-9
定　　价	78.00 元

版权所有　侵权必究
黑龙江教育出版社网址：www.hljep.com.cn
如有印装质量问题，请与印刷厂联系。联系电话：18033633987
如发现盗版图书，请向我社举报。　举报电话：0415-82533087

作者简介

马国山,笔名半山,男,1963年生,江苏宝应人,现为北京某投资公司投资人。出版有长篇小说《芦花黄芦花白》《别岸》。

目 录
CONTENTS

一	1
二	5
三	14
四	22
五	29
六	34
七	42
八	48
九	55
十	63
十一	72
十二	83

十三	90
十四	102
十五	110
十六	117
十七	125
十八	138
十九	146
二十	157
二十一	168
二十二	176
二十三	186
二十四	195
二十五	206
二十六	213
二十七	221
二十八	229
二十九	237
三十	242

一

这个村子叫郑家洼,新中国成立前一直叫郑家洼子。据说在明朝永乐年间,有一建文旧臣为躲朱棣追杀便举家避难,来到了当时还是一片沼泽的郑家洼子。经过六百多年的岁月变迁,当初只有十几口人的沼泽孤岛现如今已繁衍成一个近两千人的大村子。

郑家洼除了郑姓人家居多,厚礼重文些,其他与别村倒也无甚大异。一二十年前整个村子还是茅草屋居多,经过这些年的发家致富,村人手头渐渐宽裕,村子里的茅草小屋基本都变成了青砖瓦房和时尚小楼,尚存的一两户可能是舍不得拆除的茅草小屋竟成了村里的历史遗迹,成了喜好怀旧的游子们的美丽乡愁。

春节过完没几天,冰雪还没消融,鞭炮的硝烟味尚未散尽,村子里凡是能走得出去的就像候鸟一样陆陆续续地走出村子,飞向他们各自的圆梦之地。喧腾喜庆了没多久的村子顿时又变得空荡荡的,几乎跟当年的郑家洼子差不多。

郑幸福也是这候鸟群里的一分子,尽管非飞不可,但是郑幸福还是能多待一天是一天,能多待一刻是一刻。昨天晚上,跟媳妇周冬至在床上,已经两回了还要,媳妇说:"你是想把一年的苞米一夜都啃光啊?"郑幸福嬉皮笑脸地说:"我就是要啃光。"便接着要做。

要搁过去,媳妇肯定会心疼老公的身子,让他悠着点,细水长流。可是眼看老公明天就要出门,这一出门就是一年半载的,自己的田里荒得长草倒也无所谓，关键是老公的水池子也不知会涨成啥样，也不知会不会溢到别人家的地里去。因为有这个担心，冬至也不管老公明天是否还走不走得动路，直不直得起腰，便由着老公恣意放浪地胡折腾。

郑幸福终于精疲力竭了，从老婆身上滚落下来，便四仰八叉地躺着喘粗气。冬至尽管累是累了点，但是这种几乎穿透了她身上每根神经的感觉却让她有着一种难以言说的满足。稍躺了一会儿，身子慢慢恢复了过来，冬至转过身子，半伏到老公的身上，故意问："还要吗？"

郑幸福连忙做投降状，求饶似的说："可不行了，身子都动不了了。"冬至笑着说："你不是说要把全年的苞米都吃了吗？"郑幸福忙抱过冬至细软的身子，长舒了一口气，说："这不一年的都吃了吗？过了今晚，明天想吃都吃不着了。"

冬至看看老公俊眉秀眼的，不无担心地说："你一出去那么久，真的能忍得住？"郑幸福看着老婆一脸不放心的样子，便紧紧抱住老婆，赌咒发誓似的说："这个你放心，我要是在外面有一点儿情况，你就杀了我。"

"胡说。"冬至连忙在她老公面颊上轻轻掐了一下，红了脸说："你想让我守一辈子活寡？"郑幸福说："不是你不放心吗？"冬至噘了嘴，言不由衷地说："我说的也不是这个意思。"郑幸福问："那是哪个意思？"

冬至本来确实有些不放心，可是这会儿见郑幸福赌咒发誓的，似乎老公没问题，倒是自己太不信任老公了，忙就改了口，傻傻地问道："我是问，要是实在忍不住呢，该咋办？总不会去犯事吧？"

郑幸福看看冬至一脸的困惑，即刻一脸的坏笑，说："那哪行。"

笑了一阵，又亲热了一会儿，两人便坐起身子，半歪在床头。郑幸福这几年一直跟一个装修队在北京给人家搞装修，郑幸福已经发过好几次狠说是要让冬至和儿子到北京去看天安门、爬长城，可是每到最后不是因为家里走不开就是舍不得花那钱，直到现在冬至和儿子也不知北京长啥样。

冬至对大城市的生活似乎非常好奇，就问了郑幸福一个很稀奇的问题："听说城里不光男人养女人，还有女人养男人的，你说是真是假？"

郑幸福笑了笑，说："这有啥？不管男人还是女人，只要有了钱，还不都一样？不管干啥不都是想着法子糟蹋钱？"

冬至一脸愤恨地说："这城里真不能去，去久了肯定会变坏的。"

郑幸福听出冬至的意思，忙纠正道："那也不全是，不要脸的毕竟是少数嘛。"

冬至感觉郑幸福好像在为这种不要脸的事辩护，忙警觉地问："你不会也不学好，被城里的女人勾搭坏吧？"

郑幸福看看冬至的眼睛瞪得快像铜铃了，忙安慰说："就你老公这样，都进四字头了，又土得掉渣，你老公就是给人家端洗脚水，怕人家还嫌你老公寒碜呢。"

"那也说不好。"冬至将信将疑，稍愣怔了一下，又认真地端详了老公一会儿，才说："谁说我老公土得掉渣的？想当初，要不是我老公帅，会有好几个女同学明里暗里跟我争跟我抢吗？"

郑幸福生怕冬至又说起读高中那会儿的尴尬事，忙岔开说："哪有啊？那不都是你自己想出来的嘛。"

"我自己想出来的？你难道忘了吴茉莉还有秦二莲是为啥成了仇人的？"冬至一想到这段往事就生气，她不光生那两个女同学的气，同样也生郑幸福的气。她想，如果不是自己多留了点儿心眼，说不定老公早被她们挖走了。郑幸福想想明天就要走了，可不能因这些不着边际的事情把老婆惹恼了，忙一把搂过老婆，指着房顶说："这点请老婆大人放心，不要说你老公又老又土的没人要，就是哪天我出头了，有人来抢，我也永远不会对不起老婆的。"

冬至看看老公一脸诚恳的样子，便指着老公说："那你向我保证，不管城里女人还是乡下女人，不管是年轻女人还是老女人，只要是外面的女人，不仅不能看，也不能在心里想，要想只能想我一个，你做到做不到？"

3

郑幸福故意问："电影里的、电视里的或者手机上的、网上的也不行吗？"

"都不行。"冬至坚决地说。郑幸福看看冬至傻傻的可笑的样子，便又举起拳头，一脸严肃像是宣誓似的说："我对我最亲爱的老婆周冬至发誓，我，郑幸福，要是胆敢偷看一眼偷想一下别的女人，就叫我生不如死，不得好死，就是死了也要变成马变成驴，转世还要听周冬至使唤。"

冬至见老公如此油嘴滑舌，就一边笑一边打，边打边骂道："谁让你发这样的誓的，谁让你发这样的誓的。"又扑到郑幸福的胸前，难得地撒娇说："我不就是怕你在外面学坏嘛。"

郑幸福忙搂紧老婆，一个劲儿地说："放心吧，不会的，永远不会的。"

二

周冬至和郑幸福都是打倒"四人帮"那年出生的。看名字就知道，周冬至正是出生在冬至那天。周冬至的爸爸当过代课教师，曾给周冬至设想过诸如文静、小雅之类很文气的名字，她妈妈可能不满于生了个闺女，就说一个乡下丫头起那么洋气的名字干吗？她是冬至生的，就叫冬至吧。周冬至爸爸觉得名字不就是用来叫的嘛，既然她妈妈给起了冬至那就叫冬至吧。于是周冬至便成了周冬至。

周冬至中等个子，圆圆的脸，尽管皮肤相较一般农村妇女要白些，但是总体上应算是黑里透红的那种。周冬至年轻的时候也漂亮过，不仅肤白腰细面目清秀，更动人的是她那双大眼睛，就像是山涧的小溪，又清澈又明亮的，让人感觉她整个人就像块水晶一样。经过从姑娘到妈妈再到普通农村妇女不同阶段的淬炼，周冬至现在除了那双大眼睛仍然像年轻时候一样有神，其他如皮肤身材已基本看不到她年轻时候的影子。

周冬至是那种得过且过比较想得开的女人。从小到大，周冬至听得最多的就是她爸爸常跟她说的那句话："人的一辈子，不要跟命较劲，不要跟自己较劲，只要讲良心，只要活得心里亮堂，你这一辈子就算对得起自己。"周冬至每每遇到不顺心的时候，遇到难事的时候，只要想起爸爸常说的这句话，心里很快就放松了下来，不管是难事、不顺心的事还是什么过不去的事，似乎都不是事。

周冬至和郑幸福都是高中毕业生，在农村里也算是有文化的人。尽管周冬至完全有机会嫁到城里去,甚至嫁个大学生,可是既然认准了郑幸福,她似乎就没再想过其他人。

郑幸福走了,村子里在外面打工的基本都走了,村子里只剩下号称"386199"部队的妇女、孩子和老人。周冬至尽管已经习惯了这样的离别,但是当家里一下子没了男人的气息,当晚上睡觉时没了男人的肩膀依靠,她的心里还是感觉空落落的。本来在周冬至心里是有一千个一万个不乐意让她老公外出打工的,她想,哪怕挣钱少些,就在镇上或是县城找个工作也不难的,可是郑幸福说,镇上还有县城哪有什么稳定的工作?再说就是有也拿不了几个钱的,一个月一两千块钱到头了,要这样咱们的儿子怎么读高中怎么上大学?到县城买套房子的梦想哪天才能实现?冬至想想老公说的也是,村里人之所以都愿意千里迢迢地出远门打工,不仅因为外面的工作比家门口的好找,更主要的是在外面挣的钱要比家门口的多,干得一般的一年都能挣个三四万,干得好的一年能挣上五六万甚至更多,这外面的诱惑力当然要比家门口的大很多。

周冬至本来想过能不能跟着老公一起出去,可是除了儿子在县城读高中正需要人盯着,最主要的是郑幸福的老母亲患了严重的类风湿,基本不能走路,总不能把老婆婆扔在家里不管不顾吧?周冬至尽管跟她婆婆闹过矛盾,对她婆婆有意见,可是当她婆婆几乎瘫痪不能自理时,她还是毫无怨言地尽起了一个做媳妇的孝心和责任。这上有老下有小的,周冬至想想也没办法,只得眼巴巴地看着村上很多小媳妇跟着她们的老公成双成对地出门挣钱,自己只有叹气和羡慕的份儿。

儿子郑正已经上高一,一过正月初五就回学校补习了,比他爸爸走得还早。儿子从小学到初中学习成绩一直很好,不知怎的去年的初中毕业考试却失常了。按照平时成绩上县一中是没有大问题的,再差也能上县二中。可最终考试成绩下来,儿子不仅上不了一中,居然比县二中的录取分数线还低两分。儿子在家里哭了好几天,最后听说想上县二中都要交好几万的赞助费,儿子就跟他妈妈说,打死也不上高中了,他要跟他爸爸一样外出去打工。儿子是个小犟驴,说要出去就真的要出去。

那天早晨，周冬至一如平常，起来后先做了早饭，喂了猪，又去祖屋里看婆婆。见婆婆已坐在床头，便把婆婆背到郑幸福给他妈妈做的一个土轮椅上，告诉婆婆说今天可能要为小正上学的事去镇上找找人。婆婆听了便焦急地说："那你还不赶快走。"周冬至知道她婆婆是个啥事也不明白的人，她也不想跟她说太多，就说："你先洗漱一下，我一会儿过来推你过去吃早饭，吃了早饭我就走，中饭我让小正做。"婆婆忙嚷着说："你可别管我，我就是饿死也不要紧，可千万别耽误了我孙子。"周冬至说："你就别操心了，我会想办法的。"

离开祖屋，周冬至又想起当年她婆婆常跟踪她，就怕她出轨找野男人的事，心里的气就不打一处来，就在心里说，你也不想想，你媳妇是个啥人？我要是那种人，会嫁到你郑家吗？尽管生气，不过想想婆婆也不是那种刁蛮的婆婆，除了这件事，其他方面还真把她当女儿待，再想想爸爸常说的那句话，周冬至心里便释然了，就想，只要自己行得端做得正，管她跟踪不跟踪呢。

周冬至回到家，就像往常一样去西屋看看儿子起来没有。推开房门，见儿子已不在屋里，估计儿子早已起床，说不定已经洗漱过了，便大声朝屋外喊："小正，小正。"连喊了好几声，也没儿子的应声。

周冬至出了西屋来到院子，朝厨房望了望，见厨房里也没儿子，便又朝院外大喊了几声，仍没儿子的回答。周冬至奇怪，儿子自拿到成绩单后就一直没怎么出过家门，每天早上都睡到她快出门了才起来，今天这是怎么了？难道他不再自己跟自己较劲了？周冬至也没太在意，就又去祖屋推了婆婆过来准备一起吃早饭。

婆婆因没见到孙子，就问："小正呢？"周冬至说："一早起来，也不知去哪儿了。"婆婆心疼地问："还哭吗？"周冬至说："不哭了，就是还是一句话不说。"

婆婆怨怪地说："就是你们，整天把孩子管得像个小驴子似的，放屁拉屎的工夫都不让孩子歇着，整天就知道让孩子看书啦学习啦，这下好，孩子都被你们管出毛病来了。"说着说着眼泪竟掉了下来。

周冬至说："现在哪家孩子不是这样？"婆婆泪眼婆娑地说："别人的孩子我不管，要是我大孙子有个三长两短的，我可饶不了你们。"

周冬至也不想跟她婆婆争辩，就吩咐说："你先吃吧，我去找找小正。"说着出了屋，走出自家院子，准备去儿子的一个叫双成的同学家里，看看儿子是不是去了他家。刚走到半道上，恰巧碰到双成的妈，就问："我儿子有没去你家？"双成妈奇怪地说："这么一大早的怎么会去我家？"周冬至更奇怪，没去双成家那去了哪里？打了招呼正要往回走，双成妈像是突然想起什么似的，就喊住周冬至说："小正妈，我怎么听我家双成说，你家儿子要出去打工？"周冬至先说："哪有的事。"想想不对，又问，"你家双成咋知道的？"双成妈说："他们昨天晚上在手机上聊了一晚上呢。"周冬至感觉不好，忙问："你家双成呢，现在在家吗？"双成妈说："在啊。"周冬至想想儿子前几天确实说过这个话，她本以为儿子只是随嘴瞎说说，现在想来儿子是不是要来真的？周冬至也不好跟双成妈多说，又跟双成妈应承了两句，便连忙快步往家返。

到家翻了翻儿子的东西，见儿子的手机和充电器不见了，他常用的一个背包还有他常用的一些东西也不见了，再看看衣柜，儿子常穿的一条牛仔裤和两件T恤，还有一件他特喜欢的夹克也不见了，便在心里一个劲儿地说："不好，不好。"

周冬至本来就不怎么管得住儿子，现在儿子说不定背着她偷偷地跑了，她不知究竟应该骂儿子还是骂郑幸福或者骂自己？尽管心里急，但是周冬至还是尽量让自己沉住气，先躲在儿子的房里给儿子的手机打电话，打了好一会儿都是关机。又给他表妹就是周冬至妹妹的女儿打了个电话，问小正有没有到她家。外甥女说："没有啊。"周冬至就推断儿子十有八九是跑了。

知道婆婆是个爱着急又爱管闲事的人，周冬至也不敢声张，见她婆婆已吃了早饭，忙把碗筷收拾了，只跟婆婆说要去镇上了，便推了电动车要走。婆婆问："小正呢？"周冬至骗她说："到双成家玩去了。"婆婆便关心地说："你早饭也不吃啊？吃个早饭也不耽误多大工夫。"

周冬至含含糊糊地说："来不及了。"便出门先拐到双成家问了问双成小正是怎么跟他说的。双成说："他只说想出去打工，其他就什么也没说。"周冬至问："他有没有说想去哪里？"双成担心这事会不会给自己惹祸，便要哭出来似的说："其他的我真的啥也不知道。"周冬至看看双成的样子，见也问不出啥，便关照双成说要是接到小正的电话，叫他马上回家。周冬至说完就离开双成家，骑上电动车匆匆忙忙地往镇上赶。

周冬至本来倒是个不急不慢的人，这会儿也不能不急了。一路上只是想着快些再快些，其他也顾不上去多想。骑了十多分钟，便到了镇上，凡是能找的地方都找了，也没见着儿子的影子。周冬至终于忍不住，就在公路边上的一棵老槐树下哭了起来。

也不知儿子到底跑了没有，他又准备去哪里？想想儿子才十六岁，要是万一跑丢了或是路上出了点儿什么事，可叫她怎么好。周冬至本来还一肚子火气，想着要是逮着儿子一定要好好教训他一顿。可是找来找去找不着儿子，她的火气慢慢变成了懊恼，就想，要是不跟儿子说赞助费的事儿子也不会不愿再上学，更不会说跑就跑了。因想起赞助费的事，周冬至心里似乎又多了一层愁。

站在大树下哭了一阵，想想现在赞助费不赞助费的还在其次，眼前最急迫的是怎么尽快找到儿子。周冬至不知是不是要把这件事告诉一下郑幸福，又担心郑幸福知道这件事后会着急上火，思来想去，觉得还是尽快找到儿子再说。

哭也没用，周冬至抹了抹眼泪，骑上电动车在镇上又转了一大圈，仍然没见着儿子，就想着是不是再到县城去看看。

正犹犹豫豫地边骑车边想，突然，"咚"的一声，还没等周冬至反应过来，就见一人已重重地摔倒在了地上。周冬至知道不好，忙刹住车，也没顾得上把车停稳，就要去扶被撞倒的人。因是从背面撞上去的，周冬至也不知被撞的是个啥人，就担心要是撞了个老头或老太，可怎么好？心惊胆战地正要先说声对不起，却见那人已坐了起来，还没转过脸，便大吼:"怎么骑车的?没见着这是在镇政府大门口?"

周冬至感觉这人的声音很熟,一下子却想不起是谁的声音,再扭头一看,果真是在镇政府大门口,镇党委、镇政府、镇人大、镇武装部好多块牌子都醒目地挂在大门两边呢。周冬至连忙道歉,说:"对不起,对不起,实在是对不起啊。"知道是个大男人,估计问题不大,心里便稍稍放轻松了些。

周冬至绕到那人面前,刚要扶那人,却一脸惊诧地叫了起来:"贾镇长,怎么是你?"

贾镇长叫贾有才,跟周冬至是同班同学,当初在学校读书的时候可是周冬至的狂热追求者。贾有才忙抬起头来,见是周冬至,马上也叫了起来:"怎么是你?"又说,"怪道刚才听声音那么熟的。"

周冬至忙伸手拉了贾有才一把,贾有才像是跳跃似的站了起来,也顾不上自己被撞坏没有,是不是还疼,就开玩笑地说:"老同学,你就是对我再有意见,也不能光天化日的这么教训我吧?"

周冬至看看贾有才好像没啥事,就满脸羞愧地说:"对不起,对不起,实在是心里有事,走神了。"又关心地问,"有没撞坏?要不要紧?"

贾有才拍了拍身上的泥灰,又扭扭腰,动了动身子,爽朗地说:"有啥事?我倒想有事呢,可是啥事也没有啊。"

周冬至这才放下心来,说:"亏得是你,要是撞了别人,还不知会咋样呢。"

贾有才看看周冬至一脸惊魂失魄的样子,再想想自己刚才的尴尬相,便笑着说:"怎么亏得是我?难道我这个老同学就该被撞的?"

周冬至尽管知道贾有才这是在开玩笑,但还是连连摆手说:"哪敢,哪敢?我要知道是你,宁可撞上汽车,也不能撞了镇长啊。"

贾有才便指着周冬至说:"你看,你看,老同学还一口一个镇长的,见外了不是?"见两人还站在镇政府大门口,贾有才赶紧招呼周冬至来到镇政府东边一个小吃店旁边,关心地问,"看你刚才骑车那么急的,是不是有什么急事?"

不说这话倒罢了，一说这话，周冬至的眼泪又要掉下来。贾有才看看周冬至的样子，知道周冬至肯定是遇到什么事了，又想着周冬至即使遇着什么事也不会求他的，便故意说："是不是不好说啊？要实在不好说就算了。"

周冬至尽管仍然不怎么喜欢贾有才总是嬉皮笑脸的模样，但是想想贾有才毕竟是自己的同班同学，而且儿子跑了也不是什么丢脸的事，就告诉说："没有不好说的，就是儿子一早不见了。"

"儿子不见了？"贾有才即刻笑了起来，说，"你儿子都多大了？好像已有十五六岁，今年秋天该上高中了吧？你还怕儿子丢了不成？"

周冬至知道贾有才没明白意思，稍犹豫了一下，便说："不是不见了，是跑了。"

"跑了？"贾有才这才理解过来，就问，"他想跑哪儿去？"

"我也不知道啊，就是不知道才急的。"周冬至满脸焦虑地说。

"哦。"贾有才若有所悟，又问，"总得有个由头吧？他为啥事要跑呢？不会啥事没有就跑了吧？"

贾有才一问就问到了根子上，周冬至也不知是不是要把事情的原委跟贾有才讲清楚。正犹豫着，就听贾有才问："是不是你儿子考试没考好，你打了他？"

周冬至忙摇头，说没有。贾有才说："那为的啥？"周冬至想想再瞒也没啥意思，只得实话实说道："因为毕业考试考砸了，就说是想出去打工呢，这不，今天一大早真就不见了。"

贾有才先说他那么小的年纪怎么能打工呢？想了想又问："那他有没有说想去哪里？"周冬至说："要是知道就好了。"

贾有才感觉这倒确实是个头疼的事，就想着现在的孩子可真是不好管，遇到屁大点儿事就会跟父母闹翻，稍微管严点儿就给你来个撒手锏，不是闹绝食，就是离家出走的，让你一点儿办法都没有。这不，自己的儿子上周还绝食了一次呢，吓得孩子他奶奶小祖宗小乖乖地叫了一天，又答应了他的全部要求才恢复了吃饭。贾有才也不好多说什么，就问："是今天一早不见的吗?"

周冬至肯定地说,就今天一大早。贾有才又想了想,就说:"要不找找派出所吧,不然瞎冲瞎撞的,到哪儿找去?"周冬至疑惑地问:"找派出所?找派出所干吗?我儿子又没惹事。"

贾有才笑笑说:"我又没说你家儿子惹事,我是说让他们帮着找人。"周冬至问:"派出所还管这事?"贾有才感觉周冬至还像上学时一样单纯可爱,就说:"派出所可不光是抓人的。"便招呼周冬至说,"你跟我到我办公室一趟吧。"

周冬至狐疑地问:"去你办公室?"又不无紧张地问,"去你办公室干吗?"

贾有才看看周冬至一脸警惕的样子,想笑又不好笑,想生气又生不起来,便只好解释说:"我是想帮你把派出所所长叫到我办公室,你好跟他说说情况。"

周冬至问:"派出所真的愿管这事?他们不会耽误我吧?"

"耽误不了,只会比你瞎找要管用得多。"周冬至刚才那话要是换个人讲,贾有才怕是早就拍屁股走人,根本不会管这闲事的。可是站在眼前的偏偏的是他的初恋,不要说有事,就是没事他还想找事在她面前表现表现呢。见周冬至还站着不动,贾有才就催说,"你是不是不想找你儿子?"

周冬至想想也没更好的办法,就推了车,说:"那太麻烦你了。"

两人一前一后进了镇政府,来到贾有才的办公室。贾有才也没顾上给周冬至让座,便给派出所所长打电话。派出所所长在电话里问了问情况,就跟贾有才商量,说是正在办一个案子,走不开,不能来镇长办公室了,看能不能请你那位同学家长到派出所来一趟,我保证把这事落实好。

贾有才想想也可以,就交代周冬至去派出所直接找一把手徐所长,又说自己还有个会,就不陪着去了。周冬至说:"这已经非常感谢了,要是找到儿子我一定请你喝酒。"贾有才又开玩笑说:"你不再撞我就行了。"便把周冬至送出门外。

到了派出所,找到徐所长,徐所长果真很热情。周冬至说了情况,徐所长说:"我们一定想办法。"周冬至问:"不用自己再去找吗?"徐所长说:"家里也得找,大家一起找比较好。"周冬至也不知他们究竟是真找还是假找,就按所长的要求做了登记,又在手机上调出几张儿子的照片转发给了一个民警,便离开了派出所。

周冬至本来并不指望派出所真的能帮她找到儿子。那天出了派出所她又去县城找了一大圈仍然没找到,就在她快要崩溃的时候,派出所来电话了,说是县城城镇派出所已经帮你拦截住你儿子。周冬至问:"真的假的?"派出所民警说:"这还有假?"

那天傍晚去接儿子,周冬至不明白派出所怎么有那么大的本事,就问徐所长。徐所长看了看周冬至,似乎就有些讨好地告诉周冬至说:"要不是贾镇长交代,哪能那么快就能找到?"周冬至没想到贾有才对她儿子的事那么上心,心说,哪天还真得好好谢谢这个老同学。

三

那天像绑架似的把儿子押回家。给儿子下了面条,儿子不吃,让他去看看他奶奶,他也不去,周冬至就有些生气,问:"你到底要咋样?"

儿子躺到自己床上,一句话也不说。周冬至便生气地说:"你要再这样,我只有给你爸打电话,让你爸回来了。"

儿子仍然不吱一声。周冬至故意拿了电话要打,儿子还是没反应。周冬至知道吓唬不住儿子,就只得坐到儿子床边,耐心地劝导起儿子:"你说你才多大啊,就到处乱跑,要是万一出了啥事你还让不让妈妈活?"说着眼泪已在眼圈里打转。

儿子小正可能被他妈妈这句话感动了,忙坐起身,转过脸来,冲他妈妈说:"要交那赞助费,我就不上学。"

周冬至明白儿子的症结还在赞助费上,就问谁说要交赞助费的?儿子说:"不是你说的吗?而且我们好几个同学也都这么说的。"周冬至知道瞒不过儿子,便改口说:"原说要交赞助费的,现在妈妈找了人,已经不要交了。"

儿子哼了一声说:"你骗小孩呢。"周冬至看看儿子像个小大人似的,便不怀好气地说:"你不是小孩啊?"儿子扬起脑袋,反问:"你还把我当小孩?"

周冬至既生气又好笑,说:"你不是小孩是啥?不要说你才十六岁,你就是结婚生孩子了,你在妈妈眼里还是个孩子。"儿子瞪了眼睛说:

"你这话根本不对。"周冬至问:"哪里不对了?"儿子也不想跟周冬至辩论,只说:"不对就是不对。"

周冬至看看儿子比自己都高半头了,就想,儿子确实长大了。因怕儿子再跑,也不再跟儿子较劲,就跟儿子讲道理道:"不管交不交赞助费,高中总是要上的吧?如果不上高中怎么考大学,不上大学今后又怎么找到好的工作?"

"上了大学又怎样?还不是一样找不到工作,一样买不起房子,一样养不起小孩?"小正振振有词,就像是已经大学毕业正在为生活犯愁似的。

"谁告诉你的?你咋就知道人家大学毕业买不起房养不起小孩?"周冬至感觉非常诧异,就想,儿子才多大啊,怎么知道这些?

"这还要人告诉我?难道我不会上网?"儿子习惯性地扬了扬脑袋。

儿子一说,周冬至终于明白了,现在的网络可真是不得了,屁大点儿孩子只要一上网啥都能知道,难怪他们这么早熟,这么独立,这么不听话。周冬至想想现在的孩子可不像他们年轻时候啥也不懂,就只得回到一个简单的道理上,说:"反正不管咋样,不上大学肯定没出息。"

"那也不一定,人家比尔·盖茨、乔布斯上了大学还退学呢。"小正一脸不屑地说。

"啥?上了大学还退学?"周冬至也没听说过什么茨什么斯的,就生气地问:"那是谁家的孩子?那么不懂事的?"

小正突然笑了起来,说:"老妈,你也太 out[①] 了。"就不想再跟他妈聊下去了。

周冬至感觉问题还没解决,也顾不得面子,便顺着儿子的话问:"那你告诉妈妈,那个什么茨什么斯的到底是啥人?"

儿子看看他妈妈求知欲还挺强,便就告诉他妈妈说:"一个是世界首富,叫比尔·盖茨,另一个是苹果的创始人,叫乔布斯。"

"苹果?"周冬至又不解了,就问:"苹果?苹果还有创始人?那

---

① out,落后的意思。

不就是随便种棵苹果树,到了年头就自然结出果子吗?"

小正又笑了起来,说:"老妈,你也太搞笑了吧?我说的苹果是吃的苹果吗?那是苹果公司的一个品牌,是做电脑和手机的。"

周冬至终于明白了。她感觉自己在儿子面前竟像个傻子,就觉得自己的高中算是白念了。周冬至尽管感觉很不好意思,但是从儿子的话题里,她终于找到了劝说儿子的由头,便说:"是啊,你说,妈妈还上过高中呢,现在啥都不知道了,如果你不上大学,到了妈妈这个年龄,那还不像文盲,像傻子一样?不要说找工作,就是回家种地怕是都不行的。"

小正沉默下来,并没有反驳他妈妈。周冬至感觉说到了要害,就接着说:"赞助费才多少钱?要是不上大学那才会后悔一辈子呢。"

儿子好像认死理,还是说:"要交赞助费,我就是不上学。"又重新躺下身子,侧向一边。

周冬至担心儿子再跑,只得威胁儿子说:"儿子,我可跟你说,其他先不说,你要是胆敢再乱跑,你妈妈我就喝了农药,叫你再也见不到你妈。"说着便呜呜痛哭起来。

小正又躺了一会儿,见他妈妈越哭越伤心,伤心的样子就像几年前他外公去世了一样,心里有些不忍,便只得坐起身,大声冲他妈妈嚷:"我不跑了,还不行吗?"

周冬至知道她的眼泪总算起了回作用,就边哭边问:"要是再跑怎么说?"小正不想再让他妈妈哭下去,看了看窗外,说:"要是再跑,我就不是你儿子。"

周冬至想想儿子尽管说起话来头头是道,其实内心里到底还是个孩子,这句话一说,顿时把周冬至逗乐了。周冬至即刻破涕为笑,抱住儿子的脑袋,亲了一口,说:"我的傻儿子,你要不是你妈的儿子,你妈不更要喝农药了?"

小正看看他妈变化如此之快,猜出他妈妈刚才可能是假哭,便还是说:"要是交赞助费,我就不上了。"

周冬至看看儿子一副犟驴样,便只好哄骗儿子说:"妈妈已找到关系，说不用交就不用交了，到开学的时候你看着就是了。"

小正本来不信，看他妈妈说的倒像真的似的，就问："到底真的假的，你们找的啥人？"周冬至说："这个你别管，反正是肯定不要交了。"

小正将信将疑，又威胁了他妈妈一句："要是骗我保准让你们再也找不到我。"说完便下床，对他妈妈说，"我要吃面。"

周冬至即刻兴高采烈，忙说："妈妈这就重新给你做。"

儿子暂时算稳住了，可是赞助费的事还像一块石头压在周冬至的心里。没找到儿子的时候周冬至怕郑幸福着急，并没有急于把这事告诉郑幸福，现在儿子没事了，周冬至想着得赶紧把这事跟老公说说。周冬至借故有事，出门来到一片空旷的菜园子旁边，看看四周无人，就用手机给郑幸福打电话。打了好一会儿，电话通了就是没人接，周冬至便生气，这个死老公，咋不接电话？又打了一会儿，还是那样，便想，可能老公还在上班，便不再打。

吃了晚饭，刚把婆婆推到她的小屋安顿下，回到院子，就听手机响了。周冬至估计是老公郑幸福打回来的，忙进屋要去拿手机，却被儿子抢了先。儿子见是他爸爸打来的电话，知道对他不利，也没征求他妈妈同意，便就打开手机，接了他爸爸的电话，问："爸爸，是你啊？有事吗？"

郑幸福在电话里问："我看手机里有好几个你妈妈的未接电话，是不是你妈妈找我？有啥急事吧？"小正赶紧说："没事，没事，我跟妈妈、奶奶都挺好的。"

听说没什么事，郑幸福似乎就放心了些，问："儿子，听妈妈说你初中考试还不错，县一中可能有些悬，县二中肯定是没问题的。我看县二中也不错啊，不管是上县一中还是县二中，反正都能考上大学，都挺好的。"

郑幸福似乎还很开心，很满意。小正知道肯定是他妈妈没跟他爸爸说实话，就不敢再跟他爸爸多说下去，只含含糊糊地"嗯，嗯"了两声，便把电话交给了周冬至，说："还是你接吧。"

周冬至接过电话，看看儿子就在身边，也不好多说什么，就只说家里都很好,因有两天没有通电话了,打电话只是想问问你在北京怎样了？身体咋样？工作还好吧？郑幸福好像有些兴奋,便汇报说:"我在这儿挺好的,昨天老板又接到一个大工程,老板说,只要这个工程做下来,每人至少能多拿好几万。"

周冬至问:"那活儿是不是更累了？"郑幸福说:"累当然是要更累点儿,但是不累哪能多挣到钱呢？"周冬至就有些心疼,说:"不要要钱不要命的,干活还是悠着点儿,更别舍不得吃舍不得花的,多顾着些自个儿的身子。"郑幸福说:"没事,没事,就我这个身体,再累的活也不在话下。"

周冬至知道老公跟她一样也是个大大咧咧的人,就装着不高兴地说:"你就能吧你。"郑幸福忙说:"老婆大人尽管放心,我一定会照顾好自己的。"因知道儿子就在他妈妈身边,郑幸福也不敢跟周冬至说什么亲热话,又重复问,"家里都挺好的吧？妈身体还好吧？"周冬至说:"都挺好的,你就放心吧。"两人反反复复地说了些平常话,似乎也没更多的话再说,便挂了手机。

通了电话,周冬至想,最要紧的事还没跟他说呢。便到厨房洗锅抹灶地收拾了一遍,又到婆婆那看了看,把婆婆安顿好,这才琢磨是在家打电话还是到外面打好？因怕儿子听到,周冬至想了想,还是拿了电话悄悄地溜出了院子。

天已擦黑,在不远处的小河边,周冬至像做贼似的又拨了郑幸福的手机。郑幸福正跟几个工友打牌呢,见是老婆的电话,赶紧把牌塞给了一个工友,出了工房,接通电话,问:"老婆,还有事吧？"

周冬至说:"当然有了。"便一五一十地把儿子离家出走想去打工还有儿子要上县二中需交两三万赞助费的事跟郑幸福讲了。郑幸福还没听完就炸了,就在电话里说要回来揍儿子。周冬至说:"你就这本事,你要真的想管儿子,就回来,不要再到外面打工了。"

郑幸福说:"那哪行啊？我要不在外面挣钱,儿子还有钱上高中上大学吗？妈还有钱看病吗？"周冬至说:"是啊。"便帮儿子说话道,

"谁还没个失手的时候，儿子也不是不用功，他之所以想往外跑，还不是心疼那赞助费。"

郑幸福还是生气，说："他要早心疼赞助费，稍用功点儿，多考两分不就啥事也没了？该怎么办？是不是一定要上县二中，镇上的高中就不能上吗？"周冬至说："镇上的高中哪能上？它们只是个职业高中，没有孩子能考上大学的，上还不等于白上？"

郑幸福好像特别心疼这两三万的赞助费，说："我本来还指望再余点钱能凑个首付，先在县城买套房呢。你没看现在的房子一天一个价，就像得了啥疯病似的，要是再这么涨下去，咱们恐怕只能在郑家洼子待一辈子了。"

周冬至当然也心有不甘，但是想想买房和儿子上学哪头重，就觉得还是儿子上学最要紧，便对郑幸福说："咱们就是在郑家洼住一辈子都不要紧，可别让儿子受一辈子穷。"

郑幸福感觉周冬至说的倒是在理，就问："那你的意思就是一定要让儿子上县二中，一定要花这两三万块钱了？"周冬至很坚定，说："是的，我早就想好了，咱们就是不吃不喝，也要让儿子读好高中，考大学。"

郑幸福尽管心疼好不容易攒下的这点钱，可是想想儿子的前途，就觉得还是周冬至说得对，不管多大事，儿子的前途才是最大的事。虽然有些无奈，只得在电话里叹口气说："既然这样了，那还能怎样？我要不要回去一趟？"

周冬至问："你有假吗？能回来一趟当然好了。"郑幸福想了想，说："那工程马上就要开工了，一时半会儿还真回不了家。"周冬至有些生气，说："明知道回不了家，还在人鼻子上抹蜜，这不是撩骚人吗？"

郑幸福出来已有两个多月了，他何尝不想回家呢？可是像他们这种打一天工挣一天钱的人又哪有自由呢？郑幸福生怕周冬至伤心，便赶紧安慰说："不是撩骚人，等我请到假，我一定尽快回趟家。"

周冬至知道这话说了等于没说，心想，不说这话还好，一说这话反而叫人晚上睡不着觉。周冬至也不想让老公这么惦记着家，便说："你还是安心上班吧，家里有我呢，你尽管放心就是了。"又强调说，"只是在外面一定要记住你跟我说过的话。"郑幸福一时也不知他跟周冬至说的什么话，便像是故意地问："我说的哪一句？"

周冬至似乎有点儿生气，就问："哪句话？难道平常你发的誓表的态都忘得干干净净了？"

经这一提醒，郑幸福即刻想起自己常说的话，便再次庄重严肃地向周冬至发誓说："我，郑幸福，要是胆敢偷看偷想一下别的女人，就叫我下辈子变成马变成驴，变马变驴也要听周冬至的使唤。"

周冬至知道郑幸福也没那个胆，便嘟囔道："这还差不多。"想想老公一个人在外面也不容易，就再次关照郑幸福要注意身体，注意安全，不要担心儿子，不要操心家里的事。郑幸福不断答应着。

见四下无人，郑幸福悄悄问周冬至："想不想我？"

周冬至说："不想。"

周冬至嘴上说不想，心里却酸酸的，似乎受不住，便说："我要挂电话了。"

郑幸福不愿挂，非要周冬至在电话里亲亲他。周冬至说："你这不又是撩骚人吗？把我撩骚起来倒没事，把你自己撩骚起来可怎么办？"郑幸福说："这个我不管，我就要你好好亲亲我。"又要赖似的说，"我要是听不到你的亲亲声，我就不挂机。"周冬至又好气又好笑的，似乎无奈，只得在手机里大声地"叭叭"了两声，笑着说："过干瘾呢。"

郑幸福也连着"叭叭"了几声，说："过干瘾也过瘾。"周冬至知道这种话会越说越难受，不敢再说下去，就再次说要挂电话了。郑幸福似乎恋恋不舍的，便深情地说了一声："老婆，我真的好想你。"

因"想"字拉得太长，周冬至这下可真的受不了了，只简单地说了声："我挂电话了。"忙摁了挂断键。

周冬至默默地站在小河边，眼泪止不住地往下流。看着河对岸影影绰绰的树木，想想她跟郑幸福从恋爱到结婚的种种不易，再想想他们两口子现在一年见不了几次面，心里似乎就有一股酸酸的东西直往外涌。

忍了好一会儿实在忍不住便蹲到地上，紧捂住脸呜呜地哭了起来。哭声里不仅有委屈、孤独与无助，更有对老公的思念和牵挂，还有天下所有女人对男人，老婆对老公的那种依赖和需要。

　　哭了好一阵，直到感觉心里畅快轻松了许多，周冬至这才止住哭，缓缓地站起身，又很注意地把脸上的泪痕抹干净，这才回了家。

四

  周冬至和郑幸福是同班同学。当初两人尽管学习成绩都处于中游水平，两人在各自的异性同学中受关注的程度却都是名列前茅的。周冬至当然不要说，那时候的周冬至，眼睛大，皮肤白，身材苗条，班上没有几个男同学不在梦里常梦到她。贾有才自然是这些常做梦的男同学中做得最深情最专注的一个，不仅常常往周冬至的桌屉里偷塞一些诸如巧克力、苏打饼干、奶黄蛋卷之类的东西，还时不时地在这些东西里夹带一两张纸条，纸条上尽管只是从书本或电视里引来的诸如"那天，我化成一只翩翩的燕，飞到了你的身边，转个弯，绕个圈，飞来飞去好几遍""一见钟情，你已偷走我的心，不由自主，从此相伴一路行，时而狂欢，只因你的点滴笑，时而悲哀，只因你的泪与意""你是风儿，我是沙，缠缠绵绵绕天涯"，但是周冬至一看就明白贾有才的意思，就感觉贾有才对她做下了什么见不得人的事，感觉贾有才好恶心。周冬至本来对贾有才的感觉还没有那么糟糕，可是随着贾有才给她写的纸条越来越多，周冬至就觉得贾有才的脖子怎么越来越长？走路的姿势怎么越来越像个小鸭子？尤其是他见着她的神情越来越像个女人，让人直起鸡皮疙瘩。因此，周冬至跟贾有才的心理距离便越来越远了。

  郑幸福之所以受到女同学的特别关注，不光因为他篮球打得好，一直是学校篮球队的中锋，更主要的是他有着一张特像那位跳了楼的香港男星的脸。除了打篮球时看不到那位"哥哥"的影子，平日里几乎一个活脱脱的"哥哥"形象，那张清秀的脸上总是透着一种说不出的忧郁，让一众女孩既爱又恋又疼，常常在梦里都会呼喊他的名字。

记得那年几个女同学一起去看《霸王别姬》，一个叫秦二莲的看完就说："咱班的郑幸福长得太像张国荣了，我就最喜欢张国荣。"另一个同学问："你到底是喜欢张国荣，还是喜欢郑幸福？"又一个叫吴茉莉的女同学便酸溜溜地说："她喜欢人家，人家也未必喜欢她呀。"

秦二莲便反唇相讥道："不喜欢我难道还喜欢你？"吴茉莉正要还击，原先那个发问的同学就问："你们讨论的到底是张国荣还是郑幸福？"秦二莲和吴茉莉都被问住了，都不好意思再说下去。

自此之后，"哥哥"便成了郑幸福的代名词，秦二莲喜欢"哥哥"也成了公开的秘密。上晚自习的时候，秦二莲一进教室，就会有男同学大声喊："我就喜欢'哥哥'。"于是满堂大笑。那个叫吴茉莉的女同学总是很生气，常私下里骂那个带头叫唤的男同学"神经病"。

也不知到底是秦二莲还是吴茉莉或者是两人都喜欢"哥哥"，由"哥哥"而爱屋及乌地把爱延伸到郑幸福身上，反正自此以后，秦二莲和吴茉莉似乎就暗暗地较上了劲，好像不管是"哥哥"还是郑幸福，都成了她们的专爱，别人一点儿也沾不得。

周冬至本来倒没太多注意郑幸福，可是随着吴茉莉和秦二莲明争暗斗的升级，周冬至竟不知不觉地对"哥哥"似乎也产生了那么一点点好感，由好感而慢慢地发酵，到了毕业那会儿，竟然情窦初开地也喜欢上了"哥哥"。

郑幸福似乎也奇怪，为他激烈争斗的他一个没看上，反倒是不声不响的周冬至成了他看一眼都会脸红心跳的白雪公主。在学校里两人倒没任何的表示，可是一毕业离开学校，两人却频繁地来往起来。

这本来倒是一个十分简单而美好的爱情故事，可是当周冬至爸妈知道后，便认真打听起郑幸福的家境，一打听便打听出事来。当周冬至妈妈听说郑幸福父亲几年前去山西挖煤在一次煤矿事故中出事死了，他妈妈带着他们兄妹仨只是靠着十几亩责任田勉强过日子时，周冬至妈妈便对周冬至发狠说:"你要是敢跟那个姓郑的好,我就打断你的腿。"

周冬至哪是能被她妈吓住的,便也说:"腿断了也要跟他好。"她妈来了句更狠的:"那你就不要做我的闺女。"周冬至说:"不做就不做。"她妈气得拿了把菜刀,扔到周冬至面前说:"你实在要跟他好,要不你一刀砍死我,要不你一刀抹了你自己脖子。"

周冬至可能是太了解她妈了,也没犹豫,拿起菜刀就要往脖子上抹。她妈见她来真的,一步上前抢下她手上的菜刀,就号啕:"我怎么生了你这么个东西。"

她爸看着闹得不成样,便对周冬至说:"既然你的态度这么坚决,那好,我就跟你说,你妈全都是为你好,不要到时候后悔了说是我们没有提醒过你。"

周冬至冷冷地说:"到死也不会后悔。"她爸说:"什么话都不要说得这么绝对。"她妈哭着对她爸说:"镇上那么多有头有脸的人家来说亲,她都不答应,偏偏看上这么个穷小子,你说她除了中了邪,是不是脑子犯了毛病。"

周冬至爸爸叹了口气,劝她妈妈说:"儿大不由娘,只好随她吧。"周冬至妈妈仍然不甘心,说:"只要我活着就不会让他们好。"

有了周冬至妈妈如此坚决的态度,周冬至和郑幸福的爱情之路自然是曲折而艰辛的。周冬至每见郑幸福一次就像做了回地下工作者。随着年龄的增长和对爱情的强烈渴望,在一个春暖花开的日子里,周冬至通过一次勇敢的行动终于彻底打败了她妈,成了郑幸福的媳妇。

那年的五月,草比往年的青,水比往年的碧,天比往年的蓝,空气中始终弥漫着一股醉人的清香。走在乡间的道路上,满眼全是青翠青翠的麦苗和金黄金黄的油菜花,麦苗和油菜花在和煦的春风中泛起一波一波的细浪,细浪之上,布谷鸟那"布谷谷,布谷谷"的啼叫声,似乎在不停地告知着人们,春天来了,春天来了。

周冬至给郑幸福打电话,让他重新到她家来提亲,郑幸福便跟周冬至商量:"让我妈来行不行?"周冬至说:"你妈见人一句话都不会说,那不是帮倒忙吗？"郑幸福想了想，说："那怎么办？要不我找个媒人到你家提亲吧？"

"媒人？你干脆让我搭个绣楼抛绣球好了。"周冬至生气地说。郑幸福想想也是，现在都什么年代了，还找媒人说亲，那不是笑话吗？郑幸福似乎有些泄气，只好说："那怎么办？"

"能怎么办？"周冬至说，"只有你亲自上门。"

郑幸福心有余悸地说："你不记得了？前年到你家，我是怎么被你妈骂出来的？"周冬至命令似的说："不要说被骂，就是挨打也要来。"

郑幸福憋闷了好一会儿，才冒出一句："我实在没那个胆。"

周冬至骂了一句："真是个孬种。"便挂了电话。挂完电话就在生气，就想，在学校怎么没看出他是这么一个人。周冬至很想跟他就此拉倒算了，可是很奇怪，每当这个念头一出现，她的心就像被刀子狠狠扎了一下，痛得她几乎无法忍受。周冬至就像吃了迷魂药一样，恨意尚未退去，爱意便像潮水般涌来。她颠来倒去，还是觉得无论如何也割不断跟郑幸福的情丝。最终周冬至还是决定要跟郑幸福联手对付她妈妈。

这天傍晚，周冬至趁着她妈去邻村姨娘家吃喜酒，便像做贼一样地来到郑幸福家。

十几年前郑幸福家还只是三间破旧不堪的砖墙屋，房后是一片小竹林，房前是一小块菜地，隔着菜地不远便是一条不宽的小河。周冬至隔着那条小河，先从远处张望了一下郑幸福家的动静，见郑幸福家门口有个晃动的身影，像是郑幸福，又仔细看了看，确认正是郑幸福，便绕了几步走过一座小桥，又走了几步，才来到郑幸福家一侧，细细喊了一声："郑幸福。"

郑幸福耳朵也算尖，即刻听到了，忙看向周冬至，见周冬至突然出现在家门口，似乎就有点天上掉下个林妹妹的味道，边喊着："你怎么来了？"边跑向周冬至。

两人面对面地站在一起，郑幸福伸出臂膀来就想抱一抱周冬至，可是周冬至却冷冷地把他推到了一边。

郑幸福只好顺从周冬至的意思，把周冬至领到家里，问："在家吃饭吧？"周冬至摇头说："不了，我还得赶回去。"郑幸福有些失落地说："来了连顿饭也不吃，不被我妈说吗？"

周冬至便问："你妈和你妹呢？"郑幸福说："她们干活还没回来，我因为村上有事找我，才回来得早点儿。"

周冬至点了点头，稍稍定了定神，便怔怔地看向郑幸福，说："我就问你一句话，问了就走。"

郑幸福说："哪有这样的？这么急？"见周冬至并没有商量的余地，便不无惶恐地问："什么话？"

周冬至犹豫了一下，说："咱们到外面说吧。"郑幸福似乎不理解，说："在家说不一样？"又说："我总得给你倒口水喝吧？"周冬至说："我不渴。"说着已经走出了门。

郑幸福无奈，只好跟着周冬至。见周冬至态度一直很冷淡，来了没有几分钟便要走，心里忐忑不安，就担心会不会有什么事发生。

周冬至在前面走着，郑幸福在后面跟着。已经到村口了，周冬至还没说出那句要问的话。郑幸福就在心里想：十有八九是来跟我摊牌的，看来是凶多吉少，不是好事。可能是太过紧张，郑幸福突然一个趔趄，差点儿跌倒。周冬至忙回过头来，看向郑幸福，就见郑幸福脸色灰白，两眼无光，额头似乎还冒着虚汗，像是犯了病一样。周冬至忙住了脚，问："你怎么了？"郑幸福稍镇静了一下，便摇了摇头说："没啥。"

周冬至看着郑幸福一副失魂落魄的样子，再次问："真的没事？"郑幸福说："真的没事。"于是两人又继续默默地往前走。

太阳早已落山，天空已渐渐地灰暗下来，四周就像有一块巨大的幕布正徐徐地往下降落。快到两人都很熟悉的那片枣林了，周冬至还是没把那句话说出来。郑幸福受不了这种煎熬，便立住脚，壮起胆子冲周冬至喊："有啥话你就直说，别这么折磨人。好不好？"

周冬至回转头，似乎有些不解地看向郑幸福，反问："折磨人？"

郑幸福说："还不折磨人吗？说是一句话，到现在也不说，不就是不好意思开口，就想让我开口吗？"

周冬至瞪起大眼睛，问："那你觉得是句什么话？"郑幸福似乎害怕周冬至的大眼睛，忙侧过脸，嘟囔道："这还要问吗？"

周冬至冷笑了一声，大声说了一句："连个亲都不敢提，你还是个男人吗？"扭过头便继续往前走。

也许是周冬至走得急了，也许是郑幸福心思重步子沉，没有一会儿两人竟拉开了好一截。

郑幸福眼看都快看不到周冬至的影子，感觉是不是从此再也见不着周冬至了，便就鼓足勇气，一路小跑，猛追上周冬至，从身后一把抱住周冬至，连说："我去提亲还不行吗？我去提亲还不行吗？"

周冬至挣扎着回转身，问："你真有那个胆？"

郑幸福说："有。"底气似乎并不足。

周冬至再次冷笑了一声，问："我今天来不是要你去提亲，就是问你到底还想不想娶我？"

郑幸福放大嗓门说："当然想了，做梦都想。"

周冬至盯着郑幸福，几次张口却都顿住了。郑幸福再次抱紧周冬至，动情地说："冬至，我爱你，千万别离开我，我会一辈子都对你好的。"

周冬至故意地问："真的吗？"郑幸福说："如有一点儿假我愿马上被老天爷收走。"

周冬至赶紧捂了郑幸福的嘴，说："谁让你发这样的誓？"

周冬至看了看周边，又看了看那片枣林，双颊突然一阵绯红。她拉了拉郑幸福的衣角，就问郑幸福："路上有人，咱们到林子里说，好不好？"

郑幸福感觉周冬至说话的声音似乎有些颤抖，脸上的神情显露着一种难以言说的羞涩。郑幸福想起这片枣林正是他们的初吻之地，也没说话，便就拉过周冬至的手，匆匆来到枣林里。

两人找到那棵据说已有上百年树龄的老枣树，还没站定，郑幸福就已把周冬至紧紧地箍在怀里，热烈地亲吻起周冬至。两人越抱越紧，呼吸也越来越不匀称。周冬至的呼吸似乎比郑幸福的还要急促，心脏更像是被乱敲的小鼓"咚咚"作响。

天越来越黑，两个人的热度似乎也越来越高。就在郑幸福第一次把手摸向周冬至丰满的胸部时，周冬至似乎浑身战栗起来，在阵阵酥麻中，周冬至似乎有些含糊地喃喃地说："我要把生米煮成熟饭，我要把生米煮成熟饭。"

郑幸福不知是没有领会周冬至的意思还是没有那个胆，只是继续在周冬至的胸脯上摩挲着，并没有进一步的意思。周冬至抓住郑幸福的腰带，再次提示郑幸福："我要你今天就把生米煮成熟饭。"

郑幸福终于理解了过来，激动地问："行吗？"周冬至再次拉了一下郑幸福的腰带。郑幸福似乎没有了任何顾忌，他激动地抱起周冬至，弯腰将周冬至轻轻地放在草地上。他似乎已无法控制自己，一边俯下身子狂热地亲吻着周冬至，一边摸索着脱解了周冬至的衣裤。

黑幕已完全拉下，满天的星星就像一双双美丽动人的大眼睛，不断闪动着，似乎在相互诉说着无穷无尽的醉人的情话。忽的一阵风起，枣树叶摇动，蛙声此起彼伏。随着短暂的风动过去，两个年轻的身体紧密地交会在一起，他们摸索着，跃动着，战栗着，他们就像两头初涉战场的年轻骏马，激烈地奔腾嘶吼，他们要让自己在这激昂的战斗中尽情驰骋，不断地向前向前。

后面的故事可以想见，两个月过后，周冬至发现真的生米煮成了熟饭后，便大胆地把这一结果告知了她妈妈。她妈妈先是对周冬至一阵如雨般的捶打，接着便是撕心裂肺的号哭，再接着便对周冬至说："我再也没你这个闺女。"

说是没有这个闺女，可是当他们发现周冬至的肚子越来越隐瞒不住的时候，他们还是很快乖乖地把周冬至嫁到了郑幸福家。

郑幸福做梦也没想到幸福会来得如此之快，他不仅顺利地成了周冬至的老公，还这么快就要做父亲了。洞房花烛之夜，他在激动兴奋之余，对着他爸爸的遗像跪着对周冬至发誓说："这辈子，我郑幸福如果做下任何对不起我老婆周冬至的事，就叫我天打雷劈，不得好死。"吓得周冬至赶紧捂了郑幸福的嘴，小声说："大喜的日子，咋能说出这样的话。"

五

除了贾有才，能托的关系基本都托了，周冬至终于让儿子上了县二中。

那天在贾有才的办公室里，周冬至跟贾有才说得真真的，说是找到儿子一定要请贾有才喝酒。可是事情都过去半年多了，周冬至也没能兑现那句话。这事要搁别人，早不知忘到哪里去了，可周冬至偏偏不是那种说话不算话的人，既然说过的那就一定要兑现。之所以没能兑现，主要原因不在周冬至，而在贾有才老婆那里。

自那天误打误撞碰到了周冬至，贾有才便有好几晚辗转反侧，夜不能寐。贾有才睡不好觉不是担心周冬至儿子再跑他还要再帮着去找派出所所长，也不是因为工作操心，而是毕业这么多年，周冬至似乎在刻意回避着他，除了偶然碰到，只是像一般熟人那样随意打个招呼道："吃了吗？""吃了。""挺好的吧？""挺好的。"几乎没有更多的交流，更没有单独相处的机会。就在贾有才几乎要下决心彻底把周冬至锁进记忆仓库的时候，偏偏的周冬至自己找上了他，也不知是有心还是无意就撞着了贾有才。贾有才一想起上学那会儿周冬至闪着那双像清泉一样明亮的大眼睛，偶尔冲他一笑，让他犹如遭到电击一般，就睡不着觉。他就不明白，为啥自己家庭条件那么好，竟然竞争不过那个啥也不是的郑幸福。尽管过去了这么多年，尽管老婆长得也不赖，可是贾有才就是忘不掉周冬至的大眼睛，忘不掉周冬至的笑。现在终于有了一次跟周冬至

"碰撞"的机会，而且他还实实在在地帮了她，就像当初追求周冬至，他偷偷往周冬至的桌屉里放了一块巧克力，又亲眼看到周冬至把巧克力吃了，这种感觉就像在梦里偷偷拥抱了周冬至一样。

一般男人对于没有追求到的初恋情人，他们梦寐以求的并不是重新得到初恋情人，而是怎么有机会再向初恋情人展示一下他现在的成功，好让初恋情人不仅痛悔于当初的选择，更幻想着错失的王子能否原谅她当初的愚蠢，能否让她再做一次正确的选择。贾有才基本也属于这类男人，自从贾有才当上副镇长以后，贾有才就一直幻想着哪天周冬至能痛悔地对他说："当初我俩为啥就没好上呢？"

那天周冬至说找到儿子后一定要请他喝酒，他自然没有把此话当真，这就好比刚好在饭点走到人家门口，人家问："吃了吗？"你说："还没呢"，人家说："就在这吃吧？"你要说："好的"，人家肯定认为你是个二百五。贾有才尽管不是这种二百五，但是他内心里多少还是希望周冬至说话算话，真的能约他喝一次酒。当然，喝酒肯定不会让周冬至买单的，他要的就是个机会。

这么想着，贾有才就一直期盼着能接到周冬至的电话。可是这个周冬至自找到儿子后就像啥事也没发生过，都很久了，别说请他吃饭，居然连句感谢的话也没有。这就让贾有才不仅失落更有点寒心，他不明白周冬至怎么变成了这种不明事理的人。

如果仅从世故人情来看，贾有才这么看待周冬至也有一定道理，但是如果要从贾有才曾经追求过周冬至看，贾有才这么看待周冬至，不仅说明贾有才到底还是不了解周冬至，同时也证明他确实是个心眼儿不大的人。其实，自找到儿子后，周冬至就一直想着怎么感谢一下贾有才。本想先打个电话表示一下谢意，可是那天拿起电话又犹豫了，就想，现在正为儿子上学少交赞助费的事在到处托关系找人，如果这时给贾有才打电话，不是明摆着要请他帮忙吗？而对于这点周冬至心里的红线却划得很清楚，不管要交多少赞助费，哪怕托遍了全镇也不能去托贾有才找人。周冬至之所以要划这条红线，不仅因为她不想欠下贾有才太大的人情，更主要的是郑幸福对于她跟贾有才之间的关系一直很敏感。如果她求了贾有才或者贾有才反过来很热心这件事，又倘若这事被郑幸福知道了，郑幸福会怎么想呢？正因为如此，那天周冬至犹豫再三还是没有给贾有才打电话。

大概过了一个多月，县二中已经给了明确的回话，不管找谁都没有商量的余地。周冬至先是大哭了一场，然后还是一文不少地交了赞助费。

交完赞助费的第二天，周冬至便给贾有才打电话，准备请贾有才喝酒。可是事又凑巧，那天周冬至忽略了是星期天，贾有才的手机可能就放在他老婆身边，接电话的不是贾有才而是贾有才的老婆。贾有才老婆是个远近闻名的大辣椒，又是个醋坛子，一听是女人电话本就警惕，再问是谁，答说是周冬至，即刻阴阳怪气地说："哎哟，是老贾的老同学啊，我还以为是谁呢。你找老贾啥事啊？是想重叙旧情，还是想请老贾帮点儿什么？"

周冬至刚解释了一句，就听贾有才老婆厉声叫道："别以为我不知道你们以前的破事，我可警告你，如果再让我发现你勾引我老公，可别怪我不客气。"

周冬至只听说贾有才老婆不讲理，没想到她如此不讲理，本想在电话里跟她理论几句，转念一想，像她这么不讲道理的人你还有理跟她讲吗？便愤怒地挂了电话。挂了电话后，周冬至又大哭了一场，哭完便发誓，以后再也不会给贾有才打电话。

周冬至连电话都不可能再给贾有才打了，所以更不可能请贾有才喝酒，自然请喝酒这句话也就无法兑现了。尽管如此，那天贾有才帮她找到儿子这个人情毕竟还没有还，周冬至也不知怎样才能还掉这个人情，所以至今心里仍然纠结着。

进了农历二月，天渐渐暖和起来，大地开始复苏，庄稼和树木也开始慢慢地变绿。村子里好多人家的责任地都已流转到种田大户的手里，尽管流转后每亩地每年只有四五百块的收入，可是这毕竟是旱涝保收的，最主要的是流转给别人以后就不需要再日出而作日落而息，不需要再为地里的庄稼啥时灌水啥时施肥啥时收割等等操心,所以现在村上除了老庄稼汉和那些会算计的,基本都不再种地了。周冬至因为不想偷懒,所以一直没舍得把地流转出去,直到这次春节郑幸福回来,在郑幸福的近乎哀求下,周冬至才勉强地跟那个承包大户就是郑幸福的本家叔叔签了流转合同。

那天签订流转合同后,周冬至当着那位本家叔叔的面就对郑幸福说:"你看,地是不要种了,可是人却闲了下来,以后总不能天天打麻将吧?"

郑幸福说:"打麻将就打麻将吧,庄上好多人不都是靠打麻将过日子?"周冬至撇了嘴说:"我可不想过那样的日子。"

两口子本是随便说说,可边上郑幸福的本家叔叔却留了心。郑幸福的这位本家叔叔名叫郑耀明,村上人都叫他"真要命"。尽管才五十出头,可因是个秃顶,除了后脑勺挂着几根稀软的毛发,基本就是个秃头,所以整个人看上去就像个小老头一样。他偷眼瞄了周冬至一眼,就见这个本家侄媳确实是村上数得着的,不仅漂亮又有文化,就想,要是把她招到自己那里说不定还真能派上大用场。他眨巴了一下眼睛,又特意看了一眼周冬至,就插话说:"怎么会没事干呢?你不要到别处,就是到我那儿,我也不会亏待你的。"

郑幸福问:"到你那能干啥?难不成还要再种地?"

"真要命"轻蔑地看了郑幸福一眼,说:"哪能再种地?能干的多了。"见郑幸福两口子都很怀疑,便又说,"比如给我的工人买菜做饭啦,还有帮我在网上订种子买化肥卖粮食,还有就是帮我盯着那些工人,别让他们给我投机取巧,偷奸耍滑。"

郑幸福好像有些动心,便问:"你那能开多少工资一个月?"

"真要命"想了想,说:"怎么的也得千把块吧。"

周冬至因听说他们的这位本家叔叔跟村里村外很多女人不清不楚的,所以一直对他没什么好感,这时便像是开玩笑地说:"那不就成过去地主家的狗腿子了?"

"真要命"笑了笑,说:"现在都是什么年代了,哪来的什么地主家的狗腿子？"郑幸福生怕本家叔叔不高兴，忙解释说："冬至是跟你开玩笑的。"

周冬至因已想好不可能到"真要命"那儿，先说："是啊，说笑的。"又故意说，"千把块也太低了吧？"

"真要命"觉得这个侄媳的胃口还不小，说："千把块还低？我那下地干活的一个月才开千儿八百的。"看着周冬至好像不为所动，"真要命"稍犹豫了一下，便像是痛下决心地对周冬至说，"你要真的愿来，我给你再开多点儿怎样？"

郑幸福心想，就"真要命"说的那样的活，一千多确实不少了，而且在他本家叔叔那干活，多少总能照应些，就问周冬至："要不就到二叔那试试怎样？"

周冬至瞥了郑幸福一眼，尽管心里很生气，可是在"真要命"面前也不好表现出来，便拿了流转合同，笑着对"真要命"说："刚才只是说着玩的，其实我在签合同前就已在镇上找好了事做，过两天就去上班了。"

郑幸福很吃惊，问："怎么没听你说过？"

"真要命"很是气恼，即刻拿了流转合同，头一甩，说："耍人玩呢。"便气呼呼地走了。

郑幸福看着"真要命"的背影，便责怪周冬至道："你这样不是有意要让二叔不高兴吗？"周冬至忙瞪起眼睛，反问："你难道不知道他的为人？"

郑幸福先是愣怔了一下，稍转念一想便醒悟过来，就觉得还是老婆的脑子清醒。

六

  现在,地已流转出去,儿子也住校了,只有老婆婆还需要伺候。婆婆也就一天三顿饭的事,其他倒没什么累赘的,如果在镇上找个事做,对照顾婆婆倒也没什么大影响。于是,一开了年,周冬至便到镇上打听谁家要人。

  周冬至高中毕业后曾在自家的村子顶替她爸爸当过一年多的代课教师,后来因为国家取消了代课教师,所有教师都必须通过考试才能录取,周冬至没能通过考试,自然被淘汰了。她爸爸认为这样对待他们这些老代课教师的顶替子女很不合理,多次去镇上说理,镇里只说是国家统一政策,他们也没办法,便不了了之。周冬至爸爸无奈,最终也只得认命了。周冬至嫁到郑家洼后,曾到镇上的好几家工厂上过班,后来因为郑幸福要出去打工,家里的责任地没人种,儿子和婆婆也没人照顾,周冬至只好回到村上既种地又照顾家。

  周冬至终于又能摆脱自家那一亩三分地了,心里多少有些开心,不过经打听才得知,镇上的几家工厂要人倒是都要人,只是常常三五个月才发一次工资,而且工资水平也不高,一个月也就千把块钱,周冬至的心便又凉了下来。

  这天一早,周冬至去镇上买排骨,准备做了糖醋排骨给儿子送去。路过镇上最大的一家公司叫华顺发食品集团的,恰巧碰到那个曾跟她抢老公的同班同学秦二莲,正准备避开她,就听秦二莲老远主动招呼道:

"周冬至，你干吗呢？你这是要去哪儿啊？"

秦二莲老公的表叔正是这家华顺发的二股东，秦二莲和她老公都在华顺发上班，秦二莲是公司里的会计，她老公是公司的销售员。上学期间，周冬至跟秦二莲的关系本来倒是情同姐妹的，后来正因为秦二莲不顾姐妹情谊，明知周冬至在跟郑幸福谈恋爱，还私下里给郑幸福写了好多封热辣辣的情书，而郑幸福居然把秦二莲写给他的情书和盘交给了周冬至，这就使得周冬至和秦二莲的关系一下子降到了冰点。自那之后，两人七八年没有过任何联系，直到毕业十周年同学聚会，秦二莲婉转地向周冬至认了错，两人才冰释前嫌，又恢复了来往。

周冬至见秦二莲已走向自己，只得主动迎了上去，说："没干什么啊，正想去买点儿排骨给儿子做糖醋排骨呢。"

秦二莲对周冬至家的情况还比较了解，就说："你儿子不是考到县二中，住校了吗？怎么还要给他做菜？"

周冬至解释说："是做好了送到学校，我儿子最喜欢吃糖醋排骨了。"

秦二莲说："真是可怜天下父母心啊。"

周冬至笑笑说："咱们还不是都一样？"

秦二莲忙摆手说："我跟你可不一样，我对我们家闺女可没这么好。"

因说到小孩，两人围绕孩子聊了一会儿后，秦二莲便问："怎么好久没见着你了，在忙啥呢？还舍不得你家那能生金子的一亩三分地？"

周冬至说："哪里啊，还不是上有老下有小，哪里也走不得的。我可不像你，天天有老公在身边疼着，啥事也不需要你操心的。"

秦二莲是个嘴巴直通肠子的人，心里藏不住一句话，听了就说："不需要我操心？你又不是不知道我老公，他可是个属野猫的，只要外面能偷着腥，家里就不会见到他的影子。还不如你家老公尽管一年回不来几次，心里却总是惦记着你们的。"

周冬至看了秦二莲一眼，"哼"了一声说："你说这话，是典型的饱汉子不知饿汉子饥，要是让你一守就是半年的活寡，看你还在这站着说话不腰疼！"

秦二莲笑了笑，说："要是我啊，才不给他守那个活寡呢，早红杏出墙了。"周冬至又"嗤"了一声，挖苦说："就你那本事，何止是红杏出墙？说不定早跟人家跑没影了。"

秦二莲不仅没生气，还挺直了身子很骄傲地说："这还真说不定。"

周冬至因秦二莲说话总是没个把门的，就打了招呼说要去买排骨了。刚抬腿要走，又被秦二莲喊住了，问："你急啥呀？不就买个排骨吗？又没回到过去的穷日子，买块豆腐还要起大早排大队的？"

周冬至只好立住脚，问："还有事吗？"秦二莲好像有些不高兴，说："没事就不能聊聊？"周冬至看了看四周，说："你没看在什么地方？这是聊天的地方？"

秦二莲说："不就在我们厂门口吗？怕啥？咱们又不是谈情说爱还要避讳人的。"看看正是上班时间人来人往的，确实不太好，便言归正传，问："不是听说你想到镇上上班吗？怎么不来我们公司？"

周冬至本来还想问问秦二莲这事，见她主动问起，稍犹豫了一下，便说："也不知道你们单位的活稳定不稳定，一个月能拿多少。"

秦二莲说："都是计件工资，正常的一个月总能挣个两千多块，反正总比种地强。"又说，"你要真的想来，我倒是可以跟我们老板说说，看能不能安排个轻巧的活干。"

周冬至连忙摇手说："可别，我天生就是个爱劳碌的命，可不愿太轻巧的。"

秦二莲听了，马上说："那你怎么还不来？我们公司可是镇上最大的公司。"

周冬至因还没想好，就问："听说你们公司三五个月才发一次工资，而且七扣八扣的，真正到手的能有一半就不错了，是不是真的？"

秦二莲还没听完，就红了脸说："这是谁说的？这不是胡说吗？你要说拖欠工资倒是有的，最多也就拖一两个月吧。要说七扣八扣、拿不全工资，那不是瞎说吗？都是计件工资，怎么扣？"

周冬至还是有些怀疑，问："那人家为啥要那么说？"

秦二莲愤愤不平地说："肯定是有人嫉妒，造谣呢。"想想又对周冬至说，"你要来，我可以向你保证，要是果真扣你的工资，我把我的工资给你。"

周冬至也不知秦二莲说的真假，就含含糊糊地说："那我回去再给我老公打个电话，问问我老公意见吧。"

秦二莲说："还问啥老公？你老公是个啥人我还不知道？他难道还能做得了你的主？"见周冬至还在犹豫，就不容分说地说："别婆婆妈妈的了，就这么定了，最好明天你就来，我带你找我们老板，保证不会亏待你。"

周冬至想想也没更好的选择，便答应说："那我明天先来看看怎样？"

"什么看看？明天直接来上班就是了。"似乎就这么说定了，秦二莲甩了一下包，说，"我还要去信用社呢，我明天可等着你。"说完，也没再客套，摇摇手便走了。

周冬至看看秦二莲风风火火的，就想，这么多年下来，她还是那个老样子。

周冬至回到家，刚把排骨下锅，就听村东头来喜媳妇粗着大嗓门在院外喊："幸福媳妇，午后打麻将吧？"

周冬至最怕有人拖她打麻将，忙就拉开嗓门喊："我有事，打不了。"

本以为一句话就能打发走的，可是嗓音还没落地，却见来喜媳妇已"噔噔噔"地跑进院子。来喜媳妇见周冬至这么早就在做菜，便不无夸张地大叫："这么早就开始弄好吃的？你这是要招待什么相好的吧？"

周冬至头也没抬，便像平时一样习惯性地骂道："放你娘的狗臭屁！你也不问问清楚，就在这胡嘴乱嚼的，你也不怕出门烂了舌头？"

因村里媳妇们都已习惯了这种恣意谩骂，尽管周冬至骂得难听，来喜媳妇却并不见怪，她在厨房门口特意夸张地嗅了嗅，笑着问："这么香，不是做给相好的做给谁的？"

周冬至已把排骨焯好，这时便扭过头来，朝来喜媳妇啐了一口，骂：

"只有你这个烂鬼才有相好的呢。你也不想想,我儿子在外面上学,每次回来都像个小饿狼似的,我就不能做点儿好吃的给我儿子送去?"

来喜媳妇终于明白过来,却还是半开玩笑地说:"有相好的怕啥?就是有也不怕的,你也不看村上的媳妇们哪个不是早得张了口子,做梦都想着水浇田呢,我就不信你周冬至不想的。"

周冬至又朝来喜媳妇狠狠"呸"了一口,说:"真不要脸。"

来喜媳妇到底是村上有名的厚脸皮,对周冬至的啐骂不仅一点儿不生气,还故意说:"你说不要脸就不要脸,我还真的想不要脸呢。"

周冬至知道对待来喜媳妇骂了也是白骂,便只好下了逐客令说:"快去找你的相好吧,我可没工夫跟你在这儿乱嚼蛆,我还要给我儿子做排骨呢。"

来喜媳妇看着确实拉不了周冬至,便只好说:"每次叫你打麻将,不是这个事就是那个事,哪天你要是手痒痒,可别怪我们不带你玩儿。"

周冬至说:"我才不会手痒痒呢。"看看来喜媳妇还没动身子,便挥了挥手说,"还不去找对子?再不找,恐怕啥场子也赶不上了。"

来喜媳妇好像受了提醒,一边说"还真是",一边便撅着她的大屁股匆匆出了周冬至家的院子。

周冬至做好糖醋排骨,已经快十一点了,赶紧伺候婆婆提早吃了午饭,又用保温桶装了糖醋排骨,便匆匆往县城赶。

郑家洼离县城将近二十里地,骑电动车大概要四十多分钟,周冬至想在午饭前把排骨送到学校,好让儿子中午就能吃上排骨。

得益于村村通公路,现在从村里到镇上到县城都是一溜的水泥路。村里到镇上的水泥路尽管窄些,但是比起原先的砖头路不知要好多少,骑起车来,不仅不再颠簸,速度也比原先快了很多。不到十分钟便到镇上,过了镇上便是三车道的柏油路,周冬至闻着路两边不时飘过来的油菜花香,再看看路两边高大挺拔的杨树,心里就在想,要是老公不出去打工,天天能见着老公,那现在的日子可就真的没啥话说的了。一路骑着,一路想着儿子想着老公,周冬至尽管腿上有些累,心里却像路两边的油菜花金黄一片。

正骑着，身边驶过的一辆绿色皮卡车突然响起一阵喇叭声，把周冬至吓了一跳。看看周边也没啥情况，周冬至正恼怒皮卡车为啥要按喇叭惊着她，就见皮卡车已在前方不远的一侧停了下来。周冬至也没在意，继续往前骑，快要接近那辆皮卡车时，却见一人打开皮卡车前座车门从车上跳了下来，还没站定便朝周冬至喊："幸福媳妇，去哪儿啊？"

周冬至连忙减速刹车，快顶到皮卡车屁股才把车完全停下来。看看原来是堂叔"真要命"，周冬至心里顿时生出一股厌烦之意，就想，他要干啥？好端端地开着车，为啥要把车停下？就为的跟我打个招呼？还是真的有什么事要说？看看"真要命"那没有几根毛的秃顶，再看看他瞧人的眼神总有一种要在人身上啃上一口的感觉，心里更为憎恶。很想打声招呼就走，不过想想"真要命"毕竟是郑幸福的本家叔叔，自己家的地又流转给了他，即使不愿搭理还总不至于得罪他吧？于是把车停了下来，还特意下了车，问："二叔忙啥呢？怎么把车停下了？"

"真要命"穿了件酱色皮大衣，两手反背着，既像个长辈更像个官员似的向周冬至踱了两步，说："我看着像是你，扭头一看还真是你。看你骑车这么累的，要不我顺便捎你一程？"又问，"去哪儿啊？"

周冬至说："去县城。"见"真要命"好像真的要捎她，赶紧摇手说，"不用，不用，我就给我儿子送点吃的，很快就到的。"

"真要命"看看周冬至车兜里真绑着一个保温桶，又见她满脸是汗，两颊透红透红的就像熟透了的西红柿，便笑起来说："你也真是的，那么大老远的，就为了给儿子送点吃的？你就不能花点钱在县城下个馆子，或者直接给他钱让他想吃啥吃啥，那不更好吗？"

周冬至勉强地笑了一下，说："外面吃的哪有家里做的可口？再说，我儿子就喜欢吃我做的糖醋排骨。"

"真要命""嗯"了一声，也没再多说，就直接走到车后打开车后板，准备帮周冬至搬电动车。周冬至忙拦住说："二叔，可别，我骑车骑惯了，不需要这么麻烦。"说着紧紧握住电动车的前把，感觉像是"真要命"要抢她的车。

"真要命"看看周冬至一脸警惕的样子，似乎有些生气，说："瞧你的样子，好像我要害你似的，难道我这个做叔叔的做点顺手顺脚的事都不行吗？"

周冬至一边说着"不是，不是，真的不用麻烦了"，一边已把一只脚跨到电动车上。

"真要命"看看周冬至不仅不领情，还像防贼一样地防着他，尽管心里不痛快，却也说不出口。就使足了力气重新重重地合上了车后板，又闷闷地说了一声："那就随便你。"便站在周冬至的电动车一侧，背起手，斜着头，像是在生气。

周冬至看看"真要命"也没给她让道的意思，她也不想再跟他多说什么，就下了车。正准备推车绕过"真要命"，却见"真要命"扭过头来阴着脸对周冬至说："我还有事要跟你说的。"

周冬至因急于要给儿子送排骨，便说："二叔，我还要赶着去学校呢，有啥事回头我去找你吧？""真要命"不理，说："就两句话。"

周冬至看看太生分也不好，只得稳住电动车，问："啥事？""真要命"睬了周冬至一眼，问："你到我那儿去还是不去？"周冬至讶异地说："那天我不就跟二叔你说了吗？我已到镇上上班了。"

"镇上？哪家？""真要命"问。

"华顺发，我同学帮介绍的。"周冬至说。

"华顺发？就他们三个月发两个月工资的，你也愿去？""真要命"似乎不信。

"都已经去了，哪还愿不愿的？先干了再说吧。"周冬至生怕"真要命"继续纠缠，只好谎说已经上班了。

"真要命"感觉周冬至倒不像说谎的样子，便有些羞恼地说："真是狗咬吕洞宾，不识好人心。"似乎心有不甘，又问，"假如我再加点钱，一千五或者两千，你去还是不去？"

周冬至感觉不能再耽搁时间了，一边推车绕过"真要命"，一边干脆地说："我真的已经去华顺发上班了。"

"真要命"恼羞成怒地问："就不能不去？"

周冬至已经把车推到离"真要命"好几步远，这时忙跨上电动车，只大声说了一句："不行。"便头也不回地飞驰而去。

"真要命"站在皮卡车侧后，看着周冬至渐行渐远的背影，就在心里狠狠地骂道："不识好歹的小娘们，总有收拾你的一天！"

七

周冬至不想再拖延，第二天就去华顺发上班了。进了厂子周冬至才知道，秦二莲之所以那么热心地让她来华顺发，不是出于对老同学的关心，而是因为今年开了年突然出现了用工荒，镇上的几个厂子都招不满人，他们都在抢人呢。周冬至也没想太多，就在秦二莲的介绍下到检测包装车间当了个质检员。

检测包装车间是全封闭的，进入车间不仅要更衣消毒，戴上口罩和帽子，还要上交随身所带的所有物品，目的是要保证成品的绝对卫生干净，不仅不能让一只苍蝇蚊子进入车间，同时也要保证不能有一丝杂物掉入食品中。

检测包装车间总共有近二十个人，除了车间主任是个四十多岁的男人，其他都是清一色的妇女，几个年龄大点儿的都说这不是活脱脱的红色娘子军嘛，除了党代表是男的，其他全是女人。车间主任便说："那你们得好好干活，别把我气死，连个'党代表'都没了。"

质检员这个活累是不累，可是责任太大，稍不留神，让残次品过了关，轻则被罚款，重则被开除，所以只要一上了流水线，周冬至的脑子便像根橡皮绳一直被拉得紧绷绷的，不敢有一丝懈息。这点对周冬至倒也不算什么，她面临的最大问题是中午就一个小时的休息时间，下了班骑上电动车匆匆忙忙赶回家给婆婆热了饭伺候她吃了再急急匆匆往回赶，几乎连个喘息的时间都没有。

这么多年周冬至一直在村里种地,除了农忙那么十来天,平时自由轻快惯了,这上班的节奏这么快,一下子还真的不太适应。不过,既然来到这儿了,不适应也得适应啊,总不至于再回到村上像来喜媳妇她们一样整天泡在麻将桌上吧。周冬至硬着头皮一天一天地坚持着。

这天中午,秦二莲吃了午饭便来找周冬至,想跟周冬至聊聊天。到了车间一问,才知周冬至天天中午往家跑,就想,这个周冬至是不懂还是犯傻啊,中午就那么点儿时间,除了住在镇上的,厂里的工人基本都是带了饭在厂里食堂热一热或者干脆在厂里食堂吃,根本不需要来回跑的,她这样不是自找苦吃吗?就问车间主任也就是那个叫黄三的:"你们没有告诉她可以带饭到厂里食堂加热吗?"黄三说,她来第一天就跟她说了,她嘴上说"好的,好的",可是来了这么多天一天也没带过饭,每天到点就往家跑,到点又回来了,倒是从没迟到早退过。

秦二莲问:"她就没说为的啥?"黄三摇摇头说:"这个人家没说,我们也不好多问,估计是嫌带饭太麻烦吧。"秦二莲说:"那她来回跑就不麻烦了?"见跟黄三也说不出个所以然,便离开检测包装车间回到了办公室。到了办公室,秦二莲还在想,"这个周冬至怎么越来越像个村妇,哪里还有一点儿上学时的影子?又想,当初,她要是这么个样子,郑幸福怎么能看上她,她又怎么可能是我的对手。"尽管心里还有些不服气,但是想想现在两人已经恢复得很好的关系,就在心里说,以后可再也不能做对不起周冬至的事了。

过了半个多月,周冬至慢慢地开始习惯了这种按时按点既紧张又很充实的工人生活。只是顾得了这头顾不了那头,以前常常做了糖醋排骨送给儿子,现在就不行了,因为要上班,只有在星期天儿子回家的时候才能给儿子做一顿好吃的。有时儿子周日也不回来,周冬至只有给儿子打电话,问儿子:"你怎么周日也不回,你不想吃妈妈做的糖醋排骨吗?"儿子一般都会说:"这周作业多,只有下周回家吃了。"周冬至便流泪,说:"都怪妈妈不好,去上那个破班,惹得我儿子想吃糖醋排骨都吃不上。"儿子安慰说:"有啥啊?不就是糖醋排骨吗?吃不上就吃不上,也不会咋样的。"

周冬至知道儿子嘴硬，嘱咐儿子说："儿子，在学校想吃啥就吃，千万别省，只有吃好了，身体才能好，学习也才能好。"儿子似乎有些不耐烦，说："知道了，知道了。"也不打个招呼便挂了电话。周冬至又有些生气，就想，这孩子咋变成了这样？到底是他学习紧张，还是我们做父母的对他关心不够，他对我们有意见？又想，要不是她上班这么紧张，顾不了儿子太多，儿子恐怕也不会这个态度。似乎就有些后悔，就想到底该不该去上班？想来想去，还是觉得应该去上班，要是不上班，光靠郑幸福一个人打工的收入，不要说攒钱买房，供儿子上大学，就是一家人的吃喝开销，也没那么简单。再说，责任田已经流转了，总不能每天待在家里，不是打麻将就是嚼舌头，活的有啥意思？这么一想，周冬至便自己安慰自己说："儿子毕竟大了，照顾不到就照顾不到吧，毕竟也没饿着冻着他，等他下次回家再好好补偿他。"

秦二莲几次下班来找周冬至就是没碰着，这天下晚班前干脆早早地来到检测包装车间门口，干等着周冬至。

周冬至终于下班出了车间，见秦二莲站在车间门口直瞪瞪地看着她们出来，忙问："你在这干吗？等哪个呢？"秦二莲说："你说呢？还能等谁？"周冬至笑笑说："有啥要紧事呢？让你这个大会计在这儿候着我？"

秦二莲一边说："你就尽管打我脸吧。"一边上前拉了周冬至的衣袖，拖着周冬至往前走。周冬至不明白秦二莲找她到底为啥，就反复问："找我有事吗？"

秦二莲说："没事就不能找你？"又像是生气地说，"你还是不是我同学？是不是我姐妹？"

周冬至看了秦二莲一眼，故意反问道："你说呢？"

两人这么说了几句，周冬至让秦二莲等几分钟，她要去自行车棚推电动车。秦二莲便在一旁等着，待周冬至推过车来，两人便并排向厂大门走去。

走了没几步，秦二莲问："来找你好几次，怎么都没找着你？"

周冬至扭头看向秦二莲，有些讶异地说："你啥时来找过我？"秦二莲说："黄三没告诉你？"周冬至摇摇头说："没有啊。"

秦二莲生气地说："这个黄三。"又问，"你来了快半个月了吧？还受得了吗？习惯不习惯？累不累？"

周冬至说："累倒是不累，就是太紧张了，总怕出啥错，给你丢人。"秦二莲说："丢我啥人？再说，就是出啥错，能有多大事？难道我在厂里这么多年是白混的？"

周冬至说："总不好吧？不是听黄主任说，只要不小心放过了次品，轻则扣奖金罚款，重则开除。"秦二莲轻蔑地说："对别人当然是这样，对你他们敢吗？"

周冬至感觉秦二莲还比较仗义，就说："有你撑着估计他们不敢，不过我总不能丢那脸吧？干啥总得干出样子来，不能让人说闲话。"秦二莲当然不希望周冬至给厂里也给她找麻烦，便说："也是。"

两人边走边聊，不知不觉已经到了镇政府边上的一家小吃店门口。周冬至朝小吃店看了看，对秦二莲说："要不是家里有个婆婆要伺候，我就请你吃饭了。"秦二莲说："都是老同学，客气啥？只要你有空我随时都可以。"

因周冬至提到有婆婆要伺候，秦二莲不解地问："你婆婆才多大岁数，怎么还要人伺候？"

周冬至因担心秦二莲的嘴巴快，知道她家里的情况后到处乱说，话到嘴边又忍住了。秦二莲看看周冬至欲言又止的样子，便问："不会有什么难言之隐吧？"

周冬至生怕秦二莲多心，忙说："啥难言之隐的？婆婆毕竟年龄大了，总不能让她再做家务吧？"

秦二莲说："看不出你倒是个孝顺媳妇。"顿了顿又说，"郑幸福也不在家，你又要上班，做婆婆的帮着做点儿家务活又有啥？农村里哪家老人不帮着子女分担点儿家务？"

周冬至感觉再往下说就要说漏嘴，便问："你找我有没什么事？"秦二莲说："没事就不能找你了？"周冬至说："那倒不是。"

沿着镇上这条主要街道又走了几步，秦二莲就问周冬至最近有没见过班上的那些老同学。周冬至如实相告道，除了那天碰巧遇到了贾有才，其他同学好像多少年都没见过了。秦二莲讶异地说："不会吧？你难道连在镇上上班的几个同学也没见过？"周冬至认真地说："真的。"秦二莲翻了翻眼睛，说："你也真是的，好像有了郑幸福就有了全世界，其他什么都放不在心上了。"

周冬至揶揄道："你倒是做上诗了，以前可没见你这么文绉绉的。"秦二莲说："就我？还文绉绉的？你啥时见过我文绉绉的？"周冬至说："是啊，瞧你这句有了郑幸福就有了全世界，还真的不像是你说的。"

秦二莲即刻笑了起来，说："就为这句话，你就笑话我？难道我就是个大老粗，一句文雅的话也不会讲的？"周冬至也笑笑说："那倒不是。"

两个人正说着话，从镇政府大门口里走出一拨一拨的人，估计是镇政府也下班了。秦二莲不经意地朝镇政府大门口瞟了一眼，突然想起什么似的对周冬至说："嗨，一聊天我差点忘了正事。那天贾有才碰到我，听说你到我们厂上班了，一定要我约你哪天一起聚聚，说是要好好为你庆贺一下呢。"

周冬至问："你今天找我是不是就为的这事？"秦二莲想了想，说："就算是吧。"

周冬至说："'就算是'是啥话？是就是，不是就不是呗。"秦二莲看了周冬至一眼，又扫视了一下四周，便小声地问周冬至道："贾有才对你是不是还是贼心不死啊？"

周冬至瞪了秦二莲一眼，骂道："胡咧嚼。"

秦二莲"哼"了一声，撇嘴道："就贾有才对你那点小心思，瞒得过别人还瞒得过我？"

周冬至赶紧扫了一下四周，羞恼地说："你还在胡说八道？再胡说我可就走了。"

秦二莲看看周冬至一脸惶恐紧张的样子，就说："算了，算了，不跟你开这个玩笑了，不然哪天郑幸福跟你吃起醋来还找我算账呢。"

周冬至腾出一只手来轻轻地在秦二莲胳膊上打了一下，说："就你能说。"又说，"我得赶紧回家了，不然婆婆要着急了。"

秦二莲说："婆婆着什么急啊？"再次问，"刚才问你聚会的事，你还没答应我呢，你看哪天好啊？"

周冬至想想说："再说，再说吧。"跨上车就要走。秦二莲说："什么叫再说？人家可还等着我回话呢。"

周冬至看看时间真的不早了，便骑上车，对秦二莲摇摇手说："等我想好了告诉你。"就一溜烟骑走了。

秦二莲看着周冬至匆匆离去的身影，就在心里感叹，这个周冬至，怎么真的成了一个地道的农村妇女？

八

周冬至回家先到隔壁小屋看了看婆婆，见婆婆一手扶着轮椅一手撑在床沿上缓缓地挪动着，周冬至赶紧过去扶着婆婆，问："妈，你这是要干啥？是要方便吗？"郑幸福妈不怀好气地说："我不干啥。"周冬至说："是不是一个人闷得慌？要不我把你推出去活动活动？"

郑幸福妈也没赞成也没反对，沉着脸不说话。周冬至便把婆婆扶到轮椅上，正准备往外推，老婆婆却说："我不要你帮，我自己会推。"便拿起郑幸福给她做的两根小木棍，同时往地上一撑，轮椅便"吱呀吱呀"地慢慢向前移动起来。

周冬至也不管婆婆乐意不乐意她帮，她还是走到轮椅后面帮着推了起来。周冬至明显感觉婆婆在生她的气，一边推着一边问："妈，你怎么了？"

婆婆是个憋不住话的人，轮椅的前轮刚出了门槛，后轮还在屋里，老婆婆便问："这么晚回来？又跟啥人搭闲话呢？"

周冬至很奇怪，自己只晚回来不到二十分钟，婆婆也没个表也没个钟，她怎么就知道自己回来晚了？似乎有些生气，就想，她这爱管闲事的老毛病还是改不了，她这是在帮她儿子看着我呢。本不想解释，可是平白无故地受委屈她也不愿意，便有些生硬地说："我就没有我的事？晚回来就是跟人搭闲话了？再说就是搭闲话又有啥，谁还没个三朋四友的，难不成我还会在外面勾三搭四的不成？"

婆婆稍沉默了一会儿，待轮椅推出了门，便不快地说："哪个说你勾三搭四的了？你不要自己给自己找台阶。再说我也是为你好，现在坏蛋多的是，你不勾搭别人，保准别人就不计算你？啥事还是提防着点儿好。"

周冬至知道婆婆最不放心的就是这点，这么多年下来，婆婆似乎每天都在担心着她这儿媳妇哪天会给她儿子戴绿帽子。周冬至尽管很生气，但是想想这么多年下来婆婆就这样，再说，当她面说出来总比回头跟郑幸福乱说要好，就强压住心中的不满，特意放缓了语气说："我也不是说你说的不对，只是这么多年下来你还不知道你儿媳是啥人？还有，你整天管东管西的，你就不管管我家小姑子小丽。"

小丽是郑幸福的小妹妹，嫁在隔壁村，老公是个油漆工，也在外面打工。小丽原来也在华顺发上班，去年夏天因儿子到县城读书，便辞了工，专门在县城给儿子做饭，陪儿子读书。

"小丽咋了？"婆婆似乎有些吃惊，嗓门突然大了起来。周冬至本不想说她小姑子的事，可是刚才气不过，一顺嘴把话说出了口，想收也收不回来了，只好就对她婆婆说："你整天闷在家里知道啥？等哪天小丽回来了，你自己拷问拷问她吧。"

婆婆听了上句没下句，就有些着急，便恼怒地问："小丽到底怎么了？"顿了顿，见周冬至没搭话，又说，"不要我说了你两句，你就没话找话地往你小姑子身上泼脏水。"

"我往她身上泼脏水？"周冬至似乎生起气来，说，"你整天不出门，也不知外面啥情况。要不是外面人把小丽说的不成样，我会跟你说这话吗？再说，你也不是不知道，我是那种爱搬闲话爱嚼舌头的人吗？"

老婆婆终于不说话了，想想媳妇确实不是那种人，就不明白小丽到底怎么回事。轮椅已经被推到大屋的院子里，婆婆见周冬至还是没话，忍不住又问："你说小丽到底怎么了？"

周冬至想想不说不好，说多了也不好，就缓和了口气，告诉婆婆说："无非就是那些不三不四的闲言碎语呗，这个还要我说？"婆婆似乎不服气，说："这肯定是有人故意对你小姑子耍坏呢。"周冬至见她婆婆一味地护着她闺女，便说："不说这个了，哪天你要是到小丽庄上，你听听人家庄上人怎么说。"

婆婆本来就很灰黑的脸这时更加灰暗了，她不知道小丽到底怎么了，但是从儿媳妇的话里她已听出个八九不离十，就在心里骂："我怎么生出这么个不要脸的闺女。"

婆婆很想让周冬至马上把小丽叫回来，可是想想小丽住在县城呢，哪能说叫就叫回来的？再说，就是叫她也未必回来啊，便问："你是咋知道这些的？"

周冬至说："小丽原来就在我们那厂子上班，厂里几百号人呢，啥事能瞒得住人？还有，现在在县城给孩子烧饭的，在县城买了房搬到县城住的，还有在县城上班的有多少人啊？她今天晚上在县城跳个舞，明天一早就有人在厂里或在镇上说开了，你以为县城有多大呢？"

婆婆还真不知县城到底有多大，更不明白现在的人舌头根子怎么那么快，就骂："都不是啥好东西。"

周冬至把婆婆安顿在院里透气，想想猪还没喂，便去调了猪食把猪喂了。喂好猪食赶紧做饭，做好饭天已黑透了，又照顾婆婆吃晚饭。吃了晚饭洗洗涮涮，再把婆婆推进小屋，伺候婆婆洗脸洗脚，然后服侍婆婆上床，这一番活下来，都已八九点了。周冬至赶紧给儿子小正打电话，小正有些不耐烦地说："在看书呢。"便把电话挂了。

周冬至不放心儿子究竟是在看书还是干别的什么事，或者像有些小孩整天在网吧打游戏，心里就有些七上八下，就想，哪天一定要去学校看看，问问老师小正的学习到底怎样。

正忐忑不安时，手机的彩铃音乐响了，周冬至估计是郑幸福的，拿起手机一看，果真是郑幸福打来的。摁了接听键，也不吭声。郑幸福连喊了两声"喂，喂"，周冬至才应道："喂喂啥？我没名字？"

郑幸福问："怎么手机通了好一会儿也没声音啊？"周冬至说："你说呢？"

郑幸福猜出可能是周冬至故意的,便问:"是不是又遇着啥不高兴的事了?"

因为跟婆婆的那番话,周冬至心里确实有些不开心,可是知道郑幸福在外不容易,哪能让他操心分神的,除了极特殊情况一般都是报喜不报忧或者轻描淡写地一带而过。今天本也想跟郑幸福抱怨抱怨婆婆,可是话到嘴边又改了口,问:"怎么两天不打电话了?是不是很忙啊?"

郑幸福马上解释说:"忙倒有些忙,没打电话是因为手机欠钱了,我也没空去缴费,今天下午到一个人家干活刚好路过一家移动公司,这才把话费续上。"

周冬至疑惑地说:"不能网上缴费吗?"郑幸福说:"网上缴费不要绑定一个银行卡吗?我哪敢绑什么卡啊?"

周冬至想想也是,就问:"怎么这么忙,连缴费的时间都没有?"郑幸福说:"是啊,最近老板接了不少活,有个项目还想让我负责呢。"

"让你负责?怎么负责?是当工头吗?"周冬至似乎有些不放心。

郑幸福特意强调说:"不是工头,是项目经理。"

"那还不是一样?"周冬至说。

郑幸福解释说:"工头就是带几个人干活,项目经理可是要全面负责的。"周冬至更不放心了,说:"全面负责?那是不是说万一做亏了还要你掏钱的?"郑幸福说:"理是这么个理,但是老板说,咱们的项目只会赚不会亏的。"

周冬至也不知道郑幸福跟他老板怎么谈的,就想,这世上哪有只赚不赔的生意,赚了可以分红,万一亏了呢,是全由老板兜着,还是由项目经理负责?周冬至也不知道具体情况,说多了又怕郑幸福觉得她管得太宽,就关照说:"你还是跟老板谈清楚,先小人后君子,不要到了了再打嘴仗,对你对老板都不好。"

郑幸福说:"这个知道,事先肯定要说清楚的。"周冬至说:"生意上的事情我也不懂,凡事小心点儿没坏处。"郑幸福说:"老婆说的是,本人一定遵照老婆大人的指示,小心行事。"

周冬至见郑幸福开始油嘴滑舌的，知道他又要开始撩骚她，就主动问："最近有没什么富婆或者小媳妇给你送个'菠菜'什么的？"

"还富婆小媳妇呢，就我身边，连苍蝇蚊子都没个母的，还想有什么'菠菜茼蒿'的？"郑幸福似乎说得有点儿夸张。

周冬至说："不至于吧？你们装修队里就没有跟着老公一起去的大婶子小媳妇？还有你们给人家装修就碰不着一两个漂亮的女户主？"

郑幸福没想到老婆的想象力竟如此丰富，知道刚才说得有点儿过头，便赶紧说："其他队里大婶子小媳妇倒是有，我们队里可是清一色的和尚。"

"和尚？"周冬至反问道，"你们难道都出家上了五台山？"

又被周冬至挑出了毛病，郑幸福感觉自己的老婆可不是那种你说啥就是啥的傻女人，她可是既聪明又有文化的。不过被老婆挑挑毛病也是他们这种两地生活的一种乐趣，他就故意问："你说像我现在这样算不算当和尚？"周冬至反问："那你说呢？"

"我看跟和尚也差不多了吧？"郑幸福笑着说。

郑幸福尽管是在开玩笑，周冬至却感觉郑幸福像是熬不住了似的，就问："那你是不是想着要在外面当个花和尚？"

郑幸福见老婆好像当了真，赶紧说："怎么敢，怎么敢？"周冬至追问："真的不敢吗？"郑幸福说："你就是借我十个胆子也不敢啊。"周冬至似乎很自信，便说："想你也不敢。"

郑幸福感觉老婆对他还算放心，心里踏实下来，便有些动情地说："老婆，真的好想好想你。"

周冬至本想问："真的吗？"可是话到嘴边了，不知怎么的却怎么也开不了口。憋了好一会儿，不仅话没说出来，眼泪却像一股刚被打开泉眼的泉水"汩汩"地直往眼眶涌。

见周冬至一直没有声音，郑幸福便在一头问："老婆，你怎么了？怎么没了话？"周冬至一直在忍着，不想让眼泪流出来，可是越忍鼻子越酸，很想回话，嗓子却哑住了似的说不出话来。郑幸福再次问："老婆，你怎么了？"

周冬至终于把眼泪忍了回去，又顿了顿，才轻轻地回了声："没啥。"郑幸福想想不放心，不断地追问："老婆，到底有事没事啊？"

周冬至担心郑幸福会胡思乱想，赶紧说："能有啥事？"就岔开话题，告诉说，儿子学习很用功，婆婆身子也不错，还能自己撑着轮椅出门晒太阳呢。

郑幸福似乎很欣慰，说："那太好了。"见周冬至好像真的没啥事，便又说，"要是妈自己能走就好了。"

周冬至说："走路怕是不能了，前段我还带她去过医院，医生说，能保持住现在这个状况就已经很好很好了，像她这种情况随时还会加重的。"

郑幸福也知道他妈妈的情况，说："就是太辛苦老婆你了。"周冬至说："有啥辛苦不辛苦的，都已经习惯了，一天不伺候她我还觉得不习惯呢。"

郑幸福知道周冬至说得轻巧，实际上是非常非常不容易，他打心眼里说了一句："谢谢老婆。"便也有些哽咽了。

周冬至担心老公也动起感情来，赶紧说："小正这个礼拜可能要回来，我还得给他准备点儿要带走的东西。"便要挂电话。

郑幸福说："这才星期几啊？刚刚周三吧？你就要帮他准备东西？"周冬至没说话。郑幸福感觉正事也说得差不多了，便轻声问："老婆，想我没？"

周冬至感觉奇怪，今天这是怎么了，怎么老公一说到这个话题，自己的鼻子就酸酸的。强忍了好一会儿，才说："不跟你说了，我要挂了。"

郑幸福也看不到周冬至的表情，更猜不出周冬至此刻的心思，又像平时一样要求道："老婆，亲一个。"

周冬至还是说："我要挂了。"拿着手机却并没有挂。郑幸福说："不亲就不挂。"周冬至说："我真的要挂了。"还是没有挂。郑幸福在那头"啪啪"亲了两声,说:"老婆,我想你。"

周冬至说了句:"我也好想你。"便挂了电话。挂了电话,周冬至忍了又忍,还是没忍住,眼泪不住地掉,索性趴到桌上放开哭了一阵,就在心里问:"这种日子到底什么时候是个头啊?"

九

郑幸福的老板叫唐大发，是从收购废品起家的。大概是感觉自己的经历不够辉煌，甚至有些低下，他常常挂在嘴边的一句话便是不知哪里淘来的一句"英雄不问出处"。因为唐大发特爱吹牛皮，而且一吹起来就没个完，所以稍微熟悉他一点儿的都叫他"牛皮唐"，而不叫他唐大发。牛皮唐其实就是个大包工头，尽管大家都"老板老板"地喊着，他也很得意地应着，但郑幸福他们都知道，他不过就是挂靠了一家天天上报纸连公共汽车上都做广告的装修公司，然后以人家的名义去揽活，只要揽到了活便把活再分包给所谓的项目经理，项目经理缴了管理费便组织一帮装修工人去干。项目经理说是个经理，实际上就是个小包工头。小包工头尽管小，承担的责任却要比老板大很多，不仅要预先上交管理费，而且项目亏了，或者项目质量上出了问题，又或者与业主发生了纠纷，老板统统不管，全要由项目经理负责。所以没有点儿本事，没有点儿勇气，没有点儿本钱，一般的装修工人是绝不敢当这个项目经理的。

最近牛皮唐接了不少家庭装修的活，其中有一家说是叫什么townhouse[①]的，据说装修标准很高，按正常标准推算，装修费用少说也有一百多万。牛皮唐找到郑幸福，说是想把这活交给郑幸福，由郑幸福当项目经理。郑幸福尽管还没当过项目经理，不过这么多年下来，干得多了，看的也

[①] 联排别墅，正确的译法应该为城区住宅，系从欧洲舶来的，其原始意义上指在城区的沿街联排而建的市民城区房屋。

多了，如果仅仅从管理和技术上看当个项目经理应该是没什么问题的。难的是一要缴得起管理费，二得有一帮干活好又听话的装修工人。郑幸福刚开始倒是跃跃欲试的，很想通过一两个项目练练手，说不定今后自己也能当老板。可是晚上回到宿舍一合计，就觉得没有那么简单。你想想，一百多万的活，按百分之八缴管理费，这一下子就要拿出小十万块钱，出门的时候只带了点零用钱，干活的工资一点儿还没拿到手，这十万块钱到哪儿弄去？再说，自己也没当过项目经理，跟他一起出来的老乡也凑不齐一个装修队，不足的人到哪儿找？人家又愿意跟你干吗？这些都是问题。郑幸福本想跟周冬至合计合计这事，可是想想那十万块钱，要是跟周冬至说了，还不把周冬至给吓坏？想来想去也没敢直接跟老婆说，那天打电话只是婉转地说了这事，也没敢说得太具体。

这天晚上，牛皮唐又来找郑幸福商量，问郑幸福到底想不想干。郑幸福实事求是地把他的困难跟牛皮唐说了，牛皮唐考虑了一下，推心置腹地说："想干这活的人很多，我之所以看上你，一是你跟了我这么多年，不要说感情上已经亲如兄弟，就是冲着这些年你跟着我吃的辛苦，我也得给你一个多赚点儿钱的机会。二来我看你也不是一般卖力气的，你不仅干活踏实，而且还有文化，有头脑，像你这样的，带个十几个人，当个项目经理一点儿问题都没有，把活交给你我也不用再操心。"

见牛皮唐说得很实在，郑幸福似乎很动心。可是想想牛皮唐根本不可能免了那管理费或者让他先干活后缴钱，而自己又没法拿出那十万块钱，郑幸福无奈地看看牛皮唐，只得叹口气说："人穷志短啊，我就是想干也干不了的。"

牛皮唐很清楚郑幸福的心思，问："是不是担心管理费的事？"郑幸福点点头说："是啊。"

牛皮唐见郑幸福一副愁眉苦脸的样子，突然笑起来说："亏你还是有文化的，你就不动动脑筋，就现在这么多门路的，十万块钱还能难得住人？"

十万块钱还难不住人？牛皮唐的口气是不是也太大了？不过，想想牛皮唐这么多年下来千万没有，几百万肯定是没有问题的，就想，十万块对他是九牛一毛，对于我们这些打工的岂不是一个天文数字，哪是说弄就能弄到的。郑幸福一时没有吭声，就想听听牛皮唐怎么指点迷津。

牛皮唐见郑幸福低着头不说话，知道郑幸福毕竟是个打工仔，也没多少见识，便像说故事似的说起了自己的创业史："想当初，我做第一个项目的时候，手上不是也没几个钱嘛，你说我是怎么把项目揽下来的？"稍顿了顿，便接着说，"我当时也是睡不着觉吃不好饭，琢磨来琢磨去，就想，按常人的路子你是肯定做不了的，那不按常人的路子又有什么法子呢，想来想去就想出一个办法。"

牛皮唐说到这儿像是卖关子似的故意停了下来。郑幸福便问："那你想了什么好办法？"牛皮唐笑了笑，拿眼扫了一下周边，便很得意地告诉郑幸福说："正常的人家不都是先缴了管理费，把项目拿下来，再去找下家？我呢，不是没有钱吗？我索性完全反过来做。我是事先知道项目的，就先跟别人签了转包的协议，等拿了别人的管理费，然后把管理费一缴，这样项目才真正地到手。这一来一去，虽说只落了三个点，可是正是这三个点便让我从一个穷光蛋变成了一个小老板。你说厉害不厉害？"

郑幸福一直用一种近乎崇拜的眼神专注地看着牛皮唐，这时禁不住赞叹起来，高声说："厉害，实在是太厉害了。"

牛皮唐意犹未尽地继续说道："后来我就想，要是万一下游谈好了，上游的项目却没拿到手咋办？按协议我可是要加倍赔人家下游的，那我可拿什么赔人家？尽管后怕，但是我总结，这做生意，典型的就是胆大的吓死胆小的，只要你有那个胆就没有做不成的事。"

牛皮唐越说越得意，说到这儿，眉毛胡子几乎都要飞起来。郑幸福想想牛皮唐这办法用在别人身上可以，假如他也如法炮制，把这办法用在牛皮唐身上，牛皮唐岂不要把他的铺盖卷都给扔到河里去。就笑着说："老板，我就是胆再大，也不能把这办法用到你这儿啊。"

牛皮唐撇了嘴说："这都什么年代了，还能用那鬼办法？"

郑幸福想，这办法都被你用尽了，我还能有什么办法？便看着牛皮唐，等着他的下文。牛皮唐见故事说的也差不多了，郑幸福的脑子一时半会儿的也不可能马上开窍，便问："你懂不懂一个新的弄钱办法叫'众筹'的？"

"众筹？"郑幸福木木地看着牛皮唐，说"啥叫众筹啊？我听都没听过，更别说懂了。"

牛皮唐看看郑幸福确实一脸茫然的，也许是为了表现自己的见多识广，就当起了老师，侃侃说道："什么众筹啊，说白了就是咱们过去说的集资。只是集资大多要还的，众筹却是拉很多人投资入伙，赚到钱大家分，有了损失大家也要一起分担。"

郑幸福不理解，问："那怎么还有人愿投啊？"牛皮唐说："这个你就不知道了，现在不要说十万块钱的项目，就是百万千万的，只要你有项目，牛皮又吹得好，不怕没人投的。"

郑幸福还是感觉牛皮唐说得有点儿夸张，就想，世上哪有这么好的事。尽管将信将疑的，还是问牛皮唐："那找谁筹呢？"

牛皮唐说："老乡啊，熟人啊，还有人介绍人啊，凡是能拉来钱的都可以。"郑幸福担心地问："这会不会犯法？"牛皮唐一脸不屑地说："犯法？犯啥法？你又不是非法集资，也没拉多少钱，你怕啥？"

郑幸福说："那我也找不到那么多老乡啊，再说老乡也没多少钱，也不一定愿意投的。"

牛皮唐看看郑幸福就像个榆木疙瘩似的不开窍，便有些不高兴地说："其实，我手上的项目是极不情愿让别人用这个办法做的，我之所以帮你想这个法子，是因为我真心地想把这个项目交给你，真心地想让你来当这个项目经理。"

郑幸福似乎也感觉到了牛皮唐的真心实意，就觉得再不领情便有点儿不识抬举了。便求牛皮唐道："唐老板，我除了老乡，也不认识什么人。你看，你本领大，路子广，认识的人又多，如果有可能的话，"郑幸福特意停顿了一下，强调道，"老板，我是说如果可能的话，看能不能帮我介绍几个朋友,看能不能跟他们也筹筹?"

郑幸福本以为牛皮唐肯定不乐意,说不定还会一口回绝,可是没想到,牛皮唐却满口答应说:"这个当然没问题。"还煞有介事地说,"前段时间我还认识一个大姐,是专门做众筹的,听说她手上的钱都可以开银行。你要是把她搞定了,不要说十万八万的,就是千儿八百万的,对她都是洒洒水的事。"

郑幸福即刻兴奋起来,问:"真的假的?"牛皮唐听了,似乎有些不高兴,说:"我啥时跟你瞎吹过?"

郑幸福看看牛皮唐不像是在吹牛皮,便就满怀感激地望着牛皮唐说:"唐老板,如果这个项目要真的做成了,不要说我,就是我全家,一辈子都不会忘记你的。"

"别,你可千万别这么说。"牛皮唐似乎不吃这一套,见郑幸福说得如此动感情,连连摆摆手说,"你要知道,咱们这是在做生意。既然是做生意,那我就要把话说清楚。现在,我只是想把这个项目交给你,可是如果管理费不到位,哪怕少一分钱,这个项目你也是拿不到手的。我做生意向来都这样,感情归感情,规矩归规矩,规矩在任何情况下都是不能破的。"

郑幸福当然知道牛皮唐的这个规矩,尽管心里骂他是个黑肠子,可同时又不能不佩服他的生意经,便毫不含糊地说:"这个,我明白。"

牛皮唐一走,郑幸福便高度兴奋起来。之所以兴奋,是觉得要是真的筹到钱拿到这个项目,当上了项目经理,那不就意味着他也是个小老板了,不要说这个项目至少能赚个十万八万的,哪怕再少些,这有了第一个项目还怕没有第二个项目。如果以此做下去,他还怕买不起房,供不起他儿子上大学,还怕周冬至和他老娘过不上好日子?郑幸福越想越兴奋,越想越激动,激动得就像喝醉了酒,就觉得只要做了这个项目,不要说房子车子,就是这个世界都可能是他的。半躺在床上,尽管床是硬的,被子是脏的,可是整个人却像是要飘了起来。郑幸福感觉从没这么惬意,从没这么舒适,从没这么心花怒放过。当然,梦总是要醒的,醉后醒来更难受。郑幸福的老板梦做了还没多大会儿，就猛地醒了，他想，这管理费真的那么好筹吗？项目到底能不能赚钱呢？牛皮唐给我这个项目有没什么陷阱？他不会挖了个坑故意让我去跳吧？又想，这事要不要跟周冬至商量商量呢？如果要是商量，光那十万块钱还不就把她吓住，更别说其他的了。如果她就是不同意呢，还做吗？假如要是背着她，先把项目做起来，等赚到钱了再告诉她，她是高兴呢，还是会重重地骂我？

这些问题犹如一道道雷电，在郑幸福的脑袋里闪亮划过。这时的郑幸福不仅大脑比任何时候都要清醒，而且整个身子也跟着麻利起来。他掀开半盖着的被子，穿好鞋，走出脏乱的工棚。站在屋外的一片空地上，特意朝天空望了望，他看不清这浩渺的夜空到底是光明的还是一片混沌。

郑幸福连着两夜没睡好觉，翻来覆去就想两件事，一是钱从哪来，二是要不要跟老婆说。至于要不要干这个项目，那是下定了决心的，就想，不管前面有没有坑，也不管这个项目赚多赚少，只要把这个项目拿下来，只要当上这个项目经理，他就不愁改变不了自己的命运，他就不信一辈子当个遭别人白眼的农民工，一辈子当个让人使唤的打工仔。因为有了这个决心，所以就想，十万块钱的事肯定不能跟周冬至说，说了不仅干不成，说不定还会把她吓出什么毛病来。至于钱从哪里来，就决定先按牛皮唐说的，从老乡和朋友身上动动脑筋。

这么想好了，郑幸福便开始四处活动，到处找人，凡是认识的老乡朋友还有朋友的朋友甚至朋友的朋友的朋友，几乎都找了。可是不管他巧舌如簧，还是赌咒发誓，或者苦苦相求，除了两个最铁的哥们答应各出两千块钱，其他人几乎都没有响应。大家说的最相同的一句话便是："我为啥要出钱让你当老板？"郑幸福想想要是一开始就说家里有急事想跟大伙借点钱，说不定还不会这么惨，没想到按照牛皮唐说的搞什么众筹，不仅自己说不清，弄得老乡朋友们还以为他跟什么人学坏了，也会吹牛骗人了。

郑幸福感觉里外不是人，这两天一看到老乡朋友就像真的骗了他们，真的做了什么见不得人的事似的，在大伙面前几乎抬不起头来。郑幸福不禁长叹了口气，在心里说："郑幸福啊，郑幸福，你恐怕天生就是当一辈子穷鬼的命。"

就在郑幸福心灰意冷垂头丧气正准备回复牛皮唐干不了的时候，牛皮唐却主动来电话了。这天中午，郑幸福正在一个工地上蹲着吃盒饭，就听不知谁的手机响个不停。边上的工友都不经意地掏出手机来看，见不是自己的，便看向别人，等大家都把目光聚集在郑幸福身上时，郑幸福才意识到是自己的手机在响。赶紧掏出手机，见是牛皮唐的电话，连忙把盒饭往地上一放，拿了手机一路小跑，直到感觉工友们不可能听到他说话才立住脚，摁了接通键，微喘着问："唐老板，你找我。"

牛皮唐大声问："怎么这么久才接电话？"郑幸福怯怯地说："吃饭呢，没听见。"

牛皮唐也没绕弯子，直接问："筹得怎样了？"郑幸福稍犹豫了一下，便坦率地说："唐老板，我正要找你的，项目我恐怕做不了。"

"为啥？"牛皮唐问。郑幸福满脸羞愧，郁郁地说："实在不好意思，我没筹到钱。"

"一点儿也没筹到吗？"牛皮唐问。

"总共只筹到了四千块钱。"郑幸福实事求是地说。

"四千块钱？笑死人呢吧？"牛皮唐冷冷地说，"四千块钱还不够一桌饭钱呢。"

郑幸福感觉有些对不起牛皮唐，就不断地自责说："都是我没本事，让唐老板见笑了。"

牛皮唐稍顿了顿，便说："我就知道会是这么个结果。"

就知道是这么个结果？既然你早知道是这么个结果，为啥还要我去众什么筹？你不是拿人玩儿，拿穷人寻开心吗？郑幸福似乎就有些不高兴。正在心里骂着牛皮唐，牛皮唐却在电话里直接通知说："这样，明天下午，你去跟我见一个人。"似乎想起什么，又说，"哦，就是那天我跟你说起的那个大姐。不过人家答应见是答应见，至于事情怎么样还不好说。我要跟你说的是，无论如何你都要给我打扮得体面点儿，最好穿西装打领带，像个城里人。还有，尽量少说话，多看脸色，千万不要惹那个大姐不高兴。"

郑幸福没想到牛皮唐竟如此仗义，如此够意思，事情居然还有转机。也可能是太过意外，也可能是过于激动，郑幸福一时都找不到什么合适的词汇来感激和奉承牛皮唐，只一个劲儿地说："好，好，好。"

牛皮唐在电话里又反反复复地交代了很多注意事项，郑幸福几乎都没有听进去，等到挂了电话，郑幸福才回想，刚才牛皮唐都说了啥？想来想去只想起两条，一是穿西装扎领带，二是少说话，多看脸色。生怕自己忘了，郑幸福在心里反复地记忆着这两件事，直到回到吃饭的地方，重又端起饭盒，他似乎还在默默地记忆着。

十

郑幸福觉得周冬至太有先见之明了。从家里走的时候，周冬至帮郑幸福收拾行李，特意把他们结婚十五周年时她给他买的一套西装装进了行李箱。郑幸福当时还反对，说："带这玩意干啥？天天泡工地，一身泥一身灰的，就是难得有个休息天，也穿不了这个的。"

周冬至说："你就不上街？上街总不能也穿工服吧？"郑幸福说："穿给谁看啊？穿给老乡看还是穿给自己看？"周冬至说："就是穿给自己看心里也舒坦。再说，咱农村人就不要体面不要好看了，我就不信，我老公要是好好收拾起来哪点比那城里人差？"

郑幸福还是不想带这几乎没有任何用武之地的西装，说："咱出去是打工挣钱，也不是跟城里人争面子的，何必跟他们较那个劲？"

周冬至似乎不服气，说："我就是要较那个劲，我就想让城里人知道，咱农村人，尤其我老公哪点也不比他们城里人差。"

郑幸福见拗不过周冬至，便就开玩笑说："你就不怕你老公穿得像个'小开'，被那城里的小姑娘拐跑？"周冬至先说："我才不怕呢。"转过头来，又戳了郑幸福的脑门说，"我看你敢？！"

郑幸福看看周冬至瞪起的眼睛像两把刀子，连忙举起双手，嬉皮笑脸地说："就是借我十个胆子也不敢。"

最终郑幸福还是把那套花了好几百块让郑幸福心疼了半个月的西装带上了路。

下午一干完活回到宿舍，趁宿舍里的人都出去洗澡了，郑幸福就把西服从箱子里拿了出来，见西服有些皱，便想着要不要到哪借个熨斗熨一下。想想工地上哪有这玩意呢，似乎有些发愁，就想，要是就这么皱皱巴巴地穿出去还不如不穿呢，那不更像个土包子了？在宿舍里转悠了半天，想来想去终于想出一个办法。先去烧了一壶开水，然后拿来一个铝制饭盒，把饭盒洗净，又找来一块干净的擦布，将盒底反复擦干净，便把西装平放在床上，在饭盒里倒上开水，再将饭盒小心地放到西装发皱的地方，试着烫了一下，效果居然非常理想。

郑幸福小心谨慎地烫了起来，花了大概一个多小时，终于把西服烫好了，拿起西服抖了抖，见西服平平展展的，就像刚买来的时候一样，心里的感觉就像是丢失了钱包突然又给找了回来，别提多爽了。郑幸福又特意把西装穿上，拿了镜子照了照，感觉除了头发有些乱，胡子有点长，整个人一下子不知精神了多少倍。人靠衣裳马靠鞍，这话一点儿不假，又想起老婆周冬至的话：咱农村人打扮起来一点儿也不比城里人差。心里乐滋滋的，就想着得赶紧去理个发，洗个澡，明天临出门时再把胡子修一修，保准没问题。

晚上，牛皮唐又给郑幸福来了个电话，告诉他明天下午见面的时间和地点。就问郑幸福能不能找到？郑幸福说："那地方就在朝阳公园边上吧？我们干活路过过那地方，离我们住的地方也不是太远，大概十来站路吧，应该没问题。"牛皮唐说："你也不要坐公共汽车了，干脆打个的吧，把地址跟司机一说，司机准能把你送到门口。"郑幸福似乎舍不得花那钱，说："不用了吧，我肯定能找到的。"牛皮唐还是不放心，便有些武断地说："你还是听我的，直接打的去，一是保证能找到，二是时间上有准头。"郑幸福不敢再违拗，只好说："好的，好的。"

放下电话，郑幸福赶紧把明天见面的时间、地点存在手机上，又特意找来一张纸，把它写在纸上，然后将纸条小心地装进口袋，这才稍稍舒了一口气，在心里默默祷告道："但愿明天能撞上大运，那个大姐能把钱筹给我。"

第二天上午干完活，跟项目经理请了半天假，也没顾上吃午饭，便匆匆回到宿舍，洗了澡，梳了头刮了胡子，又穿上西装和皮鞋，照照镜子确实面貌大变，精神随之一振，就信心满怀地出了门。本想按照牛皮唐交代的去打的，可是犹豫来犹豫去，思想斗争了好一会儿，最终还是没舍得花那个冤枉钱，就想着还是坐公共汽车心里更自在。

　　到了公共汽车站，等了有十分钟，又人挤人人推人地费了好大劲才上了公共汽车。车上早没了空位，就只好抓着横杠站着。过了不知是七站还是八站，到了站台，一拨人哄哄下去，一拨人哄哄上来。过了没一会儿，突然就有一男一女吵了起来，听女的声音像是个小姑娘，男的声音却听不出有多大，感觉肯定不是年轻人。郑幸福站在这一头，也看不见他们，就听男的大声骂："什么素质，年纪轻轻的，都不知道给老人让个座。"

　　那个女的起先一直没吭声，可能是那个男的一直骂骂咧咧的，而且越骂越难听，骂得那个女孩实在受不住了，就听那女孩突然像火山爆发了一样，尖声回骂道："你个老不死的，你骂谁呢？你是瞎了瘸了还是就要死了，要人让你？你家里难道就没有一个女人，就不知道每个女人总有那么几天的。"

　　那个男的也许是被女孩的突然叫骂骂蒙了，沉默了很久没有声音。郑幸福看看车外的路标，正想着是不是下一站就要换车了，就听刚才吵骂的地方突然"啪"的传来一声像是耳光声，又随着女孩尖厉的一声"你敢打我？"车里顿时一片混乱。

　　郑幸福也看不清后面的情况，就感觉那女的和那男的好像扯打了起来，边上的乘客有的将他们拉扯开，很多乘客都在指责那个男的不该打人。车子还没到站就停在了路边，那个女孩好像在给她男朋友打电话，哭着说："我被人打了，就在朝阳北路大悦城站前面，九十九路公共汽车上。"

　　女孩大概是得到了男朋友的强力回应，便大声叫道："今天我跟你没完。"那男的似乎感觉到势头不好，就要下车，那女孩便对司机叫喊：

"你要开门责任全是你的。"

司机无奈,只好通过公交呼叫系统向调度报告了车上情况,又通过车上广播系统对大家说道:"请大家保持秩序,也请大家原谅,我们必须暂时停车,耽误大家一会儿时间。"

郑幸福也不知要等多久,也不知后面到底怎么处理,他看了看手机,尽管时间还比较充裕,但是他的内心还是十分焦急,就担心万一拖的时间久了,迟到了怎么办?郑幸福一边跟身边的人打招呼,一边往车头挤,已经离司机不远了,就跟司机商量道:"师傅,我确实有急事,你看能不能把我先放下去?"

司机看了看郑幸福,又看了看车后,说:"实在对不起啊,我要是开了车门,万一再闹起来,就不好办了。"又安慰郑幸福说,"不会太久,请再等等。"

郑幸福见司机把话说到这份上了,态度又很诚恳,只好点点头,说:"行,那我再等等。"

等了差不多二十分钟,就见一辆警车闪着警灯疾驶了过来。警车在公共汽车前停了下来,从车里下来两个警察,走到驾驶室边上,先向司机大概了解了一下情况,然后便从后门上了车,带走了那一男一女还有几个自告奋勇愿意当旁证的。

事情总算了结了,车子又重新启动起来。因为前后耽搁了差不多有半个小时,郑幸福就后悔,早知道这样,还是应该打的的。

到前面第二站,换了一趟车,又开了七八站,终于到了牛皮唐说的蓝色港湾站。匆匆下车,转来转去的又找了大概有半个多小时,这才算把那家叫作"蓝岛"的咖啡厅找到。看看手机,时间已经过了七八分钟,郑幸福满头是汗地进了咖啡厅,往里面扫了扫,就见牛皮唐早到了,正坐在靠窗的一张咖啡桌旁,神色焦急地朝门口张望着。

郑幸福三步并着两步地走到牛皮唐面前,一边鞠着躬一边连连打招呼说:"对不起,唐老板,对不起,唐老板。公共汽车遇到吵架的,都闹到了派出所,所以,耽搁了。"

牛皮唐似乎非常生气，破口大骂道："我叫你打的打的，你就是不听，就你这么抠抠搜搜的，能做成什么大事啊？"

郑幸福继续检讨着，说："对不起，唐老板，对不起，唐老板，下次一定听你话，绝对不再省这个钱了。"

牛皮唐看看郑幸福被骂得像个癞皮狗似的，刚要止住骂，可是见郑幸福只穿了西装也没打个领带，气不打一处来，便又是一通骂："我昨天还特意跟你交代，叫你穿西装扎领带的，你为啥不扎领带啊？是买不起还是舍不得你那几个小钱？"

牛皮唐这么一骂，突然把郑幸福骂醒了，就拍了一下脑袋说："怪不得我出门总觉得还有什么不对劲，原来是忘了扎领带。"又自言自语地说，"我昨天还反复提醒自己的，怎么就忘了呢？"似乎有些自责，就问牛皮唐要不要紧。

牛皮唐说："要紧有什么要紧的，我只是想让你打扮得更像个人样，别给我丢人现眼的。"

郑幸福也不知怎么好，站在牛皮唐面前不敢再吭声。牛皮唐见时间差不多了，担心那位大姐突然进来，便招呼郑幸福说："坐吧，一会儿人家大姐来你可千万别这样一副上不了台面的样子，一定要大大方方的，不要像个小媳妇。"

郑幸福也不知怎样才上得了台面，便越发紧张起来。身子越来越僵硬，大脑越来越麻木，额头上的汗就像蒸桑拿似的直往下流。牛皮唐似乎也感觉到了郑幸福的紧张，又瞟了郑幸福一眼，缓和了一下气氛说："尽管没扎领带，不过穿了这西装倒还确实像个人样。"

郑幸福即刻面红耳赤，说："还是我老婆给我买的。"

牛皮唐看了看门口，又看了看郑幸福，特意交代说："在大姐面前千万别提什么老婆老婆的。"

郑幸福不理解牛皮唐的意思，就想，谈生意难道还不能提老婆？

也不知牛皮唐跟那个大姐是怎么约的，等了半个多小时了那个大姐还没到。郑幸福也不好多问，牛皮唐不时地往门口张望着。郑幸福趁这个空当，特意留意了一下牛皮唐，就见牛皮唐今天的打扮跟平时简直判若两人，就见他上身穿了件暗格子的西服，扎了条深蓝色的领带，领带和西服显得还比较搭配。尽管他的头发喷了发胶，但是由于发质过硬，头发还是有点儿往上竖。牛皮唐平时看上去小脸小鼻子小眼睛的，怎么看怎么像个鱼贩子，可是今天看起来倒真的像个大老板，不仅外表上已看不出一点儿当年收购废品的痕迹，就连他现在沟壑纵横的额头都像闪着一道道的金丝线，让他的脑袋显得格外发亮。郑幸福只偷瞄了牛皮唐一眼便不敢再看，他在心里想，要是哪天能像唐老板这样草鸡变凤凰该有多好。

郑幸福正做着梦，就见牛皮唐忽地站了起来，快步走向门前，一边谄笑着，一边亲热地叫着："宋总好！宋总好！"

郑幸福的神经又重新紧绷起来，身子再次发沉，脑袋再次发木，他不知道到底该站起来一起去欢迎好，还是就这么待着不动好。正犹豫不定的，就见牛皮唐领着戴着个大墨镜被叫作宋总的那位大姐已到了座位前。

郑幸福赶紧站起身，也学着牛皮唐轻轻地叫了一声："宋总好！"

被叫作宋总的摘下墨镜，点了一下头，很礼貌地回复道："你好。"便在牛皮唐的指引下坐了下来。牛皮唐还没落座，便指着郑幸福向宋总介绍道："这就是我跟你说起过的郑幸福，郑经理。"又对郑幸福说，"这就是宋总，宋大姐。"

宋总眼睛像有毒似的看了郑幸福一眼，便皱着眉头对牛皮唐说："我有那么老吗？"

牛皮唐连忙说："怎么会老呢？宋总看上去可比我们年轻多了。"

宋总这才露出笑容，对郑幸福说："我姓宋，叫宋莉，以后叫宋姐或者直呼其名都行。"

牛皮唐即刻改口说："还是宋姐好，亲切。"又自我批评说，"宋姐这么年轻，怎么能叫大姐呢？以后绝不能瞎叫了。"忙招呼服务员点东西。

郑幸福坐在牛皮唐身边，一直局促不安，见宋姐主动跟他说话，忙抬起头来，礼貌性地看向宋姐。就见这个宋姐脸比身子胖，脖子比下巴还短，又见她眼袋下垂，鱼尾纹很深，看上去至少也有五十多岁的年纪，绝不是刚才牛皮唐说的比他俩还年轻。宋姐尽管已不年轻，但是看她的穿着打扮倒是十分时尚新潮，又见她手臂上戴着个晶莹剔透的玉镯子，脖子上挂了串足有小指粗的金项链，两个耳垂上吊着两个大金环，整个人珠光宝气的，一看就像个有钱人。

听口音，郑幸福感觉她像山西人或河北人。宋姐又看了一眼郑幸福，就问牛皮唐："唐老板最近生意忙吗？"牛皮唐说："忙是挺忙的，就是忙不到点子上。"

宋姐说："唐老板谦虚了。"又问，"你们的营业额一年得有几千万吧？"

牛皮唐似乎很谦虚地说："总公司一年得有十几个亿，我们下面的公司一年也就几千万吧。"

宋姐说："那也了不得。"牛皮唐说："我们就是个小本买卖，混口饭吃而已，跟宋姐比起来简直是九牛一毛。"

宋姐撇了嘴说："唐老板这么低调干吗？我又不跟你借钱的。"

宋姐点的咖啡和牛皮唐他们点的果汁很快就上来了。宋姐的眼睛好像没怎么离开过郑幸福，稍稍寒暄了一会儿，便问牛皮唐："小郑大概要筹多少钱？"牛皮唐说："十万块钱就差不多了。"

"才要十万？"宋姐似乎有些为难，说，"这么小的项目恐怕不太好筹啊。"

牛皮唐担心宋姐不理解，就发挥他的吹牛和撒谎特长说："按理说，这么少的钱我直接借给他就行了，不用找宋姐的。可是小郑死活不愿从我这儿借钱，说是在一个锅里吃饭，怕最后说不清，所以就只得求宋姐了。"

"求倒是谈不上，只是十万块实在是太少了。"宋姐喝了口咖啡，又沉吟了片刻，说，"要不这样吧，我回去商量一下，看能不能直接走借款，只是利息可能要稍高些，不知你们愿意不愿意。"

牛皮唐看了看郑幸福，就问："大概是多少？"

宋姐也没多绕弯子，直接说："年息百分之二十四，按月结息，要有抵押和担保。"

郑幸福还没听完，便吓了一跳，就想，一年二十四，一个月就是二厘的息，这不就是高利贷吗？高利贷谁敢借？

牛皮唐倒是没吃惊，他也没管郑幸福的想法，就说："百分之二十四？是不是太便宜了？要是我有资金困难，宋姐能不能也按这个利息借点儿？"

宋姐又瞄了一眼郑幸福，故意笑起来说："小郑可以，你不行。"

牛皮唐像是跟宋姐一唱一和的，就对郑幸福说："你看你，多大的面子，宋姐才第一次见你，就对你这么好，我都跟宋姐认识这么久了，也没见宋姐给我个面子。"又故意叹气说，"真是货比货要扔，人比人要死。"

宋姐就像故意要气牛皮唐似的，说："是啊。"

牛皮唐也没征求郑幸福的意见，便替郑幸福做主道："那就请宋姐回去商量一下，无论如何帮小郑一把。"

宋姐豪爽地说："都是自己人，好说。"

正事似乎就这么说定了。牛皮唐像是轻松了不少，又跟宋姐聊了几句闲话，便问宋姐道："宋姐，你看什么时间有空，能不能给我们个面子，让我跟小郑做回东？"

宋姐说："什么面子不面子的？唐老板是不是也太见外了？"扫了郑幸福一眼，又说，"这样吧，等这件事落实了，我请你们。"

牛皮唐说："那怎么行？一定是我们请你。"宋姐说："大家都是朋友，不要那么客气，谁请都一样。"

牛皮唐见宋姐就算是答应了，便说："那就这么说好了，等这件事情定下来，咱们一定好好聚聚。"

宋姐也没再多聊，又喝了口咖啡，便说还有个项目要谈，先走一步，就告辞了。郑幸福坐在一边一句话也没说上，感觉就像个木偶似的，心里多少有些不痛快。就想，牛皮唐怎么好替我做主呢，要是人家就答应借了呢，那我借还是不借？又拿什么抵押和担保？我要是改口不借呢，人家不得说我们不是男人吗？心里尽管有想法，但是想想有地方借总比没地方借要强，至于利息高不高，等回去好好算算账再说吧。这么想了，似乎又有些感激牛皮唐。见牛皮唐送宋姐回来了，便迎着牛皮唐，说："太谢谢唐老板了。"

牛皮唐似乎很得意，问："怎么样？你瞧人家这气派，这底气，多牛。"又问，"你见过这么大老板吗？"郑幸福老老实实地说："没见过。"

牛皮唐似乎又恢复了他平时的风格，牛气冲天地说："我可是天天都跟他们这些大老板打交道的。"

郑幸福即刻五体投地地说："唐老板实在是太了不起了。"

十一

  周冬至接连好几晚没睡好觉了。她就有些奇怪,这几天是怎么了?昨天晚上特意早早就睡了,夜里做了一个可怕的梦,梦见儿子跟人打架,被打得头破血流的,竟把她吓醒了。醒了后再也睡不着,就担心儿子会不会出什么事。又想着儿子都两个礼拜没回来了,到底是学习紧张还是有别的原因?周冬至很想马上就给儿子打电话,可是看看床头的闹钟才夜里两点多,只得作罢。躺在床上翻来覆去睡不着,越睡不着越胡思乱想,什么焦虑想什么,什么可怕想什么,一会儿担心儿子,一会儿又担心老公,一会儿又想起死去的爸,一会儿又担心自己老母亲的身体,就想着,今天白天无论如何得请假去学校看看儿子。又想着快个把月没回娘家了,这个礼拜一定要抽空回娘家看看老母亲。这么想了一大圈,最后又回到了郑幸福身上,就担心郑幸福一个人在外也不知吃得饱吃不饱,是别人给他们做饭还是自己做?饭菜可口吗?衣服谁来洗?是用洗衣机洗还是自己手洗?洗得干净吗?又想着要是自己在身边或者他在家,哪要他做这些事?越想越觉得老公一个人在外面不容易,又担心老公的身体也不知怎么样,活儿累不累,是住工棚呢,还是住人家家里?住的条件好吗?有没热水澡洗?其实这些问题郑幸福每次回来她都问过,郑幸福也告诉过她说都没问题,都挺好,可是她还是要来回地想,还是不放心。想来想去,就觉得自己不容易,老公更不容易,又想着为啥要过这样两头不着落的日子,这样的日子哪天才是个头啊?越想越难受,越想越伤心,眼泪便止不住往下流。

天终于放亮了,尽管闹钟显示五点还没到,周冬至还是掀了被子起了床。下地走了没几步,就感觉昏昏沉沉头重脚轻,似乎随时会跌倒。周冬至按照平时的习惯,先去婆婆那儿看了看,见婆婆还在睡着,也没吵醒婆婆,就先去洗漱,洗漱好后赶紧出门,就准备到镇上买点排骨。她已想好了,今天不管请到假请不到假都要去儿子学校,看看儿子。她想做了糖醋排骨给儿子带去。

到镇上买排骨来回花了一个多小时,回家才六点多,赶紧烧早饭,烧排骨,等忙好了已经七点半,伺候婆婆吃了早饭自己已经没有时间吃早饭了,告诉婆婆说中午可能要去县城看小正,要是不回来你就吃点儿现成的吧。婆婆说:"我没事的,看小正要紧。"又反复问,"小正怎么好长时间没回来了?"周冬至拿了块面饼,说:"我得上班了,没时间跟你说了,回来再跟你说吧。"说着便出门骑车走了。

婆婆坐在轮椅上,看看家里又是空空荡荡的就她一个孤老婆子,就在不住嘴地念叨:"小正,幸福,幸福,小正。"

周冬至赶到厂里已没几分钟就要到上班时间了,也不管迟到不迟到,先去找了车间主任请假。车间主任黄三说:"今天可没人顶,请不了假。"周冬至犯了牛劲,说:"请不了假也得请。"黄三说:"那我就做不了主了,你得跟厂部请。"周冬至就问找谁请。黄三说找生产部的刘部长。周冬至说:"那我迟到一会儿,请了假就来。"黄三说:"你还是先上班,等干一会儿我顶你一段,你再去请假,不然要扣工资的。"周冬至觉得黄三人还不错,就谢了黄三,说:"那我就过会儿再去。"

干了一个多小时,黄三主动过来,小声对周冬至说:你去吧。周冬至装着要上厕所,就匆匆忙忙地去更衣出门。

出了门直奔办公楼,找到生产部,就问刘部长在不在,坐在里面靠窗的一个四十多岁的男子看向周冬至说:"我就是。"

周冬至忙走到刘部长面前,说:"我想请半天假。"

刘部长叫刘志,说:"请假不用跟我请,跟车间主任请就行了。"

周冬至说："黄主任说是要跟你请的。"

刘志"哦"了一声，问："你是检测包装车间的吧？"周冬至说："是。"

刘志似乎有些为难，说："你们车间这两天的活紧，而且也没一个可以顶班的，恐怕还真的请不了假。"

周冬至就有些犟，口气上也有些生硬地说："我有急事，一定要请假的。"

刘志看看周冬至，感觉有些面熟，就问："你叫啥？"周冬至脆脆地说："周冬至。"

刘志态度上还算好，也没跟周冬至计较，稍想了想，就跟周冬至商量道："你看能不能明天请假，我们今晚想办法找个人，明天替你一下。"

周冬至还是说不行。

刘志似乎有点儿不高兴，心想，哪儿来这么个工人，她不像是在跟我请假倒像是我跟她请假似的，就说："那我也没办法了。"周冬至有点儿着急，说："那我找厂长去。"说着就要出门。

刘志说："找厂长也没用啊。"周冬至不信，就气呼呼地去找厂长。

到了总经理也就是厂长办公室，从门窗里看看就总经理一个人，周冬至也不知道敲门，"哐啷"一声推了门就进。总经理吓了一跳，瞪着眼睛问："你是谁？找谁？"

周冬至说："我是周冬至，要找厂长。"总经理说："这儿没有厂长。"周冬至看看总经理桌子上放了块牌子，写着"总经理"三字，意识到把总经理叫小了，便改口道："我找总经理。"总经理这才问："啥事？"

周冬至也没多话，说："我要请假。"总经理冷冷地看了周冬至一眼，说："请假找车间主任，或者找生产部长，不要找我。"周冬至说："他们都不管用，必须找你。"

总经理似乎很不高兴，说了一句："找我你恐怕就得走人了。"摇摇手便示意周冬至出门。周冬至心想，这是啥总经理啊？哪有这么不关心人的？也不知是冲动还是着急，说了一句："走人就走人。"一甩胳膊便走了。

总经理姓杨，叫杨根喜，好像从没遇到过这样的工人，一时气不过，便打电话给刘志，责问道："刚才来了个工人要请假，是你让她来找我的？"

刘志说："没有，我都跟她说得很清楚了，不容许请假的。"杨根喜问："她是哪个车间的，叫什么名字？"刘志回答说："叫周冬至，是检测包装车间的。"

杨根喜沉吟了一下，先说，"这个名字怎么这么熟？"再一想，便问刘志，"她是不是秦二莲介绍来的？"刘志说："我也不知道啊。"

杨根喜放下电话，便来到财务室，还没进门便冲秦二莲大叫起来："秦二莲，周冬至是不是你介绍来的？"

秦二莲不知怎么了，一时慌张地不知回答是还是不是。就看着杨根喜，也不敢吭声。杨根喜再次问："是不是你介绍的？"秦二莲终于缓过劲来，惊恐地问："她怎么了？"

杨根喜也没再说话，甩着手气呼呼地走了。秦二莲赶紧跟了出去，到了总经理办公室，先给杨根喜的茶杯里续了茶，见杨根喜已在老板椅上坐了下来，才怯怯地问："她到底怎么了？"

杨根喜铁青着脸，沉默了好一会儿，才把刚才的情景对秦二莲说了。秦二莲先狠狠地说了一句："这个周冬至。"稍站了一会儿，便帮周冬至求情道，"她平时不这样的，说不定她真的遇到什么难事了。"

杨根喜说："遇到难事也不能这么个态度跟总经理说话啊。"秦二莲连连打招呼说："请杨总看在她是我同学的面子上，你就饶了她这一回吧。"

沉默了好一会儿，杨根喜的脸色才慢慢好转过来，说："要不是你的同学，我今天非把她开了不可。"秦二莲赶紧说："可别。"又说，"太谢谢老板了。"

老板的风暴总算过去了。秦二莲回到办公室，急着要去找周冬至，可是手上一张报表马上要做完报出去，似乎也没办法，只得就忍着，准备等中午再说。

到了中午下班，赶紧去找周冬至，却听说周冬至一下班就去县城了，也不知她这么急着上县城干啥。就想，是不是她儿子出了啥事？秦二莲赶紧给周冬至打电话，电话通了却没接，又打，还是没接，就只得先回家做饭。

等秦二莲吃了午饭，收拾好碗筷，离下午上班时间只有十分钟了，赶紧骑车回厂，到了办公室还有五分钟，便就先到走廊一头给周冬至打电话。打了好久没接，又打，还是没接，再打，终于接了，就听周冬至像没事人似的说："二莲啊，我看到有好些个你的未接电话，正要给你回的，你的电话倒来了。"

秦二莲气不打一处来，恼怒地问："周冬至，你到底咋回事？得罪老板就算了，怎么听黄三说下午的假都没人准你就跑了？你还想不想上这个班了？"

周冬至说："你的口气怎么跟你们老板一样？"

秦二莲说："我的老板不是你老板？"

周冬至说："我才没那样的老板呢。"

秦二莲说："你怎么这么说话？明明就是你的错，你反倒怪罪起老板来了，难道厂子就没有厂子的规矩，还像你种责任田似的，想下地就下地，不想下地谁也不能咋样你？"

周冬至说："你以为我真就是个老农民，啥规矩也不懂的？"

"既然你懂规矩，为啥生产部长回复你了没有假你还要找总经理，为啥没有一个人准你假你还是跑了？你下午不来上班哪个能顶你？"秦二莲可能憋了一肚子的气，这时便就把气变成了一连串的问题，连珠炮似的轰向周冬至。

周冬至倒没怎么在意秦二莲的态度，说："是你们老板自己说的要开了我，既然要开了我，我为啥不走得痛快点儿？为啥还死皮赖脸地赖在那？"

秦二莲说："你不知道老板说的是气话？再说，你是我同学，又是我介绍的，他真的会开了你吗？"

周冬至似乎比较较真，说："我不管，反正他是那么说的，我不能不要脸皮。"

秦二莲见周冬至仍然一根筋，知道在电话里也说不清，便说："你不要这么较劲，好不好？这样吧，今天下午的班我让黄三先想想办法，你在县城办完事赶紧回来，咱俩好好聊聊。"

周冬至说："行吧，我一回镇上就找你去。"

秦二莲说："好。"因担心周冬至儿子有什么事，就问，"你儿子咋样？"周冬至说："还好，学习挺好的。"秦二莲说："我还以为你儿子出了啥事，还把我吓了一跳。"

周冬至说："我儿子能有啥事，我儿子好着呢。"

见周冬至儿子也没啥事，秦二莲也没再多话，便跟周冬至打了招呼挂了电话。

周冬至本来是因为夜里做了个噩梦，梦到儿子被人打得头破血流的，这才执意要请假看儿子。可是到了学校学生宿舍找到儿子，见儿子好好的，啥事也没有，就觉得自己实在太过紧张了。想想上午跟生产部长还有老总那么较劲，就觉得自己是不是还像个孩子，那么任性，那么好笑。周冬至也没管那些，就问儿子怎么两个礼拜了也不回家？儿子说：学习紧张呗。周冬至更加心疼儿子，忙把糖醋排骨拿给儿子。儿子也没顾上拿筷子就用手抓了一块排骨送到嘴里。周冬至尽管嘴上骂了句："小爪子也不怕脏？"可是心里还是甜甜的，恨不能一块块地亲自把排骨喂到儿子的嘴里。

待儿子吃了饭，帮儿子收拾了宿舍，又把儿子的脏衣服装到袋子里，就听手机一个劲儿地响。周冬至拿出手机看了看，见是秦二莲的，本不想接，儿子说："妈，你怎么不接电话？"周冬至生怕儿子多心，告诉儿子说："是你秦阿姨的电话。"就跑到一边去接了。

周冬至接了电话，还想再给儿子收拾收拾，儿子却不断催促说："妈，我快要上课了，你也早点儿回去吧。"周冬至抓住儿子的手，说："妈妈都两个礼拜没见着你了，不知道妈妈有多想你？多担心你？"

小正好像并不领情，说："你瞧你这样，好像千里寻亲似的，你要是一激动，再掉几滴眼泪下来，那不就可以拍电影了？"

周冬至的眼泪本来真的直在眼眶里打转，可是经儿子这么一说，反而笑了起来，就轻轻地打了一下儿子，骂道："你这个小白眼狼，没良心的。"见儿子的同学进进出出的，再待着也确实不好，又嘱咐了儿子诸如"好好吃饭好好学习""不要上网打游戏""不要跟同学闹矛盾""要注意安全"之类的话，就跟儿子分了手。

跟儿子分手后周冬至似乎还是不放心，就想去找儿子的班主任了解了解儿子的学习情况。听说现在都时兴给老师塞红包，周冬至特意去找了一家银行，在ATM①取了两百块钱，这才重回到儿子的学校。找到儿子的班主任，跟班主任聊了聊，听说儿子的学习还不错，基本能排在前二十名。又听班主任说，这个成绩要是保持下去，考二本大学是没有问题的，如果再努力努力，一本也很有希望。周冬至特别开心，趁办公室里没人，忙悄悄地把两百块钱塞到了班主任的衣袋里。班主任也没推辞，只说："现在尽管离高考还有两年，但是千万不能掉以轻心，对他们的学习必须加压加压再加压。"

周冬至连说："是，是，是。"又不断地说，"谢谢老师，谢谢老师。"

本想再跟班主任多问些儿子的情况，可是见班主任已看了两回手表，知道班主任很忙，又说了几句感谢的话，便赶忙告辞了。

离开学校，尽管多少有点心疼那两百块钱，但想想儿子的学习情况，心里还像是长出花来似的。就想，今晚回家一定要做点好吃的，一定要告诉郑幸福，他儿子不用他操心的。

周冬至回到镇上的时候才两点多，想想已跟黄三说了，不再来上班，似乎就不好意思再去厂里。路过镇政府边上的那家小吃店，突然感觉饿了，这才想起还没吃午饭呢，就停下车，将车放一边支好，又在小吃店门口向里张望了一下，见里面空荡荡的一个人也没有，知道早已过了饭

---

① ATM，即自动柜员机。

点，便问一个像是老板娘的人还有饭吃吗？老板娘忙说："有，有，有。"周冬至这才走进小吃店。

在靠里的一张小桌子前坐下，就问老板娘有啥吃的，老板娘说："有馄饨饺子面条，也有炒菜米饭，你想吃啥都行。"周冬至想了想，说："就来碗馄饨吧。"

老板娘也没嫌她点得简单，又很客气地问："是要三鲜的还是荠菜的还是猪肉的？"周冬至说："就来碗荠菜的吧？"老板娘说："行。"便到厨房门口朝里交代了一声："一碗荠菜馄饨。"

周冬至坐在那拿眼瞧了瞧，就见小吃店小是小了点儿，大概也就正常人家一间屋子大，屋里也只有七八张桌子，桌子都像他们上学时候的课桌，每张桌子最多坐四个人吧。又见整个屋子还比较亮堂，特别是每张桌子擦得锃亮锃亮的，一看就知道老板娘是个勤快人。听老板娘口音，像是本地人，周冬至就跟老板娘攀谈起来，问老板娘是哪儿人啦？生意好不好做？开了几年了？老板娘也没外道，告诉周冬至说，家就是镇上的，已开了七八年了，只是小本买卖，算是过得去吧。周冬至感叹地说："能过得去就不错了，像我们累死累活的，还受一肚子气，一个月才挣一千多，要是我也能有这么个小店，就啥也不想了。"

老板娘说："我这才多大个店啊，一天来去也就几百块钱，要是净算下来，还真的不如做工呢。"顺便就问周冬至在哪个厂上班，周冬至告诉说，就在隔壁的华顺发。

老板娘说："华顺发不错的，在咱们镇上不算老大也算老二了。"周冬至想想马上就要离开华顺发了，只是"嗯，嗯"了两声，也没敢多聊华顺发的事。

不一会儿，馄饨上来了，正拿了勺子要吃，就听门外一个似乎很熟悉的男人声音在问老板娘："小钱，还有得吃吗？"老板娘忙殷勤地说："镇长来了，还能没有吃的？"

周冬至抬头一瞧就愣住了，就想，哪有这么巧的事？那次到镇上找小孩不偏不倚撞着他，今天来吃碗馄饨，都过了饭点了，居然还能碰着他，难道他掐指算好了，故意要凑这个巧？因还记着他老婆那么凶巴巴地对她说过的话，便只是冷冷地朝向贾有才打了个招呼道："这么晚了你也来吃饭？你家不就在镇上吗？"

贾有才见是周冬至，也特别意外，忙走到周冬至桌前，说："是啊，这个点家里哪还有饭吃？"又问，"你不是到华顺发了吗，怎么还没吃饭？"

周冬至也不好解释，只是支支吾吾地"嗯"了一声，也没多说。又想，这个点回家就没饭吃了？他在家里是不是也太没地位了？

贾有才在周冬至对面坐了下来，说："怎么就吃碗馄饨？"周冬至说："馄饨好吃。"又特意夸赞，"他们家的馄饨做得太好了。"

贾有才见周冬至如此夸赞，便对老板娘说："小钱，那你给我也来一碗馄饨吧。"老板娘问："不来点儿别的？"贾有才说："待会儿还有事，就吃碗馄饨吧。"老板娘问什么馅的？贾有才说："跟她一样的。"

老板娘到厨房吩咐去了，贾有才便问周冬至："上次找小孩，都多久了，怎么再也没照过面？"

周冬至也不好说她给他打过电话，更不好说他老婆说过那么难听的话，就只是说："那次找小孩，原本还说要感谢你的，后来一直忙，就把这个人情给丢下了，真是不好意思。"

贾有才说："都是老同学，说什么感谢不感谢的。只是就在一个镇上，也该常聚聚的。"周冬至只是点点头，也没搭腔。

不一会儿，贾有才的馄饨上来了，老板娘特意加了道拍黄瓜。贾有才说："照算钱的。"老板娘笑着说："你这不是骂我呢吗，一碟黄瓜值几个钱？"

贾有才也没再客气，就指着黄瓜对周冬至说："你也吃。"周冬至吃饭快，这时已经把碗里的馄饨吃完了。她在桌上拿了张餐巾纸擦了擦嘴巴，又看了看贾有才，便跟贾有才打了招呼准备走人。

贾有才似乎有些不高兴，说："你对我有意见还是怎的，见到我三句话不到就要走？"周冬至强装笑脸说："哪里的话？我已经吃完了。"

"就不能多聊一会儿?"贾有才拿着勺子,看着周冬至说。

周冬至因想着上次毕竟欠了他个人情,已经抬起的屁股只好又坐了下来。贾有才吹了吹碗里的热气,并没急于吃,他看了一眼周冬至,说:"本来这几天我就要找你的,前几天我还让秦二莲约你聚聚,可巧,今天倒碰上了你。"

周冬至知道他这是没话找话,就只坐着,也没吭声。贾有才看看老板娘又进了厨房,店堂里就他和周冬至两人,他特意朝门口看了一眼,便问周冬至:"你有没听说你们村上就要改选村委会了?"

周冬至摇了摇头,说:"我哪知道那个?"

贾有才似乎有些惊异,说:"这么大的事村上人都不知道?"周冬至说:"我向来都不关心这些事的。"

贾有才说:"这不是关心不关心的事,要知道选举村委会可是件大事,必须保证所有村民都能参与。"

周冬至笑笑说:"参与不参与的,还不是一样。"

"谁说的?"贾有才一时认真起来,说,"上面只是推荐,最终还要看选举结果,候选人既可以是上面推荐的,也可以是村民共同推荐的,还可以是村民毛遂自荐的。总之,村委会的选举可是要严格按照村民委员会组织法来进行的。"

周冬至冷笑了一声,说:"拉倒吧。"

贾有才看了看周冬至,就像是随意地问:"那要是让你参加你们村的村委会选举,你参加不参加?"

"你说笑呢吧?"周冬至不禁撇了一下嘴,自嘲地说,"就我?还参加村委会选举?恐怕还没说出口就要被人笑掉大牙了。"

"笑掉大牙?"贾有才似乎忘了吃馄饨,眼睛盯着周冬至说,"你怎么这么自轻自贱的?你难道不知道,在你们村上,像你这样,高中毕业,又当过代课教师,现在仍然待在村里没有出去的又有几个?你除了没有当过村干部的经历,其他哪点比别人差?"

周冬至感觉贾有才像是当真了似的,就笑起来说:"你说的倒像个真的，好像我天天做梦都在想着当那个村干部呢。只是，你可能还不了解你这个老同学，我这个人不仅太清楚自己几斤几两，更对什么选举啊当官啊没有任何的兴趣。所以，我劝你，还是抓紧把馄饨吃了，不然凉的吃下肚，找厕所都来不及的。"

贾有才就像被一阵冷风呛着了，愣怔在那儿一时竟不知说什么好。脸色木木地好一会儿，似乎很不自在，只机械地吃了两口馄饨，便又抬起头来，说："我可跟你说，我可不是说笑的，我可是当真向镇党委推荐了，要你参加你们村的村委会主任选举呢。"

"推荐我？你凭啥推荐？"周冬至正准备打了招呼要走人的，没想到贾有才竟然告诉她这事。一时气愤不过，就站起来，瞪着贾有才，责问道，"你就是想糟蹋人也不能这么个糟蹋法吧？你也不想想，就凭我周冬至，还想竞选什么村主任，你是不让我被人笑话死就算不得老同学，是吧？"

"你怎么这么想？怎么一口一个被人笑话的，难道你真的就没能力没水平没资格参加选举的？"贾有才似乎也有些激动，生气地说。

周冬至看看老板娘从厨房出来了，似乎不想再继续讨论这个话题，只跟贾有才说了句："你还是赶紧把馄饨吃了吧。"便跟老板娘打了个招呼，甩手而去。

贾有才愣愣地看着周冬至的背影，心里的感觉就像是当年给周冬至带了好吃的却被她无情地扔了回来一样，脸上火辣辣的，不知是个什么滋味。

十二

离开小吃店,周冬至想都没再想竞选村委会主任的事。推着车,到了一个拐弯处,因想起还要跟秦二莲见面的,就先给她打了个电话,问她在上班吗?秦二莲说:"我在税务所报报表呢。"又反问道,"你回来了吗?"周冬至说:"我回来了。"

秦二莲说:"既然回来了,那你先去上班啊。"周冬至说:"上什么班,我走的时候都跟黄三辞了工,说好不来上班了。"

秦二莲说:"你怎么这么犟呢,我中午电话里不是跟你说清了吗?老板那是气话,我都已跟老板打了招呼,没事了。"

周冬至说:"说过的话哪有不算数的,再说,就是黄三不说啥,我也丢不起那个脸。"

"丢啥脸了?你不就是辞了个工嘛,你要实在不好意思,那我让黄三主动给你打电话吧。"秦二莲说。

周冬至说:"可别,我可不想让人瞧不起。"

秦二莲说了句:"你可真犟。"便把电话挂了。

周冬至知道秦二莲肯定是生气了,就想,今天无论如何要见秦二莲一面,不为别的,就为她来是秦二莲引荐的,她走又给秦二莲惹了这么大麻烦,说不定为她还得罪了他们老板,怎么的也得说句感谢的话,绝不能不辞而别。

周冬至在街上转了转,正想着要不要直接去税务所找秦二莲,就听手机响了。从口袋里拿出手机看了一下,见是黄三的,就犹豫是接还是不接?想想就是走人也不能不接人家黄三电话啊,再说,黄三对她一直不错的,不接电话肯定不应该。就接了电话。黄三在电话那头焦急地说:"冬至啊,听说你都回到镇上了,怎么也不来上班啊?"

周冬至说:"我不是跟你打过招呼,要辞工了吗?"黄三说:"这个时候哪能辞工啊,现在人手这么紧,你要辞了,我到哪儿找人去?"

周冬至没想到黄三说了这么个大实话,就不知怎么回答黄三是好。黄三又说:"再说,你这个月已经干了大半个月了,要是就这么走了,这大半个月不是白干了?厂里不可能给你发这大半个月的工资。"

周冬至倒也没想计较这个,说:"不发就不发吧。"

黄三见还是说不动周冬至,便说:"你跟秦经理不是同学吗?你要是就这么走了,你让老板怎么下得来台?你让秦经理又怎么跟老板交代?你这不是害了你同学吗?"

周冬至终于不说话了,就想,是啊,我要是就这么走了,不就把秦二莲给撂在里面了吗?我来是秦二莲引荐的,走又是跟老板吵架走的,如果秦二莲不去跟老板打招呼就罢了,现在明明秦二莲跟老板打了招呼,老板也不再计较了,如果自己还是走了,秦二莲在老板面前还怎么做人,老板还不把对她的气全撒到秦二莲身上。这一想,周冬至无法再拒绝黄三的要求,就问:"现在都快三点了,还要我去吗?"黄三说:"你赶紧来吧,我都顶了你半天了,我还有好多事呢。"

周冬至说了声:"那我先过去吧。"似乎也顾不上跟秦二莲见面了,赶紧骑了车往厂里赶去。

晚上下班的时候,秦二莲早早地便等在了车间门口。一见到周冬至,拉着周冬至就走。周冬至说:"我还要推车的。"秦二莲说:"推啥车啊?先跟我去见了老板再说。"

听说要去见老板,周冬至即刻停住脚,说:"见老板干啥?"秦二莲说:"你给我惹下的事你不去给我抹平了?"周冬至说:"你不是都跟老板说好了吗?"秦二莲说:"我是我,你是你,你不亲自去跟老板道个歉，老板的面子往哪儿搁？"

"原来你急着找我就是为了这个？"周冬至看着秦二莲，说什么也不肯再挪步子。秦二莲说："就当你帮我个忙，帮我灭个火怎样？"

周冬至还是不愿意，脑中不断闪现着杨根喜那张怒气冲冲的脸。秦二莲说："我央求你了，好不好？你就只当给我个面子，待会儿我请你吃饭怎样？"

周冬至看看秦二莲为了自己惹下的麻烦，反过来如此求她，似乎有些不好意思，只好半推半就地跟着秦二莲走了。

到了杨根喜办公室，秦二莲先敲了敲门，里面喊了一声："进来。"秦二莲才拽着周冬至的手进了门。还没站稳，秦二莲就对杨根喜说："老板，我同学周冬至跟你道歉来了。"

杨根喜从老板椅上欠起身子，看了一眼周冬至，见周冬至不像是来道歉倒像是来要债的，心里老大不高兴，便又仰到椅子上不说话。秦二莲用手捏了一下周冬至的手，暗示周冬至给老板打个招呼。周冬至本来倒是想给杨根喜道歉的，可是看看杨根喜一副不理不睬的样子，心里又有些不舒服，就想，我又没做错啥，不就是直接找你总经理请假了吗？你是这个公司老板，又不是皇帝，咋就不能直接跟你请假呢？再说，不能跟你请假就不能跟你请假吧，你为啥那么凶，为啥还要说那样伤人的话。想到这些，周冬至便一句话也不说。

秦二莲再次掐了周冬至一下，见周冬至脸色反而比进门时难看了，担心周冬至不要再冒出句什么不合适的话，赶紧就代替周冬至又是给杨根喜赔罪又是给杨根喜打招呼。杨根喜似乎听得有些不耐烦了，便摆了摆手示意她们可以走了。秦二莲还想再说点儿什么，却见周冬至已甩开她的手独自出了门。

杨根喜瞥了一眼秦二莲，冷冷地说了句："她这是来道歉的吗？"秦二莲感觉有些弄巧成拙，连连说："她就是这么个人，在乡下待惯了，不懂得规矩。"

杨根喜有点儿恼羞成怒地说："明天让她到初加工车间吧，不要再在检测包装车间了。"秦二莲忙说："别呀，老板。"看了看杨根喜，又说，"要是这样怕她就要辞工了。"

"辞工就辞工，少她一个我这厂子还不开了？"杨根喜说。

秦二莲想想杨根喜正在气头上，再说多了也不好，只好说："要不老板你再问问生产部吧，现在招人真的不容易。"

杨根喜没再说话，秦二莲也不好再说，打了招呼便出了门。

下楼赶紧去追周冬至，却早不见了周冬至的身影。秦二莲甩了一下手中的提包，就在心里骂："这个周冬至，真是个滚刀肉。"

周冬至回到家，赶紧去看她婆婆，就问饿不饿？中午吃饱没吃饱？婆婆说："我整天又不动身子，能有多大饭量？小正怎样了，有没有变瘦？怎么这么久也不回家的？"周冬至告诉说，"这个礼拜就回来了。"婆婆说："那你还不赶紧给他做些好吃的？"周冬至说："这才礼拜三，还有两三天才礼拜六呢，我总不能现在就做好摆在那儿吧？"婆婆似乎有些不高兴，说："哪有你这么当妈的？"周冬至知道婆婆就这么个人，跟她也没法计较，就说："你不要操那个心了，我不会亏待你大孙子的。"婆婆可能也知道自己有些心急了，就不再说话。

周冬至料想婆婆肯定饿了，便赶紧去做饭。

饭菜刚做好，正要伺候婆婆吃饭，就听手机响了。看看手机来电上显示的是郑耀明就是郑幸福的本家叔叔"真要命"的电话，就奇怪他来电话干吗？能有啥事？便没去理他。

扶着婆婆在桌前坐好，端上饭菜，两人开始吃饭。吃了没几口，电话又响了，周冬至生怕婆婆疑心，赶紧拿了电话，走到门口，接了电话，问："二叔，你找我？有事吗？""真要命"说："没事就不能找你，给你发了两个信息怎么也不回？"周冬至冷冷地说："没看到，有事就直说，我在吃饭呢。"

"这么早就吃饭了？我还说要让你过来吃饭的。""真要命"绕了半天也不知到底要说啥，周冬至似乎有些不耐烦，就要挂电话。"真要命"可能也感觉到了周冬至要挂电话，忙又说："你知道我现在跟谁在一起？"

周冬至想都没想，说："不知道。""真要命"似乎有些得意地说："我跟你们公司的刘副总在一起，正说到你呢，你还真的去他们厂了？"

"是啊，我啥时说过谎？"周冬至说。

"真要命"说："晚上我要请你们刘副总吃饭，你赶紧过来吧。"

"真要命"说话就像下命令似的。周冬至心想，你凭啥啊？因想到他毕竟是本家叔叔，家里的地又流转给了他，也不好过分得罪他，便说："我已吃过饭了，家里事情还多着呢，你们自己吃吧。"

"真要命"感觉很没面子，紧着问："你到底来不来？"周冬至说："我真的没空。"便把电话挂了。挂了电话看了一下信息，果真有两条"真要命"的，信息上居然称呼她"媳妇儿"而不是平时直呼其名叫冬至，就感觉有些恶心，心想，谁是你媳妇儿？你家媳妇儿好几个呢，你都这么肉麻地叫？你算个什么东西。周冬至也没看信息的具体内容便把信息删了，又回到桌上吃饭。

婆婆爱管闲事的毛病又犯上了，问："谁啊？"

周冬至说："东头二叔。"

"耀明吗？"婆婆问。

"是啊。"周冬至还在生着气，就想，这个"真要命"是个啥人啊？怎么跟我说话总像村主任似的，他凭啥想让我去吃饭就让我去吃饭？

"耀明不是在镇上开公司吗？他给你打啥电话？"婆婆尽管问话带着弯子，可是她的目的很明确，她是不问彻底不罢休。周冬至正生着气呢，见她婆婆问这么多，就没好气地说："他开啥公司啊？不就是多种了几百亩地吗？你问那么多干吗？"

婆婆可能感觉周冬至说话的语气太重了，就也生起气来，盯着周冬至说："我问一句还不能问吗？大晚上的，不明不白地来电话，我就不能问问？"

不明不白的？婆婆这是啥话？难道她又怕我去偷人不成？心里很不舒服，又不好跟她婆婆吵架，只好说："哪里就不明不白了？不就是东头二叔的电话吗？"

婆婆不问明白似乎饭也吃不好觉也睡不好，又疑惑地问："他叫你吃啥饭？"

"我咋知道？"周冬至因为生气，又补了句："都是你们郑家人，你问我，我还要问你呢。"便不理她婆婆，端起碗跑到门口吃去了。

婆婆看看周冬至说话越来越呛人，哪像个媳妇对婆婆说话啊，便像是受了天大的委屈，放下碗，哭起来喊："老头子，你为啥要死那么早啊，把我一个人扔在这世上，受人欺负，你叫我怎么活啊。"

周冬至已经习惯了婆婆这一套，知道郑幸福他妈说得没理了便这样，也没理她，待把碗里的饭吃完了，才回到桌前，对她婆婆说："妈，你啊，整天就知道这样对我。你凭良心说说，我自嫁到你们郑家后，享过一天你们郑家的福没有？我又有一句怨言没有？我的作风，村里有没有一句闲话？还有，我对你怎样？村上又有几个媳妇能像我这样对她们的婆婆？"

面对这些问题，郑幸福妈妈还真的说不出一个"不"字，知道自己有些理亏，便不再向她死去的老头诉苦，而是边抽噎边叫着："小正啊，幸福啊，你们咋还不回来啊。"

周冬至任由婆婆在那叫唤，也不再跟她理论，只顾自己做自己的事情。

晚上，躺在床上，想想今天怎么那么多的事？本想给郑幸福打电话，说说儿子的情况，因为心里烦，拿起电话又放下了。回想今天白天遇到的这些事，就觉得自己是不是太像个刺猬，咋碰到谁扎谁呢？如果要说杨根喜的态度上有点接受不了的话，那么贾有才呢，人家明明是好心，想推荐你，你不愿去竞选就不竞选呗，何必要对人家那个态度。还有刚才对婆婆，尽管婆婆啰唆，疑心病重，可是她毕竟是自己的婆婆，是自己的长辈，咋能那个态度对待婆婆。就想到自己每个月总有那么几天烦躁不安，心绪不宁的，就不明白到底是为什么。特别是到了晚上，夜深人静一个人的时候，除了想儿子想老公，身体里总像有个虫子在爬，从心里爬向每根血管甚至每根神经，爬得她全身燥热，神情恍惚，直至惊惧惶恐，虚汗淋漓。

周冬至终于模模糊糊地睡着了。可是，不一会儿竟见贾有才走了过来，不仅拉她的手，还想亲她的嘴。又见"真要命"把她重重地压到身下，就在他的身体要进入她的身体的时候，只见她的婆婆拿了根木棒狠狠地打向了"真要命"，周冬至想喊却喊不出来，挣扎了好一会儿，才惊惧地坐了起来。看看四周漆黑一片，才知原来是做了个梦。

周冬至感觉自己太不要脸了，就不明白自己怎么做了这么个梦，又怎么能做这样的梦？周冬至感觉自己湿漉漉的，摸摸身子，浑身都是汗。周冬至长长地叹了口气，便捂住脸，不断地在心里骂：郑幸福啊郑幸福，你个乌龟王八蛋，你为啥不到我梦里？

十 三

郑幸福接到一个陌生电话,打了三遍还在打,就想,现在的骗子和垃圾广告就像蚂蟥一样,不给你叮出血来绝不休手。郑幸福也没去理它。到了晚上干完活回到宿舍,收到一个信息,才知那个电话原来是吴茉莉的。吴茉莉发信息说,听说郑幸福在北京,她也来北京很多年了,现在在西边开了家饭馆,欢迎他有机会到她饭馆坐坐。信息里还附了他们饭馆的地址。

郑幸福有些意外,他不知吴茉莉是何时来的北京,怎么有那么大本事还在北京开了饭馆,又奇怪她怎么知道他的电话的。本想回个信息,可是想想当年因为吴茉莉和秦二莲两个为他打架还差点儿误伤了周冬至,又想想从家里临走前周冬至反复交代的话,就决定还是算了,不要没事找事。

郑幸福他们一起来北京搞装修的老乡一共有十二个人,算起来刚好一个班。年龄最大的已经五十好几了,是个老木工,手艺一流,就是人太木讷,一天说不了几句话。因他姓胡,所以大家都叫他老"葫芦",却把他的名字给忘了。最小的是个小伙子,叫小飞,是老"葫芦"的远房外甥,原本是跟老"葫芦"学徒的,学徒期满了,还是跟着老"葫芦",大家就笑话他,不要跟久了,也成了个闷"葫芦",连个媳妇都难找的。小飞却说:"好狗不叫,贵人不语。"

十二个人里就小飞一个还是个大小伙子,没娶媳妇,大家有事没事的就喜欢拿他开玩笑。特别是想过嘴瘾的时候，便给他讲些荤段子，惹得老"葫芦"骂："一帮老鸡巴疙瘩，老不学好的。"

他们十二个人都住在一起，租的是东五环城郊结合部的两间大平房。几年前他们住这儿的时候，这儿还比较宽敞，也比较干净，两排平房中间有一条能走两辆车的水泥路，路两边隔一段还能看到一两棵大榆树。不知怎么的，这两年忽的房前屋后加盖了很多小房子，原本很宽敞的区间道路一下子变得既窄又挤，常常因为一辆车过不去便把整条路堵死，连他们走路都要侧着身。路边的老榆树也不见了，两边的排水沟里全是污水脏物，黑臭的排水沟里散发出的异味常常让他们想起老家的一条臭水河。原本两大间平房一个月只要两千块，算下来一个人不到两百块，可是这几年工资没涨房租却"噌噌噌"地往上涨，现在还是原来的两大间平房，一个月的房租居然要四千五，每人每月要多花三四百，大家就抱怨。

郑幸福跟老罗、小飞他们一间房，房子也就二十多平方米，却搁了六张床，住了他们六个人。他们还算好的，郑幸福看到有几个别省的工友差不多同样大小的一间房，居然住了十多个人，人在屋里就像下饺子似的，有时错身都难。郑幸福他们租的房子后面还搭有两间小棚子，一间供他们做饭，一间安有简单的淋浴设施，夏天可以洗澡，冬天就看你扛不扛得住冷了。住房条件尽管很差，但是生活起居设施还算齐全，这对于他们这些在城里混饭吃的农民工也算不错了。就是这倒霉平房夏天像蒸笼，冬天像地窖，让人实在受不了。

天渐渐热了。北京的春天很短，眼看就到夏天了，现在正是他们装修队伍接活最多干活最舒服的时候。已经过去好几天了，宋姐那儿还没有消息，也不知他们愿不愿借钱。郑幸福一直在盘算，到底能不能借他们那个高利贷。想想那个项目如果有一百多万，按正常利润计算，毛利少说也有十七八万，扣掉管理费十万左右，还有七八万，如果工程四五个月干完，按半年借钱，十万的利息是一万二，这样算下来自己还能再赚六七万，即使打足了算，少说也能赚个五六万吧，算起来比一年的工资还多。最重要的是，有了这第一个项目就不怕没有第二个项目，如果这么做下去，今后一年挣个几十万还不是轻轻松松的事。到了那一步，儿子上大学，在县城买房还有什么困难？郑幸福盘算来盘算去，就觉得这个高利贷也没有那么可怕，对他来讲机会才是最主要的。郑幸福很想再找个人合计合计。可是看看周边，除了工友还是工友，这件事跟他们商量，如果能做成还好，做不成的话还不被他们笑话死？就想要不要跟周冬至说说，可一想到十万块钱，一想到高利贷，郑幸福便再次打消了跟周冬至商量的念头。

晚上，躺在木板床上，翻来覆去睡不着。睡不着就罢了，关键是把床弄得咯吱咯吱响，睡在对面的老吴就说："幸福，你是不是在干幸福的事啊？弄得人也睡不了觉。"郑幸福说："你才在干幸福的事呢。"小飞很好奇，插嘴问："什么幸福的事？"

老"葫芦"忙训他外甥："别跟他们不学好。"没睡着的便都坏笑起来。老吴好像故意要逗老"葫芦"说话，就问老"葫芦"：你从来就不做这自己让自己幸福的事？老"葫芦"终于忍不住，大声开骂道："畜生才做呢。"

这时有一个叫"黄瓜"的就问："那咱们这屋里有没有不是畜生的？"老吴笑着说："恐怕只有老'葫芦'不是了。"于是除了老"葫芦"舅甥俩，大家都在笑，笑得小飞生气地问："你们都在笑啥？"

尽管晚上骂得不可开交，可是早上一起来，大家还是亲亲热热的。郑幸福是这六个人里的头儿，就给大家布置说："今天咱们分两处，老胡小飞老吴三人去双井那家打磨刮腻子，我跟'黄瓜'还有老金去望京铺地砖，大家每天晚点走，争取尽快把这两家的小活做完。"

老吴问："那么急干吗？咱们手上暂时也没新的活。"郑幸福说："新活说有就有的，只有人等活，哪有活等人的？"大家可能觉得郑幸福说的有道理，就没再多说话。

正在望京那家铺地砖呢，郑幸福接到牛皮唐的电话，说是宋姐约了今晚见面，牛皮唐让郑幸福晚上早点回家，好好打扮打扮，不要像上回迟到了。郑幸福特意问:"他们同意借钱了吗?"牛皮唐说:"宋姐没说,可能没什么问题吧。"

挂了电话,郑幸福就在想,牛皮唐不是说宋姐是个多大多大的老板吗?就十万块钱的事,怎么还要再见面?行与不行不就她一句话嘛。郑幸福尽管不太理解,可是想想十万块钱对人家是九牛一毛,对他可是个了不得的大数字,也许人家就是担心这一点,才不敢随便借钱给他的。郑幸福便又忐忑不安地想,要是人家不愿借呢,那我这个项目不就泡汤了?以后再找这样的机会可能就难上加难了。

下午五点钟不到,郑幸福跟老金和"黄瓜"说,晚上要跟唐老板去谈事,要早走一会儿,让他们辛苦一点,争取把客厅铺完了再回去。老金跟郑幸福是一个村子出来的,关系也不错,就问:"最近怎么老见牛皮唐找你?"

郑幸福说:"也没啥,就是他在跟人家谈一个项目,工程上的事他也不怎么懂,让我帮他参谋参谋。"

老金说:"他手下不是有个人专门负责谈工程的?"郑幸福知道自己的谎编得不圆,忙改口说:"他也可能是想让我帮他撑撑场面,他一个人唱独角戏总不好吧?"

老金看郑幸福着急慌忙的样子,也没再多问。待郑幸福走后,便问"黄瓜"道:"幸福是不是有啥事瞒着我们啊?""黄瓜"说:"他能有啥事?难道他也想草鸡变凤凰?"老金说:"不好说。"

郑幸福回到宿舍,又学上次把西装重烫了一遍,然后找出前些天特意在服装市场花了一百块钱买的一条花格子领带,换上衬衣,就准备扎领带,可是在脖子上绕来绕去的,就是扎不上。又学着小时候扎红领巾的扎法还是扎不好,就骂自己:"真是土包子进城上不了台面。"便把领带折叠好装到西装口袋里,准备等见到牛皮唐再说。

约的是七点,因为出门早,路上又出奇的不堵,所以六点半多一点儿就找到了在霄云路上的那家叫"丽景"的酒吧。郑幸福估计这个点上见面可能要吃晚饭,就担心谁来请客,晚饭钱谁出。如果是两三百块钱他还拿得出，要是再多甚至上千的他就有点儿哆嗦了，既担心钱包里的钱不够，更担心钱花出去了事没办成，那不把人心疼死？不过，现在既然来了担心也没用，还是看看再说吧。郑幸福在门口特意先拉了拉衣角，整了整衣服，又习惯性地摸了摸下巴，这才学着城里人挺胸抬头地走进酒吧。

进门没几步，就有一服务员礼貌地问："先生有预订吗？"郑幸福也不知道有没有预订，便不太肯定地说："有吧。"服务员又问："是以谁的名字订的，手机号码是多少？"

郑幸福想想可能是牛皮唐订的，便说了牛皮唐的手机号码，服务员查了查，说："没有。"郑幸福无奈，便给牛皮唐打电话，牛皮唐问："你到哪儿了？"郑幸福说："我已到了，服务员问是谁订的。"牛皮唐说："在五号包间，我们早到了。"

郑幸福在服务员的引领下来到五号包间，包间也没门，只有帘子遮着。郑幸福见牛皮唐和宋姐都到了，正在那儿窃窃私语，就在心里说，不是约的七点吗？他们怎么都先到了？看他们在说话，就不知是进好还是不进好。

见郑幸福在门口迟迟疑疑的，牛皮唐就喊："小郑，怎么还不进来？"

郑幸福见牛皮唐叫，忙走进包间，先向宋姐鞠了一躬，然后对牛皮唐说："唐老板，对不起，我来迟了。"

牛皮唐难得和颜悦色地说："不是你来迟了，而是我们来早了。"宋姐也说："是啊。"

郑幸福看看还是那种面对面的卡座，正要在牛皮唐边上坐下，就见牛皮唐指着对面宋姐边上的空位说："你坐宋姐边上吧。"

郑幸福看看对面的座位，又看看宋姐，为难得不知怎么是好。宋姐招招手说："就过来这边坐吧。"郑幸福只好转过身坐到了宋姐身边。

郑幸福进屋以后就感觉有一股浓浓的味道直刺他的鼻子，待坐到宋姐身边，感觉味道更浓了，似乎有些熏人。起初郑幸福怀疑宋姐是不是有体臭，可是再闻闻，感觉味道尽管熏人却有一种说不出的香气，让人闻了似有一种魂不守舍的感觉。郑幸福也不敢说话，更不敢多看宋姐一眼，低着头尽量让自己镇定下来。

宋姐侧眼看了一下郑幸福，就对牛皮唐说："小郑都快四十了吧？怎么还像个大小伙子，那么害羞的。"牛皮唐笑笑说："他就这样，不大爱说话。"

宋姐说："我就喜欢这样的。"又对牛皮唐说，"这儿既是酒吧，也是西餐店，你们看看喜欢吃点儿什么？"牛皮唐说："我们都行，看宋姐的。"

宋姐问："你们喜欢吃牛排吗？"牛皮唐说："没问题。"宋姐又特意转过头来问郑幸福："小郑，你呢？"

郑幸福也没吃过牛排，他首先想到的不是牛排好不好吃，而是贵不贵，也不知这牛排多少钱，紧张得也不敢搭话。牛皮唐忙帮着郑幸福说："没问题，他挺喜欢吃的，前几天我俩还在一起吃了正宗的牛排呢。"

宋姐说："既然你们都喜欢吃，那咱们就一人一份牛排吧，再点个沙拉，一人点份汤就差不多了。"牛皮唐忙说："好。"

宋姐再次征求郑幸福的意见，问："小郑，你觉得呢？"郑幸福不能不说话了，抬起头，惶恐地说："行，行，行。"郑幸福不明白为啥要一人一份呢，就担心也不知要花多少钱，这钱谁来出。

宋姐向一位男服务员招了一下手，一会儿那位男服务员便来到桌边，问："你们要点菜吗？"宋姐说："是的。"也没看菜单，就说，"三份牛排，三份汤，一份蔬菜沙拉。如果不够，等吃完了再看要不要甜品。"

服务员问："要什么汤呢？有洋葱汤还有奶油蘑菇汤。另外想问一下，三位的牛排要几分熟的？"

宋姐看向牛皮唐，问："你们喜欢什么汤？牛排要几分熟的？"牛皮唐说："我们都行，宋姐帮我们定就行了。"

宋姐可能知道他们两个并不像牛皮唐说的常吃西餐的，也没再征求牛皮唐和郑幸福的意见，便对服务员说："都蘑菇汤吧，牛排都要七成的。"

服务员应诺而去。牛皮唐便笑着对郑幸福说:"郑经理,你今天也太幸福了吧?你看,求宋姐办事,结果还要宋姐给咱们服务,你怎么有这样好的命?"

郑幸福忙侧脸对宋姐说:"谢谢宋姐。"宋姐说:"客气啥,都是自己人。"

可能看看上菜还有一会儿,宋姐就问郑幸福:"听说你当年只差十来分就考上大学了,为啥不再多读一年?"郑幸福说:"父亲死得早,家里穷,上不起了。"宋姐唏嘘不已地说:"真可惜。"又说,"要是当年你考上大学,说不定现在都是个大官了。"牛皮唐插嘴说:"那是,就凭咱们郑经理这一表人才的,干啥都不会差的。"宋姐又问:"你几个小孩?"郑幸福说:"就一个,儿子,都上高中了。"宋姐"哦"了一声,便不再问。

不一会儿,沙拉上来了,郑幸福一看,什么沙拉啊,不就是一盆乱七八糟拌在一起的生菜吗?这也没烧也没煮的,能吃吗?又咋吃?

宋姐看他们犹豫,主动将沙拉拌了拌,招呼他们说:"吃啊。"牛皮唐和郑幸福只是说:"好的,好的。"也不动筷子。宋姐就先吃了起来。

郑幸福有些着急,这进来都这么久了,饭也开始吃了,怎么正事一句还没提?他们到底是答应还是不答应借钱呢?又还有些啥条件?郑幸福特意偷瞄了宋姐一眼,就见宋姐根本就没有谈正事的意思,更见宋姐今天打扮得比那天还要浓艳,又见她头发好像刚烫过,眉毛描得细细的黑黑的,脸上施了很多粉,两个稍有点高的颧骨上施的粉似乎都要掉了下来。郑幸福不理解,这宋姐都多大年龄了,怎么还把自己打扮成这样?再说,今天也没其他人,把自己打扮成这样又有啥意义?郑幸福就感觉这城里的女人越老越妖,要是在他们老家,在他们乡下还不被人骂死。

郑幸福生怕被宋姐看出他的胡思乱想,忙微低下头。牛皮唐估计也是吃不了这沙拉,就故意对郑幸福说:"郑经理,你看宋姐多年轻,多漂亮啊,到现在还单身呢。"

郑幸福心想，牛皮唐的马屁拍得也太过分了，宋姐怎么看都有五十多了，脸大脖子短的，还说她年轻漂亮，这究竟是夸奖她还是挖苦她。本以为宋姐肯定会生气，没想到宋姐还信以为真似的，脸上顿时泛起一阵少女般的羞涩，说："唐经理跟谁学的，这么会说话。"

牛皮唐说："我说的是真心话，不信你问我们郑经理。"就看向郑幸福，好像在逼着郑幸福表态。郑幸福想想牛皮唐可是反复交代过，要让宋姐高兴的，便赶紧说："是啊，宋姐确实又年轻又漂亮，要在我们老家还不知有多少男人跟在后面呢。"

宋姐可能过于激动了，突然放下手中的筷子，抓住郑幸福的手，问："小郑，你真的觉得我还不老？"

郑幸福迟疑了一下。牛皮唐赶紧说："当然了，宋姐多年轻，怎么能说老？"

宋姐不理牛皮唐，一直抓着郑幸福的手，似乎在等着郑幸福的真实评价。郑幸福尽管已经起了一身的鸡皮疙瘩，可是想想今天来的主要任务，只好就说："是啊，宋姐多显年轻啊，感觉比我还小的。"

宋姐似乎更加开心，就放开郑幸福的手，对牛皮唐说："还是小郑实事求是，他只说我显得年轻，并没有就说我年轻，还是小郑实在。"牛皮唐说："是啊，是啊，小郑就是这么实在，有时也太实在了。"

气氛一下子松弛也活跃了很多。宋姐就问："要不要来点酒？"牛皮唐说："可以啊，再好不过了。"郑幸福因还惦记着借钱的事，就提醒说："不是还有事情要谈的吗？"

宋姐看了看牛皮唐，说："啊呀，要不是小郑提醒，我们差点儿把这正事忘了。"就告诉郑幸福说，贷款没问题，只是还需要提供抵押和担保，不知郑幸福怎么考虑的。郑幸福想了想，问，"假如用我三年的工资作抵押行不行？"

"三年的工资？"宋姐好像没有理解，问："是今后三年的工资吗？"郑幸福说："是啊。"

宋姐没说话。牛皮唐即刻说："这怎么可以，一是今后的工资只是个虚的,也不是实的,怎么拿来抵押,二是你这又不是固定工作,拿的也不是固定工资。"

宋姐说:"唐总说的不一定准确,但是意思就是这么个意思,今后三年工资作抵押肯定不行。"又问,"你有没有什么固定资产,比如房产汽车或者有价证券银行存折,都可以。"

郑幸福摇摇头,说:"都没有。"宋姐又问牛皮唐:"那你们公司能给他做担保或拿实物抵押吗?"牛皮唐说:"不可能,我要可以给他担保或抵押就直接借钱给他了。"

宋姐不再说话。郑幸福似乎感觉有些绝望,觉得这事没有想的那么简单。

正说到这儿,汤上来了,郑幸福看了看,一点儿胃口也没有。牛皮唐倒是没受影响,"呼啦呼啦"地就喝了起来。宋姐只是端起汤碗用勺子先尝了一口,便放下了。三人都没说话。

不一会儿,牛皮唐就把汤喝完了,还咂咂嘴巴说:"真好喝。"宋姐喝了两口,见郑幸福没动,侧脸问:"小郑怎么不喝汤?是不是不合你胃口?"

郑幸福说:"不是,不是。"只好学着宋姐端起汤碗用勺子舀了一口喝。

汤还没喝完,牛排就上来了,宋姐有些不高兴,问服务员:"怎么上这么快?"

服务员解释说:"已经做好了,就上来了。"宋姐说:"哪有这样的。"也不再追究,就开始吃牛排。

郑幸福感觉确实有点饿了,就想,管他贵不贵,反正已经上来了,不吃也是白不吃,就拿了筷子准备拣了用嘴巴咬。可是看看宋姐用的是刀叉,先一小块一小块地切了再往嘴里送,便赶紧把筷子放下,不敢再动。

牛皮唐可能看到了郑幸福的尴尬,故意说:"我经常把刀叉拿反,应该右手拿刀,左手拿叉的,我总是弄反了。"

郑幸福似乎听明白了,又侧眼偷瞄了一下宋姐,就按照牛皮唐的提醒，右手拿刀，左手拿叉，开始切了起来。也许是不熟练，也许是太紧张，郑幸福一使力，竟把一块好不容易切下来的肉给甩到了地上。

郑幸福不知怎么是好，宋姐忙说："没事，没事，让服务员捡一下就行了。"就招呼服务员来收拾。收拾停当，郑幸福看着一大块不断刺激着他食欲的牛排却不敢再动。

宋姐笑笑说："没事，我第一次吃牛排都不会用刀叉，直接用筷子就往嘴里送，把边上的人都笑坏了。"又把郑幸福的盘子向她面前挪了挪，然后边切边指导郑幸福说，"慢慢切，切成一小块一小块的，再送嘴里，其实很简单的。只是刚用刀叉的时候还不习惯，慢慢就习惯了。"

宋姐帮着切了几块又把盘子移到了郑幸福面前。郑幸福似乎就有些感动，觉得这个宋姐为人还挺好的，又觉得她身上的香味更好闻了，她的脖子也不那么短了，脸也不那么大了，整个人多了些亲切感。郑幸福一小块一小块地吃了起来。因为从没吃过什么牛排，就感觉这味道比他平生吃过的任何一道美食都要鲜美。

牛排吃的也差不多了，酒也忘了上了。郑幸福再次怯怯地问宋姐："除了抵押和担保，还有没有其他办法？"宋姐放下刀叉，说："走正式渠道借款恐怕没有其他办法。"

郑幸福感觉宋姐的话里好像还透着一丝光亮，忙问："那还有其他渠道吗？"宋姐像是开玩笑地说："那只有我个人借给你了。"

郑幸福想想宋姐这话不是又把光亮全给遮了吗？她自己借款给我？这不是更不可能了？知道这是宋姐的托词或者是玩笑话，就想，明明知道我没有什么玩意可抵押的还要安排见面吃饭，这不是故意要白吃一顿吗？就想看看他们两个到底买不买单，还是要让他来请。尽管心里恼火，但表面上还得装着若无其事的样子，说："宋姐自己借怎么行呢，不过宋姐有这个心我已非常感激了。"

牛皮唐一直没说话，这时就插嘴问："要是宋姐果真自己借给你，你怎么感激宋姐？"

郑幸福不知牛皮唐怎么会说出这句话，看看他不像是在开玩笑，就想,他怎么一直像个媒婆,在拉皮条似的,他到底啥意思。郑幸福也没搭话,就闷坐着想看宋姐的意思。

宋姐笑笑说:"不就十万块钱吗?小郑果真有困难,不要说借,就是送我也送得出的。"

宋姐竟说出如此慷慨大方的话来,让郑幸福有点云里雾里的,也不知宋姐的话里到底有多少真实的成分,还是为了今晚这顿饭故意说句大话好听话而已。

郑幸福也不好接话,牛皮唐倒像是急了,问:"小郑,你倒是给宋姐表个态啊。"

"表态?"郑幸福在心里重复了一句,也不敢吭声,只疑惑地看向牛皮唐。宋姐看看郑幸福也没什么反应,就说:"你让人家小郑表什么态啊,不就十万块钱吗?只要小郑愿意,不管是借还是送,我都不在乎。"

郑幸福感觉宋姐说得越来越认真,不像是在开玩笑,更不是推托,就想,天下还有这样的好事?她既不是我亲戚又不是我朋友,才见了两次,就愿意拿出十万块,难道她是观音菩萨,专门来普度众生的?想想这里面肯定有蹊跷,就没多说话。

牛皮唐当然知道郑幸福的心态,看了看宋姐,又看了看郑幸福,就说:"我看宋姐对小郑这么好,都嫉妒得不行了。要我说,要不宋姐你就把小郑认下,让小郑做你干弟弟怎样?"

宋姐睨了郑幸福一眼,说:"我也没个弟弟,当然是巴不得的,就不知人家小郑愿不愿意的。"

郑幸福还是没吭声。牛皮唐就问:"郑幸福,你倒是说话啊。"

郑幸福看看牛皮唐,便有些为难地说:"能不能让我想想?"牛皮唐不高兴了,说:"这么好的事,还要想?想啥?难道是宋姐求着要做你干姐姐不成?"

郑幸福也不知道到底怎么表态,只好说:"就是认,也不能这么简单吧?在我们老家还要请客办酒的。"

宋姐听了,顿时笑了起来,说:"请客办酒有啥问题?"牛皮唐说:

"我倒没想到这一层,还是咱们郑经理认真。"

宋姐似乎很兴奋,忙招呼服务员点酒。服务员拿了酒水单给宋姐,宋姐也没看,点了一个牌子就让服务员拿去了。

郑幸福也不知今晚是什么心情,更不知究竟能不能借到钱,只是想,自己钱包里也没那么多钱,今晚这顿饭自己肯定付不起,他也肯定不会付了。

十 四

周冬至本想辞工不干了，可是想想可能会让秦二莲为难，第二天便继续去上班。等到了班上才知道，她被调到初加工车间了。周冬至尽管心里明白是怎么回事，但感觉上倒也无所谓，就想，初加工就初加工，到哪还不是一样干活拿工资。

初加工车间自然比检测包装车间要粗放得多，整个车间就像个大浴场，车间里有好几十个清洗池，一个清洗池就是一个工位。每个清洗池都有一个自来水龙头，清洗完的水从清洗池直接排出，顺着有一定坡度的地面流向排水沟，再从排水沟流出车间，流到厂外，最终流到哪里也没人知道，估计全都流到厂外的那条大河里了。

周冬至的工位在二十号池，经过一个老员工的简单指导，周冬至很快便掌握了清洗工作的要领。浸泡，粗洗，拣摘，清洗，再挑拣，再清洗，直至达到自己目测的粗加工标准，通过传送带送到下一道工序。

干了一上午，别人都喊腰酸背痛，周冬至却觉得这里的活可比检测车间好干多了，除了精神放松，相邻工位上的人还可以聊天说话。最让周冬至高兴的是，这里采用的是计件工资，工资跟干活多少挂钩，只要你不落后于正常水平，头头是不会说你的，工作时间的弹性特别大。在检测车间上个厕所都要卡好时间，在这儿中午早走一会儿晚到一会儿一般都没问题。周冬至就后悔怎么不早点儿到这儿的，省得中午跟打仗似的，让人喘不过气来。

跟秦二莲已经好几天没见面了，知道秦二莲肯定在生她的气，心想，反正已经受了处罚，被调到了初加工车间，他们老板还不满意？在周冬至的心目中，这厂子与她似乎并没有什么关系，这儿的老板自然也与她无关。

开始一段时间，周冬至真的感觉初加工车间不错，除了脏些累些，时间上却要自由得多。可是干了没多长时间，就不喜欢了，觉得这儿有一个最大的不好，就是人多嘴杂，尤其有几个女人专喜欢捕风捉影，说三道四，张家长李家短，镇里镇外好像没有他们不知道的事。

这天，跟周冬至同村的一个叫桂花的边干活便对边上几个工位的女人说："你们知道吗？杨村昨晚发生了一件特大的事。"边上人都问："啥特大的事？"桂花煞有介事地说："差点儿出人命。"听说都出人命了，一个性急的赶紧问："到底咋回事，快说说。"桂花像是要吊大家的胃口，故意看了看正在车间一头忙碌的车间主任，说："要是主任来了又要骂我了。"另一个女人也急了，说："主任还在好远呢，哪能听到你说话。"

桂花又向四周看了看，便说："说是他们村上有一个女人，男人出去打工了，不在家，实在熬不住，就跟一个老单身好上了，好了没一段，就嫌弃那个老单身，不跟他好了，就看上了本家的一个远房侄儿。那个远房侄儿也不是啥好东西，一来二去的，居然就跟他的这个远房婶子睡到了一个床上。一个年轻，一个没有男人在身边，自然是干柴烈火的，听说天天都在一起做那事，有时大白天的都做，你们说他们要脸不要脸？"

桂花说到这儿还特意评论了一下。边上几个女人对这个话题似乎都特别感兴趣，就催桂花快点儿往下说。周冬至因为就在她们边上，不听也不行，就也跟着听。

桂花又向在车间门口监工的车间主任看了一眼，才继续说："说是昨天晚上，那个老单身因为喝了点儿酒，就跑到那个女人屋里，要跟那个女人干那事，那个女人正跟那个老男人推推搡搡的，她那个远房侄儿来了，见那个老单身好像要欺负他婶子，拿起一把铁锹对着那个老单身就是一下子，结果那个老单身当场就被打得晕死过去。两个人看看那个老单身怎么弄都弄不醒，就以为他死了。两人吓得不行，先用一个蛇皮袋把他装了，准备到后半夜再想办法看把他埋到哪里。两人呆坐着也没事干，居然就又做起了那事。正做着呢，那个老单身竟醒了，从蛇皮袋里钻出来，忙冲出屋外，一边喊'偷人呢，偷人呢'，一边喊'杀人了，杀人了'，这一喊不要紧，整个村子都闹了起来，一直闹到后半夜，直到派出所来了人，把他们三个都带走了，村子才安静下来。"

一个叫"对对胡"的女人问："现在那三人呢？"桂花说："还关在派出所呢，听说那个女人的男人也回来了，事情闹得可大了。"

桂花说完了，边上几个女人议论起来，一个说："你们说，这个女人怎么这么不要脸，跟个老单身好就罢了，居然跟自家的侄儿好，这不是畜生吗？"另一个说："不是远房的吗？又不是亲的。"

"不是亲的也是侄儿啊，这不是乱伦吗？"

"嗨，啥乱不乱的，现在一个村上没有几个年轻力壮的男人在家，守在家里的女人有的半年有的一年两年的见不到自己的男人，她就是再守妇道，她也是人啊，她也会旱得裂口子的。"一个女人说。

"对对胡"是个想到啥说啥的女人，这时就问这个女人："你是不是也想男人了？要不要也在外面找一个？"那个女人就骂："你才想男人呢，你才要找呢。"

正骂着，就见车间主任过来了，问："你们在闹啥？是不是嫌工资扣得少了？""对对胡"马上说："没闹啥，我们都在夸主任呢，说主任又年轻又帅气，脾气又好，大家都说要是没男人一定找你呢。"

"放屁！"主任姓焦，叫焦大贵，大家都叫他"焦大"，即刻大骂，"就你个烂嘴，能说出啥好？你也不看看，我都多大年龄了，还拿我开这种玩笑？你就不怕我见到你男人，告你的黑状。"

"告去呗，我又没偷人又没养汉的，怕啥？""对对胡"平时常跟"焦大"开玩笑，说话便有点儿放肆。

"焦大"说："没偷人没养汉就不怕了？你就不怕我跟你男人说，

你整天男人男人的，就是没那个事也有那个心的。"

"我有那个心咋的了？整天守活寡，连想都不让想？""对对胡"一边笑着一边挑衅地对"焦大"说，"你要是有本事，就帮我们想个办法，让我们一辈子也不想男人。"

周冬至见他们说来说去的也没离开过男人，似乎有些厌烦，便就借着上厕所暂时离开了一会儿。在上厕所的路上，周冬至还在想，男人是不是都会想女人，女人是不是也都会想男人？想自己的女人或自己的男人应该是正常的，假如要是想错了，想的不是自己的男人或女人呢？会不会就要出事了？周冬至就担心郑幸福会不会想错了？而自己呢？肯定不会吧？

肚子胀胀的好像要来那个了，早上出门的时候也没带卫生巾，就担心会不会脏了裤子。上完厕所，赶紧去更衣室拿了钱包，又跟一个工友打了个招呼，便去厂外的一个小卖部买卫生巾。还没出大门，可巧就碰着了生产部部长刘志。

刘志喊住周冬至说："周冬至，你干啥呢？怎么上班时间出厂子？"

周冬至抬头看看面熟，却没认出是刘志，就问："你是哪位？"又说，"我请过假了，一会儿就回来。"

刘志说："我就是生产部的刘志，也是公司的副总，那天你不是还跟我请假来着？"

周冬至猛然想起，说："哦，对呀，你不就是刘部长嘛，你瞧我这眼拙的。"

刘志本想跟周冬至说句玩笑话的，可能因为不是太熟就没说。因想起调整岗位的事，就问："是不是调到初洗车间了？"周冬至说："是啊。"刘志有些歉疚地说："这只是临时安排，有机会还会把你调回去的。"

周冬至以为真的要把她调回去，忙说："可别，千万别把我调回去，我在初洗最好了。"刘志以为周冬至说的是气话，便说："你别有太大的意见，我也知道你跟秦经理是同学，我也是没办法啊。"

"没关系的，初洗真的挺好的。"周冬至还是无所谓地说。

刘志见周冬至看上去确实没有太大的情绪，就问："哎，郑耀明是你叔叔吧？"

周冬至纠正说："不是我叔叔，只是我老公的本家二叔。"

刘志只是"哦"了一声，就没再往下说。周冬至问："你怎么认识他的？"刘志说："他是我们的供货商啊。"周冬至问："那天说是请公司刘副总吃饭是不是就是你啊？"

刘志也没说是也没说不是，只是怪怪地笑了一下。周冬至正想问问他笑啥，刘志却说："你不是要出去吗？那赶紧的吧。"便向办公楼走去。

周冬至出了厂大门，越想越觉得刘志那笑里似乎包含着些不清不楚的含义，她不知那天郑耀明为啥要让她过去吃饭，他到底跟刘志说了些什么，刘志又是怎么理解的，但是她隐隐感觉这笑里的含义绝对没有那么随便，更没有那么简单。想想郑耀明平时看她的那色眯眯的眼神，还有他对自己过于殷勤的表现，再想想那天他发信息的称呼，就觉得这个"真要命"确实不是什么好东西，他跟刘志和厂里的人还不知说些什么不三不四的屁话呢。

周冬至越想越恼怒，真想打电话问问"真要命"，可是无凭无据的，打电话给他又说什么呢？总不至于落得个自讨没趣的结果吧？这么一想，暂时只好作罢。买好卫生巾回到班上，几个女人还在那"喳喳喳"地说着，周冬至根本无心去听，想起"人言可畏"这句话，就怀疑"真要命"会不会故意往她身上泼脏水。

晚上下班回到家，先给郑幸福打了个电话，问问郑幸福最近的电话怎么少了，是不是很忙。郑幸福抱怨说："都忙死了，放屁拉屎的时间都没有。"周冬至问："怎么这么忙？"郑幸福说："老活还没干完呢，新活又来了。"周冬至问："你上次不是说要当什么项目经理的吗？现在咋样？"郑幸福说："还没定，有可能吧。"周冬至说："能干就干，不能干不要勉强，说得过去就行。"

郑幸福说："明白。"又聊了聊家里情况儿子的情况。听说儿子学习还不错，郑幸福很是兴奋，说，"你告诉儿子，要是他保持前二十名，今年暑假我让他来北京爬长城看天安门。"周冬至说："你不要老放空炮，都说过多少次了，一次也没兑现过，别让儿子老在同学面前栽面子。"

郑幸福说："告诉他，这回一定说话算话，保证不食言。"周冬至说："那过两天儿子回来，我跟他说。你要是再放空炮，看儿子怎么对付你。"郑幸福说："那他必须保持现在的成绩才行。"周冬至说："应该没问题。"

正聊着，院外有人喊："冬至嫂子回来了吗？"周冬至忙对郑幸福说："我不跟你聊了，有人找我。"郑幸福再次交代说："你让儿子一定要好好学习。"周冬至说："知道了，知道了。"便挂了电话。

周冬至听着像是村主任助理郑家宏的声音，忙走出院子，见果真是郑家宏，便问："是找我吗？"郑家宏说："是啊。"

周冬至感觉奇怪，平时村干部很少上门的，他找我会有啥事？便有些突兀地问："有事吗？"

"是有点儿小事。"郑家宏朝院里张望了一下，问，"我能进院子吗？"周冬至对村干部的印象向来不是太好，便说："想进就进呗。"郑家宏也没客气，就晃着个身子进了院子。

周冬至站在院里，也没请郑家宏进屋。郑家宏便说："能不能给个凳子坐？"周冬至想想郑家宏毕竟是本家，平时跟他也没什么过节，便就进屋拿了条长凳，放在郑家宏身后，说："坐呗。"

郑家宏说："你也坐啊。"周冬至说："我不累，站着就行。"郑家宏也没再客气，说："上门是有好事要跟嫂子说的。"

周冬至心想，他能有啥狗屁好事？不找我麻烦就不错了。就没吭声，看看他到底要说啥。郑家宏有个抖腿的毛病，抖的幅度还特别大，他自己好像没感觉，别人看了却很不舒服，不过他要抖别人也不好说啥只好任他抖。就见他一边抖着腿，一边问："大哥啥时回来？"周冬至说："不知道。"

郑家宏继续抖着他的腿。顿了顿，问："你们家谁做主？是大哥做主还是你做主？"周冬至没好气地说："平白无故地问这话干啥？难道你家是你老婆做主的？"

郑家宏被抢白得有些尴尬，因周冬至也算是个有文化的人，又年长郑家宏近十岁，所以平时他对周冬至还算比较尊重。郑家宏也不好发作，便强堆出笑脸，说："我是问的玩儿的，我哪能不知道是大哥做主的。"

见周冬至一直爱搭不理的，郑家宏也不想再绕弯子，便说："我刚才之所以要问你们家谁做主，是因为这件事非同小可，如果大哥不在家，你又做不了主，那就比较难办了。"

周冬至感觉郑家宏可能真的有什么事要说，便说："那你先说说到底啥事嘛。"

郑家宏稍犹豫一下，便告诉说，省上要修一条高等级的公路，路过郑家洼，需要征用一部分地，其中就有周冬至家的，至于最终要征多少，现在还不好说，要等测量后才知道，现在只是先打个预防针，到时不要为难政府，影响公路建设。

"为难政府？"周冬至一听就生气，说，"上次村村通修路你们就说要支持政府，一亩地就的赔偿，还不够承包费的，我们当时说啥了？这次又说要支持政府，我怀疑到底是支持政府还是支持你们的腰包？"

"嫂子，你这是啥话？说话可要负责任。"郑家宏顿时面红耳赤的，嗓门也控制不住地有些大了。

周冬至说："我说的错吗？如果要是错的话你就让村主任把上次跟上面的征地补偿的协议和所有账目拿出来，真的没问题，我情愿自己打自己嘴巴。"

"嫂子，话不是这么说，有些事情你不要听别人瞎说，村里也有村里的难处，村主任也有村主任的难处，你不能表面看问题。"郑家宏似乎有些底气不足，刚提上去的嗓音即刻又低了下来。

"还文绉绉的，什么表面看问题，什么叫表面看问题？别的地方一亩地能补偿好几千甚至上万，我们村只赔千把，人家没地了还安排上班，你们呢？"

郑家宏似乎也急了,说:"你这是啥话?你不要一扫一大片。"

郑家宏似乎想撇清自己,却没想到这么快就出卖了村主任。周冬至冷笑了笑,说:"我看你呀,也好不到哪儿去,成天跟一帮黑心肠子在一起,能学好吗?"

郑家宏想反驳却说不出话来,可能感觉今天气氛不对,也可能觉得周冬至今天气不顺不是谈这事的好日子,便说:"嫂子,我来就是这事,要不你先跟幸福大哥商量商量吧,等有什么具体消息我再来找你。"说着抬起屁股要走。

周冬至见郑家宏只说要征地,具体政策一点儿也没讲,便撂了一句话给郑家宏道:"上回征地我家的地还没流转给别人,还好说,这回我可跟你们说清楚,我家的地刚流转给别人,想征地不可能。"

郑家宏也没跟周冬至再多说,很客气地跟周冬至打了个招呼,就走了。

周冬至连送也没送一下,将长条凳拿进屋,便在心里骂:"有这么欺负人的吗?"

十 五

晚上,周冬至正准备洗洗睡觉,却收到"真要命"一个信息,信息上依旧称她为"媳妇儿",问:"睡了没?"周冬至顿时一阵恶心,就想,我睡没睡关你什么事?需要问也是你一个叔公公可以问的吗?便没有理他。洗好刚上床,又收到一条信息,周冬至怀疑还是"真要命"的,本不想看,又担心是郑幸福或者是儿子的,只得看了,果真还是"真要命"的,信息全文是:"媳妇儿:你为啥不理我?听说在华顺发有人欺负你,把我肺都气炸了,我让你到我这儿来你为啥不来?有我关心你照顾你你还怕什么?希望你再考虑考虑,如果愿意来,我一定不会亏待你,不仅不会亏待你,还会像对心肝宝贝一样对待你的。"

"真要命"说他肺要气炸了,此时他的肺没问题,周冬至的肺却真的要气炸了,信息里诸如"有我关心你照顾你""像对心肝宝贝一样"的话,让周冬至感觉就像被"真要命"侮辱甚至强暴了一样,她不明白"真要命"怎么会发这样的信息又怎么有脸发这样的信息。她似乎更加看清了"真要命"的嘴脸,觉得这个"真要命"实在是太不要脸,太不是东西了。想想那天刘志对她的怪怪一笑,越发觉得那笑里的含义可能比她想象的还要可怕。她觉得不能让"真要命"就这么放肆下去,必须给他点儿颜色看看。

周冬至坐了起来,冷静地想了想,便写了条条理清晰措辞严厉的信息:"郑家二叔:如果你能够保持自重的话,我还可以继续这么称呼你。

我之所以要给你回信息，不是要感谢你的关心，而是要告诉你，第一，我不是你家媳妇儿，请你以后不要这样称呼我，我有名字，请你直呼其名或者叫我小正他妈都可以，媳妇儿这样的称呼你要用就用在你自己的媳妇身上。第二，我有老公关心和照顾，不需要再有其他什么不三不四的人关心和照顾。第三，今后请有事说事，如果再发类似信息，别怪我把信息转给你的媳妇们，让你两个心肝宝贝媳妇也知道知道她老公公是个什么东西！"周冬至在最后还特意打了个惊叹号。

信息发出以后，周冬至浑身上下似乎有一种酣畅淋漓的舒服感。她不知道"真要命"看到这条信息后会怎样，也许会暴跳如雷，也许会咬牙切齿，也许会无地自容。但是，不管怎么样，有一点周冬至很清楚，苍蝇不叮无缝的鸡蛋，对待任何不三不四的男人，你不能给他一丝缝隙，不能给他一点儿机会，不然，那天桂花说的故事随时都可能在你身上发生。

晚上，周冬至又做了一个近乎相同的梦，梦见"真要命"压在她身上，他的身体又要进入她的身体。梦中醒来，她恶心得几乎要吐，就不知为啥会做如此恶心如此不要脸的梦，又为啥会做同样的梦。早上醒来，身子沉沉的，脑子晕晕的，就像一夜没睡一样。

上班的时候，问了边上同是郑家洼的两个工友，有没听说修路和征地的事，一个叫秀凤的说村上已经找了，叫支持政府呢。还有一个就是那个叫桂花的说没听说，又说，可能征不到她家的地吧。周冬至就问秀凤什么意思，她家有没有商量，是先谈谈再说，还是就让他们征呢。秀凤愤愤地说，哪有那么便宜的事？上回征地的事都还没说清呢。村上人都说村主任在省城都买了房，有的说还不止一套呢，你说他家哪来那么多的钱？难道是大风刮来的不成？

秀凤又反过来问周冬至什么打算。周冬至说："我家的地都被流转了，还不知怎么办呢。"秀凤说："能怎么办？"周冬至也没好再说什么，就对桂花说："还是你家好，征不到你家，不用操心。"桂花说："好啥好？要是这次征地赔得多，你们一下子拿个十万八万的，还不眼睁睁地看着你们发财？"秀凤说："那我让给你发吧"。

桂花说："是啊，你怕啥呀？你家老公在外面一个月能挣万把呢，还在乎这点儿？"秀凤说："你听哪个说的，我老公一个月能挣万把？他是做小偷还是当相公了？不要说他没挣那么多，就是挣那么多，哪能就不要承包地了？没了承包地，粮食哪里来？吃粮还要买吗？万一外面的钱不好挣了或者干不动了，我们一家几口的生活靠啥？难道喝西北风？"

"不至于吧？你家的情况咱们又不是不知道，听说你们都准备在县城买房了，还担心没饭吃？你这么哭穷，是不是担心我们跟你家借钱？"桂花说。

秀凤似乎有些不高兴，说："是哪个乱嚼蛆，说我家要在县城买房的？你也不想想，现在房价那么高，一套房子至少也得大几十万，就凭我们能买得起吗？这不是有意寒碜人吗？"

桂花说："我也就是听别人这么一说，买得起买不起还不是只有你自己知道。"

秀凤急了，说："谁要买得起谁就是'小姐'，就是烂女人。"

周冬至见她们两个说着说着竟红了脸，赶紧劝解说："咱们在说征地的事，怎么扯到买房子上了？咱们还是赶紧干活吧，不然赶不上趟，又要被扣工资了。"

秀凤和桂花可能也觉得无趣，便各自打住，一心干起活来。

周冬至想了一天，觉得征地的事还得先告诉一下郑幸福。晚上，趁夜深人静，就给郑幸福打电话，可是很奇怪，打了好几遍却没接。周冬至看看手表才九点不到，就想，不会这么早就睡觉了吧？等了一二十分钟，郑幸福也没回电话，周冬至只好又打，可还是没接，周冬至就担心会不会出啥事。周冬至本想给跟郑幸福一起出去的老金打电话，可是想想万一啥事没有会不会让郑幸福丢了面子？只好作罢。坐在床上，在微弱的灯光下，周冬至看着山墙上的一面窗子，尽管窗子关得严严实实的，可是周冬至还是感觉那扇窗子随时会被什么人撬开，随时会有人闯到屋子里来侵犯她。她不由地打了个寒战，就想着是不是要把那扇窗子再加固加固或者干脆直接封上。封上肯定不行，家里哪能不透气不透光，又想是不是可以再加道防盗网？看看山墙上的这扇窗子足有两人高，就想，别人想进怎么进呢？难道爬梯子不成？再说，这么高的窗子，即使爬得进也没法下地啊。周冬至似乎觉得自己是不是太多虑，太紧张了。又看看正面的窗子，因为外面有院子，院门同样关得死死的，她不信有人胆敢翻院墙进来。不过，这也不好说，万一就有这样胆大包天的人呢？于是觉得正面的这扇窗子太大太矮了，似乎充满着极大的风险。

周冬至下意识地下了床，特意走到窗前看了看，见窗子关得死死的，又用手拉了拉窗上的把手，窗子没有一点点松动，这才放下心来。重新上了床，想起大门和院门，也不知关得严实不严实，便像得了怪病似的再次下床，先看了看屋门，关得好好的，开了门，又去看看院门，院门也闩得严严的，就觉得自己是不是真的得了什么病。站在院子里，抬头看看天空，星星一闪一闪的，就感觉像是郑幸福正调皮地跟她不住地眨着眼睛。

村里突然传来一阵狗吠，周冬至即刻想起桂花说起过的那个女人和两个男人的事情，身上一阵寒战，赶紧回到屋子，关紧了屋门，重又回到房间上了床。看看手机，仍然没有郑幸福的回话，却看到连着有两条信息，周冬至以为是郑幸福的，便打开，没想到两条全是"真要命"的。一条信息也没称呼，直接是："你不要给脸不要脸，我就叫你心肝宝贝了，你能怎样？你难道不是我的媳妇，不是我的心肝宝贝？你就是告诉我那两个媳妇，哪怕直接告诉郑幸福，我也敢这么叫你。"另一条是："周冬至，告诉你，不要不识抬举，我就不信你没有求着我的时候和地方！"结尾同样打了个惊叹号。

周冬至并没有害怕这个惊叹号，只是她不明白，为啥她昨天发的信息他今天才应战？看看他如此嚣张的言辞，再想想他平时那一副时而卑微得像条狗时而又张狂得像头熊的暴发户模样，心里不禁一阵发笑，就想，就凭你"真要命"，还警告我"不要不识抬举"，我就不识抬举了，难道你还能怎么样我，还能把我吃了不成。想想昨天的信息已经说得够明白够刺激的了，再打嘴仗没有任何意义，现在对付他的最好办法就是沉默。要沉默得像块铁像块冰，让他自己去捅自己的心窝。

郑幸福还是没来电话，周冬至就在心里骂："你这个不死的郑幸福，到底咋回事？你总不至于在外面有什么花花肠子，背着我搞什么名堂吧？"周冬至原本觉得老公就是风筝，不管飞得再高，飞到哪里，风筝线都在自己手上。可是现在想想万一要是线断了呢？又或者自己攥得不紧让风筝跑了呢？周冬至尽管不太相信会有这种情况发生，但是防患于未然的意识却是与生俱来的，她可以让风筝自由地去飞，但绝不可让风筝毫无控制地去飞。她必须好好审查审查这个心是不是变野了的"风筝"。

周冬至有所不知，郑幸福的心不仅没变野，甚至都没敢动过。那天晚上上了酒以后，牛皮唐说是出去办点儿事一会儿回来，结果把郑幸福一个人扔在那陪宋姐喝酒，再没见他影子。宋姐一个劲儿地劝酒，郑幸福一个劲儿地说不会喝，气得宋姐自己把自己喝醉了。

宋姐喝多酒以后，一是喜欢说，一是喜欢哭，有时说一阵哭一阵，有时哭一阵说一阵，有时边说边哭。感觉她不像个成功人士，倒像个正在人生苦海里备受煎熬的落难者。据宋姐醉后断断续续地说，她是山西大同人，家里本来也很穷，自从老公成为煤老板后便一夜暴富成了有钱人，家里的日子当然是不要说的，不要说名车，光房子在北京上海就有好多套，现金都是用车子装。按照宋姐的说法："什么叫有钱？就像我们那时候，把钱当成纸，高兴的时候生气的时候都可以把钱当纸烧。"当然，宋姐又说，"可是有钱又有什么用？有钱能买来子女有出息？有钱能买来老公对你好？有钱能买来平平安安的？有钱能买来啥毛病也没有？其他不要说，光是让老公安分守己你都做不到，更不要说其他的了。"所以，宋姐又总结，"钱是个好东西，钱又真的不是好东西。要不是有钱，我老公就不会有'小三''小四'，更不会把别的女人肚子搞大了来逼我离婚。所以钱真是万恶之源，我有时想想，我宁愿再回到没钱的日子里也不愿像现在这样，连个说句热乎话的人也没有。"

宋姐说了这些便号啕大哭。一边的服务员以为出了什么事，赶紧过来询问，郑幸福正支支吾吾地不知怎么解释，却见宋姐竟像个受了委屈的孩子扑到了郑幸福的怀里紧紧地抱住了郑幸福。服务员似乎明白了怎么回事便知趣地离开了，郑幸福却不知所措的，也不知是多给宋姐一点儿安抚是好，还是应该想办法早点摆脱这花钱买醉似乎还想花钱买男人的女人。郑幸福本想把宋姐稍稍推开一点儿，没想到宋姐却越抱越紧，几乎让他动弹不得。郑幸福就在心里痛骂牛皮唐，就怀疑牛皮唐是不是有求于宋姐，他是在帮宋姐拉皮条呢。

郑幸福原本倒是没往这上面想，可是听听宋姐对他说的话，诸如"男人能找小三小四，女人怎么就不能？男人能给女人花钱，女人为啥就不能给男人花钱？"又如"我就喜欢有文化的男人，就喜欢小一点儿的男人，就喜欢漂亮的男人，农村人有啥关系，有老婆有啥关系？只要对我好，我啥都不在乎。"

郑幸福一听这些话，不都是对他说的嘛。再看看她醉后的样子，一会儿抓着他的手恨不能把心里的东西全掏给郑幸福，一会儿扑到他的怀里可怜地哭，似乎她不是一个五十好几的老女人，而是一个刚刚失恋的青春少女。郑幸福感觉有些可笑，他不明白这城里的女人怎么会这样。

那天晚上，郑幸福在把宋姐送到家门口后便像个刚从虎口里脱身的小动物一样落荒而逃。回到宿舍，躺到床上，总觉得宋姐那胖乎乎软绵绵的手还在紧紧地抓着他。宋姐留在他身上的香水味熏得他几乎无法入睡。他不禁想起了新婚那天晚上在父亲遗像前对周冬至发的誓言，再想想周冬至从恋爱到结婚到现在一直以来对他的爱对他的好，想想周冬至无怨无悔地操持着那个家，似乎就觉得自己已经犯下了不可饶恕的错误，已经做下了非常对不起周冬至的事情，郑幸福觉得一点儿也不能原谅自己。郑幸福这时才明白，牛皮唐之所以要让他当这个项目经理，之所以要让他去借钱，之所以要把宋姐介绍给他，实际上是给自己挖了一个很大的坑，他要把自己当成一件礼物推到坑里，送给宋姐。

又是一个翻来覆去让床"咯吱咯吱"作响的夜晚。经过这个夜晚，郑幸福下定决心，哪怕再得罪牛皮唐，哪怕再穷，也不能再跟宋姐见面，更别说跟她借钱了。

第二天天还没亮，郑幸福就悄悄地起身，跑到后面的淋浴间，脱光衣服，将衣服全部扔到桶里用水泡上，又打开水龙头，也没等水热便由头冲向身子。他要把昨晚的一切特别是宋姐留在他身上的余香全部冲洗干净，他不能留下一点点儿对不起周冬至的痕迹。

十六

　　周冬至还在迷迷糊糊地做着梦就被一阵电话铃声吵醒了。她奇怪，谁会这么大清早的来电话？赶紧从床头柜上拿过手机，揉了揉眼睛，一看原来是郑幸福的，周冬至坐起身摁了接通键，还没听到郑幸福说话，便发问："昨晚干啥去了？"郑幸福说："睡觉了，手机不知怎么调到了振动，就没听着。"

　　"你说给鬼听呢。"周冬至生气地说，"你从来都不调振动的，而且即使调到振动，我打那么多次，响那么久，你都听不到吗？再说，就是你睡得死，你边上的人都睡那么死吗？都听不到振动的声音？"

　　周冬至越想越气，凭感觉郑幸福明显在说谎。

　　"我也不知怎么调到振动上的，也许是什么时候不注意按到那个振动键了吧，我要骗你我不是人。"郑幸福感觉有口莫辩，又说，"昨天干了一天活，大家都很累，所以吃了晚饭都早早地睡了，不信你可以问老金。"

　　"我才不问老金呢，就是你有什么不可告人的事情他会告诉我吗？"周冬至说。

　　"我能有什么不可告人的事情？再说，我敢吗？"郑幸福辩白说。

　　"你不敢？本来我还以为你真不敢，可是从昨天晚上开始，我就怀疑没有你不敢的了。我感觉你现在胆子越来越大，心也越来越野了。"周冬至不知是在逼供还是诱供。

郑幸福大喊冤枉，赌咒发誓，说是如有一句假话就叫他变牛变驴变成疯子，叫他再也见不到他亲爱的老婆他心爱的儿子。周冬至说："那不刚好如你心愿吗？"

郑幸福再次发誓说："我要是有一点点儿对不起老婆的地方就叫我的心被狼啃去被狗叼去。"

周冬至感觉郑幸福不像是在说谎，就怀疑是不是自己疑心病太重，误会了郑幸福。周冬至的情绪稍稍平复了些，就问："那你说说，除了昨天，最近还有没什么其他事情？"

"能有什么事情呢？天天早出晚归，忙都忙不过来，连个喘息的时间都没有，累得腰都直不起来了。"郑幸福话里的水分尽管不大，但是多少还是有些心虚，就担心宋姐那事会不会暴露。

"这么忙？"周冬至感觉郑幸福说的倒不像是假话，心中的恼怒和疑惑随之慢慢消散，便就责怪道，"那你就不能悠着点儿，犯得着那么拼命吗？钱也不是一天挣来的，再说，赚再多的钱还不是你们老板的？"

"话也不能这么说。"郑幸福感觉警报慢慢地在解除，一颗紧张不安的心稍稍放松了一些，说，"老板赚得多我们自然也跟着挣得多，老板赚得少我们肯定也跟着挣得少，所以，老板让拼命我们也只能豁出命来干了。"

"豁出命来干？难道你也想跟你爸一样把命丢在外面？"周冬至又生起气来。

郑幸福见周冬至当了真，知道自己欲盖弥彰地说得有些过了，忙说："我也就是这么一说，哪能真的就豁出命了？再说，像我们搞装修的，最多也就是脏点，苦点，累点，也玩不了命的，怎么就会跟我爸一样？"

"这可不好说，你爸当时不也常跟你妈说，没事的，啥事也没有的，好着呢，最后不还是出了事。"周冬至尽管也知道装修跟挖煤完全不是一回事，可是刚才被揪起来的心怎么也放松不下来。

郑幸福再次说："你就放一万个心好了，我爸那干的是啥活？我们干的是啥活？我们这就是有再大的事，也不会像我爸那样的。"

周冬至已把对郑幸福的疑惑和怨怪完全放到了一边，就只是反复嘱咐："不管怎样，还是要注意安全，注意身体，赚钱多少是小事，可千万不要闹出啥事情来。"

郑幸福连连说："我一定注意，你就放一百个心好了。"

周冬至还是感觉不放心，又反复叮咛了几句，这才把要修路征地的事跟郑幸福说了。郑幸福听了，说："别理他们，这回就是说破嘴也不能答应他们。"

周冬至问："假如别的人家都答应，我们怎么办？总不能当钉子户吧？"郑幸福说："不可能。"周冬至问："为啥不可能？"郑幸福说："不信你等着瞧。"

周冬至将信将疑，再次交代说："一定要照顾好自己。"郑幸福一边答应着，一边在电话里"啪啪"地亲着。

周冬至挖苦说："总是过干瘾，吊人胃口。"郑幸福说："下次回去一定要把你生吞活剥地吃了。"周冬至不敢多聊这样的话题，赶紧打住说："不跟你说了。"便挂了电话。

挂完电话，周冬至便想，就我这老公，应该不会有什么花花肠子吧？

郑幸福本想再想想其他办法，看能不能把那个项目拿下来。可是自从牛皮唐要带郑幸福去举行认干姐姐仪式而郑幸福又坚决不同意以后，牛皮唐就再也没有跟郑幸福提过那个项目以及借钱的事。郑幸福也知道这事不可能再有什么希望了，就想，不做就不做吧，自己本来就是个打工的命，又何必去做那个当老板的梦呢。要论得过且过这一点，郑幸福跟周冬至倒是很像。

这天晚上，郑幸福已洗完澡躺到床上，正拿了一本书要看，就听手机有信息提示，便打开，竟是吴茉莉的信息，问："怎么也没消息？是回老家了还是不愿见我啊？"郑幸福本不想回，可是想想跟吴茉莉毕竟是同学，仅从礼貌的角度讲也不能完全不理，犹豫再三，便放下书，回了条极简单的短信："老同学好！我在北京。"郑幸福的短信里既没出现吴茉莉的名字，也没做其他解释，似乎不想太过拉近跟吴茉莉的关系。

没一会儿，吴茉莉就回了信："既然在北京，怎么也不联系联系，是担心我把你吃了，还是担心你们家周冬至来找你麻烦？"郑幸福想想既然已通了信息，就这么打住也不好，便又回了条："没有你想得那么复杂啊，我只是一个打工的，跟你们差得太远了，想联系也不好意思。"

"你还是原来的郑幸福吗？怎么这么不实在了？老同学之间难道还讲什么高低贵贱，三六九等吗？再说，我跟你一样啊，哪有什么差不差的，同学之间又何必那么见外呢？"吴茉莉说的倒都是实在话。郑幸福似乎不好再说什么，便回道："见外倒是没有见外，只是你们都比较忙，就怕打扰到你们。"

"说是不见外，不还是见外吗？北京这么大，能碰上几个老同学？你不想见我就说不想见，不要找这些推托之词。"吴茉莉似乎有些不高兴。

郑幸福只好回："这段时间忙，等我空的时候一定去看你，只要你和你老公不嫌烦就行。"郑幸福故意提了一下吴茉莉的老公，就像怕人家老公看到这条信息似的。

"不愿见就不愿见，不要找借口，如果要说嫌烦只有你自己嫌烦，别人不会嫌烦的。"

郑幸福好像又看到了在学校读书时的吴茉莉，她说话的口气还是那样，既有点儿咄咄逼人，又不乏女人的柔情似水，让你近不敢远不舍，不知怎么对待好。郑幸福深知吴茉莉是个什么样的人，他不敢再跟吴茉莉多聊，只回了几个开心的符号，就放下手机，重新拿过了书。

看了没几行就看不下去了，十几年前在学校的一幕一幕就像昨天刚发生的一样又浮现在眼前。

记得那年高考结束后的一天下午，太阳就像火炉一样，好像要把人烤熟了似的。郑幸福正在责任地里帮他妈给稻秧施肥，就听他小妹在远处喊："哥，家里来客人了。"郑幸福问："啥人？"小妹说："说是你同学。"郑幸福问："你没问名字吗？他叫啥？"小妹说："不知道。"

郑幸福也猜不出是哪个同学来看他，本想把手中的活干完再回去，可是经不住他妈的再三催促只好丢下手中活计跟他小妹走了。到了家，还没跨进门槛，郑幸福张大的嘴巴因为太过惊讶而很久都合不上。他没想到出现在他家里站在他面前的竟然是吴茉莉。郑幸福看看吴茉莉头戴白色的圆口帽，身穿绿绸的连衣裙，脚上是一双红色的皮凉鞋，看上去就像哪个大城市来的时髦女郎。郑幸福再低头看看自己，不仅光着的脚上沾满了泥巴，身上的衣裤更是皱皱巴巴，破旧不堪。郑幸福几乎不敢抬头去看吴茉莉，只是激动中带着惶恐地问："你怎么来了？"

"不欢迎吗？"吴茉莉摘下帽子，浅浅地一笑，像是撒娇地问。郑幸福先给让座，又让他小妹帮着倒茶，待两人都坐了下来，妹妹借口出去了，郑幸福才说："有些意外。"又问，"有事吧？"

"没事就不能来吗？"吴茉莉一边看着郑幸福一边说。郑幸福仍然不敢抬头，也不说话，似乎仍然尴尬于自己的赤脚。吴茉莉用帽子扇了扇，便解释说："我是路过你们村，走得有点儿累了，就想顺便来问问你高考考得怎样？"

郑幸福终于抬起头来，摇了摇头说："考得不怎么行，特别是数学和生物，比较差，应该是没有多大希望。"吴茉莉说："你的数学和生物平时不是还挺好的吗？"

郑幸福说："我也不知道咋回事，看上去挺简单的题目，做起来就糊涂了。"

吴茉莉说："我也这样，可能是发挥不好吧。"又问，"那如果考不上怎么办？想不想再读一年？"

郑幸福叹了口气，说："读不了了，我家就我一个男人，光靠我妈一个人供着我们兄妹仨，说什么也不行的。"

吴茉莉看了看郑幸福，稍顿了一下，便涨红了脸对郑幸福说："只要你想读，我可以支持你。"

郑幸福知道吴茉莉家还比较富裕，也知道她说这话不是虚情假意。可是他就是再穷也不可能让一个女同学来支持吧？何况他与周冬至已经有过约定，不管前途如何，他跟周冬至都要在一起的。郑幸福笑了笑，说："哪能呢？"

"怎么不能？难道你我这点儿情谊都没有？"吴茉莉婉转地说。

"这不是情谊的事，而是我家条件太差了，我不能不为我母亲和两个妹妹着想，说什么也不能再读下去了。"郑幸福坚定地说。

"那岂不是太可惜了，你平时学习还不错的。"吴茉莉说。郑幸福没再说话，吴茉莉也不好再劝，她扫视了一下郑幸福家，就见郑幸福家连件像样的家具也没有，屋里除了一张四方桌，几条长凳，就什么也没有了，不说家徒四壁，基本也差不了多少。再想想刚进屋时见到他家的三间瓦屋已经非常破烂，墙上已有好多处很大的裂缝，屋顶也像随时要塌了一样。吴茉莉尽管没有厌嫌之意，但是郑幸福家的条件还是大大出乎她的意料。

吴茉莉又用帽子扇了扇，便像开玩笑似的故意说："听说秦二莲对你不错啊？"郑幸福知道吴茉莉的意思，忙否定道："哪有的事？都是别人瞎说的。"

"怎么瞎说的？我听说秦二莲还给你写过信，班上很多同学都知道这事。"吴茉莉不时看向郑幸福，可是郑幸福却像惧怕她似的，一直侧着脸，回避着她的眼神。郑幸福一时语塞，不知怎么回答是好。

"我说的是事实吧？你不敢回答了吧？"吴茉莉斜眼看着郑幸福，见郑幸福红着脸，低着头，也不说话，就揶揄道，"秦二莲开放倒是挺开放的，就是不知道她只对一个人开放还是对很多人开放，到了了还不知对谁开放呢。"

吴茉莉的话里不仅醋意浓烈，而且明显带有贬损攻击的味道。她说的也许是事实，但是之所以要在郑幸福面前这么说，意图是再明显不过了。郑幸福因为对他们两个并没有丝毫的意思，所以也就不希望她俩之间产生太大的矛盾，便笑笑说："她开不开放与我也没关系的，咱们都是同学，大家保持同学情谊最重要了。"

"没有关系？"吴茉莉冷笑了一声，说"你对她一点儿也没有动过心？"

"怎么可能？"郑幸福平淡而认真地说。

因郑幸福并没有过多解释，吴茉莉反而觉得郑幸福说的是真的。吴茉莉心里不禁泛起一阵涟漪，很想开口说什么，却满脸飞红地不知说什么好。沉默了一会儿，吴茉莉看看有些尴尬，就站了起来，说："我要走了。"也不动脚步。

郑幸福也站起身，问："你要去哪儿？"

吴茉莉说："许村，我姨妈家。"

郑幸福说："我送送你。"一点儿挽留的意思也没有。

吴茉莉尽管感觉有些失落，但也不好表现出来，站在原地好一会儿，这才红了脸问："你就没有其他话要对我说？"

郑幸福说："本来想留你吃晚饭的，可是家里也没准备，以后再找机会请你过来吧。"

吴茉莉没想到郑幸福竟说出这话来，不仅失望，更觉委屈，委屈得眼泪都快要掉下来。吴茉莉尽管委屈，却还是一语双关地对郑幸福说："只要你不反感，我随时都愿意到你家来。"

郑幸福对吴茉莉的话似乎一点儿反应都没有。吴茉莉又看了一眼郑幸福，见郑幸福早已是一副要送她出门的样子，心里的委屈便化作了愤懑，愤懑又即刻转化成了酸酸的眼泪，她一边流着泪，一边头也不回地往外走。郑幸福默默地跟在后面，似乎并没有觉察到什么。

小妹从厨房过来跟吴茉莉打招呼，吴茉莉好像都没有什么反应。待吴茉莉走后，小妹就问郑幸福："你怎么把你同学惹哭了？"郑幸福一脸茫然地说："没有啊，她怎么会哭呢？"小妹说："怎么没有啊，我看她满脸是泪的，我还以为你欺负人家了呢。"

郑幸福感觉莫名其妙的，不住地嘀咕道："怎么会？为啥啊？"

吴茉莉的意思就跟秦二莲给郑幸福写信一样，是再明白不过的。可是，在郑幸福心里，似乎只有周冬至才是真正让他心动、真正跟他相配的人，也只有周冬至才是这个世界上最漂亮最实在最让他感觉自在踏实和温暖的女人。郑幸福当初没有三心二意过，现在，他对周冬至仍然一如既往的，还是觉得只有周冬至才是他最可靠最踏实最可依赖的港湾，也只有周冬至才能给他真正的幸福。

郑幸福不再去想过去的事情。他拿起手机,给周冬至发了条信息:"老婆:好想好想你!我爱你,永远爱你!"就轻松地躺下了。他多么希望今天能在梦里回家,能在梦里与老婆相亲相爱,亲密地厮守在一起。

十七

这天中午,周冬至收到贾有才一个信息,问她晚上是否有空,他想请几个同学聚聚,顺便还要谈点儿事。没有一会儿,又收到秦二莲的信息,也是说贾有才晚上要请客,让周冬至无论如何要参加。周冬至不知他们什么意思,也没答复。

下午上班没一会儿,秦二莲特地跑到初加工车间,把周冬至叫到车间外面一个僻静的地方,问周冬至收到信息没有。周冬至说收到了,秦二莲问为啥也没答复。周冬至说:"我晚上哪有空啊,我要回去给我婆婆做饭。"秦二莲感觉奇怪,说:"你上次就说要给婆婆做饭,难道你婆婆连饭都不做的?还要你这个孝顺媳妇做?"周冬至不想让秦二莲知道太多,便说:"我婆婆身体不是太好。"

"身体不好也不可能连饭都做不了吧?"秦二莲仍然讶异。周冬至没再解释,便问:"是贾有才召集的?有啥事吗?"秦二莲说:"说是没啥事,只是几个同学小聚一下。"

周冬至想了想,还是说:"我真的去不了,你们几个聚就行了。"

秦二莲似乎有些生气,翻着眼睛问周冬至:"是不是还为上次的事不高兴?"又解释说,"那次刘总说是要暂时给你调整一下岗位,主要是想给杨总一个台阶,说是过一段时间再把你调回去。因为说是暂时的,我就没再为难刘总,就同意了。刚才我还问刘志,啥时把你再调回去,他说只要你愿意,啥时都行。"

周冬至忙说:"你可别做那吃力不讨好的事,我在初加工车间不仅人自在,时间上又自由,可比在检测车间强多了,我宁可回家也不愿再回那个像坐牢房一样的检测车间。"

秦二莲指了一下初洗车间说:"这儿的活多脏多累啊。"周冬至冷笑笑说:"你到底是镇上人,又一直是坐办公室的,哪知道什么才叫又脏又累。"

秦二莲不服气,反问道:"你知道?"周冬至说:"我不知道?我要不知道,过去那么多年,我家的责任地是谁帮着种的?粮食是怎么打出来的?"

秦二莲看看周冬至在学校里那红扑扑粉嫩嫩的脸庞早已变成了现在的古铜色,再看看她的双手皱皱巴巴的真是个地道的农村妇女,心里不得不为周冬至抱屈,就想,当初,周冬至要是答应了贾有才,跟贾有才好上,怎么会这样?又想,亏得我没有跟郑幸福好上,不然,嫁给了郑幸福,说不定还不如周冬至呢。秦二莲不禁轻轻地叹了口气,就感慨地说:"当初你可是咱们的班花啊。"

"啥班花啊,还狗尾巴花呢。"周冬至"哼"了一声,又朝车间门口看了一眼,说:"我得去上班了,不然今天的任务可完成不了了。"

"有啥关系?待会儿我跟焦大说一声。"秦二莲盯了周冬至一眼,说:"你还没有给我明确答复呢。"

周冬至因欠着贾有才一个人情,本来倒是非常想找个机会还掉那个人情,可是一想到贾有才老婆那些毒辣的话,周冬至就满心恼怒的,便对秦二莲说:"你也不怕贾有才家里的那个母老虎?"

"他家的母老虎?"秦二莲不解说,"他老婆厉害是厉害,可没你说得这么厉害吧?"

周冬至问:"你见过?"

"当然见过。"秦二莲一脸茫然。周冬至说:"既然你没觉得她厉害,那你就去吧,反正我是不去。"

秦二莲似有所悟地说:"怪道,每次说到贾有才你总是愤愤不平的,原来根子在这儿呢。"便把晚上吃饭的时间地点告诉了周冬至,强调说,"如果你今晚不参加别怪我再也不认你这个老同学。"

周冬至说:"我真的要给婆婆做饭的。"

秦二莲习惯性地把手一甩,说:"我不管。"便走了。

周冬至怔怔地看着秦二莲的背影,仍然在犹豫着。

晚上下班后,周冬至早早地回家先做了晚饭,正要伺候婆婆吃饭,秦二莲连续来了好几个信息,不断催促着周冬至。周冬至犹豫再三,最终还是决定去应付一下,算是还了贾有才一个人情。周冬至跟婆婆说,今晚要跟几个同学吃饭。

婆婆问是啥同学。周冬至说,就是跟幸福一起的同学。婆婆开始没多说,待吃完饭,便话里有话地说:"这么晚了,啥样同学,非去不可啊。"

周冬至耐心解释说:"一个秦二莲,是我们厂里的,帮了我很多忙,还有一个,是镇上的副镇长,上次小正就是人家帮着找到的,可能还有一两个其他同学,我也不知道是谁。"

婆婆还是不高兴,说:"小丽可能要回来。"周冬至说:"她回来不是刚好嘛,她可以陪陪你。"婆婆说:"她回来要找你说事的。"

周冬至问:"说啥事?"婆婆也没隐瞒,说:"你上次不是说她有什么不三不四的事吗?"

婆婆不说,周冬至倒忘了,婆婆这一说,周冬至顿时红了脸,说:"我啥时说她不三不四了?我不就告诉你外面有些风言风语的吗?你怎么跟她说的?"

"能怎么说?还不就实话实说,说她在外面引火撩骚不三不四吗?"婆婆板着脸说。

周冬至也不知婆婆是怎么跟小丽说的,尽管不满于婆婆的处理方式,但是还是尽量保持平静地说:"你跟她说说也好。"

婆婆说:"我跟她说啥啊,话是你说的,还是你跟她说。"

周冬至终于忍不住了,说:"我也是好心,外面那些话也不是我加给她的,你做妈妈的不提醒提醒她,反叫我说,我怎么说,能说啥啊?"

婆婆也生气了，大声说："你既然敢说就敢认，我就不信小丽会做出啥丑事来。"

婆婆居然认为是周冬至在给小姑子泼脏水，周冬至气得一时竟没有话说。她知道这事越说越说不清，即使跟婆婆吵一架也没用，只好强忍住心中的怨愤，先把碗筷收拾好，又把婆婆推到她的小屋里安顿好，然后连个招呼也不打，一句话不说便走了，算是对婆婆无声的抗议。

回到主屋，越想越觉得婆婆太气人，坐在饭桌前竟委屈地流下了眼泪。手机不断地在响，周冬至猜想肯定是秦二莲的电话，拿起手机看了看，果真是，只好接了。

秦二莲问："出来没有？"周冬至说："家里有事呢。"秦二莲也没理周冬至，说："就差你一个了。"

周冬至想想与其在家里等着跟小丽拌嘴，还不如去跟秦二莲他们聚聚，便就说："马上出门，不要等我。"秦二莲催促说："快点，快点。"

周冬至说："好，好，好。"便挂了电话，又换了件稍微像样一点儿的上衣，这才出了门。

太阳早已落山。骑到半道上，迎面遇到郑家宏，周冬至也没下车，只是招呼了一声。郑家宏的车子都骑过去了，忽地又停住车，在后面大声喊："嫂子，嫂子。"

周冬至听到郑家宏在喊，只好刹住车，回过头来，问："有事吗？"

郑家宏忙用一只脚将自行车蹬回来，到了周冬至面前，才气喘吁吁地问："上次跟你说的修路征地的事，你跟我幸福大哥说了吗？"

周冬至说："就这事啊？我还以为有啥大不了的事。"又说，"我还要到镇上有事。"便跨上车要走。

郑家宏忙说："嫂子，你先别忙着走，我刚从镇上开会回来，这事马上就要启动了，很急的。"

周冬至"哼"了一声说："能有多急？"也不再理郑家宏，骑了车便走。

郑家宏在后面大喊："嫂子，政策下来了，可不要错过了好机会。"

周冬至像是没听见，不一会儿便骑出去好远。

周冬至到了镇上的"醉八仙"饭店，在门口把车停好，锁上，又看了一眼门口的招牌确是"醉八仙"，这才往饭店里走。"醉八仙"是镇上不大却最有名气的一家酒楼，主打本地土菜，口味极为地道，因此特别讨镇内镇外的人喜欢。进了酒店，扫了一眼大厅，没有见着秦二莲他们，估计是在包厢，便悄悄问了一下服务员有没有一位姓秦的女士订的房间，服务员问："是跟贾镇长一起的吧？"周冬至也没说是也没说不是，只是问，在哪个房间。服务员似乎很忙，只告诉说在二楼的三号包间，便忙自己的去了。

周冬至特意让自己放松了一点儿，便拎着个平常用的黑色皮革包上了二楼。还没到三号包间，老远就能听到秦二莲的声音，只听秦二莲说："她要是不来，今天这顿饭就我请了。"有一个很熟的声音，但不知是谁，说："请客谁不能请？关键是你怎么保证她能来？"

周冬至不想让他们再编排下去，"噔噔噔"紧走了几步，还没到三号包间门口，便说："我到了。"

秦二莲忙迎出来，把周冬至拉进屋，喜笑颜开地对其他几人说："怎样？我说的没错吧？冬至是啥人我还不知道？"

周冬至忙向大家打招呼。就见除了秦二莲、贾有才，还有同班同学张至诚和钱锋。毕业以后，除了十周年那次，周冬至跟张至诚和钱锋基本没见过面，所以显得有些生疏。周冬至生怕认错人，便问："这位是张至诚，这位是钱锋吧？"两人都说："你记性还不错嘛，居然还记得我们。"

周冬至说："都是同学，哪有不记得的？"

秦二莲故意指向贾有才，问："还认识这位吗？"周冬至看了看贾有才，见贾有才张开臂膀做出要拥抱她的动作，便赶紧躲向一边，说："确实不认识。"又对贾有才说，"怎么当了镇长倒学会老外那一套了？"

尽管没得到周冬至的响应，贾有才还是摊开两手笑笑说："你也不跟着学点儿。"

秦二莲就起哄，叫道："来一个，来一个嘛。"

周冬至放下包，就对秦二莲说："那你先示范一个给我们大家看看。"秦二莲也没犹豫，也没看贾有才的意思，就扑向贾有才，来了个大熊抱。贾有才忙喊："你这哪是什么礼节性的拥抱啊，简直就是揩油。"于是大家都笑。

秦二莲放开手，就笑着对贾有才说："揩你油怎样，我还没性骚扰你呢。"周冬至打了秦二莲一下，说："也没个分寸。"

秦二莲便说："同学之间还要多大分寸？"又对周冬至说，"我可示范过了，该你了吧？"

周冬至忙走到桌边，笑着道："就光想着拥抱，不吃饭了？"

贾有才便对大家说："就座吧，就座吧。"随即招呼服务员上菜。

几人站着不知怎么落座，贾有才就给每人指定了位置，特意要钱锋坐上首，说："你是县上领导。"钱锋说："你这不是寒碜我吗？"执意不肯。僵持不下，其他几人就把周冬至拉到了上首，硬逼着坐了。周冬至稍有些尴尬地说："桌上就我一个小老百姓，倒让我坐了上首，是不是也太抬举我了？让我坐得住吗？"

秦二莲说："你要不坐，恐怕贾镇长今天的饭都吃不好了。"

贾有才便指着秦二莲对张至诚和钱锋说："你们今天可一定要让秦二莲喝好。"张至诚和钱锋便热烈响应道："那是必须的。"

见闹得也差不多了，周冬至就问张至诚和钱锋："咱们还是上次毕业十周年见的吧？也不知你们现在都到哪儿发财了？"

贾有才看了看张至诚和钱锋，便代替他们说："至诚现在可是大老板了，在镇开发区办了一家化工材料厂，生意红火得很。钱锋现在可是我的直接领导，刚调到县招商局，专门负责对外招商。"

贾有才还没说完，钱锋就说："贾镇长这不是要让我钻地缝吗？要不是贾镇长推荐，我怎么能去得了县上？"张至诚也说："就是，贾镇长笑话我们呢。"

贾有才说："我说的可都是事实啊。"钱锋还要再说，却被秦二莲打住了，说："你们要再这么互相谦虚下去，恐怕咱们的晚饭都吃不上了。"

贾有才便说："就是，就是。"就招呼服务员上酒。

张至诚说："不用他们。"便起身亲自倒酒。周冬至见张至诚的个子好像还没秦二莲高，就奇怪，明明记得在学校的时候张至诚是个大个儿，还是个劳动委员，现在怎么变得这么矮，而钱锋在学校时基本都坐第一排，现在却比张至诚高半头，周冬至就不知他们当初是怎么发育的。周冬至看看今天喝的可是五粮液，就想，这么贵的酒，怎么舍得喝？

张至诚把五个大玻璃杯放在一起，一瓶酒刚好分了五大杯。周冬至看看还有自己的，忙说："我可喝不了酒。"张至诚说："你不喝哪能行？"钱锋也说："是啊，郑幸福也不在家，也不会有人管你的。"周冬至说："他不在家，你们不更得关照了？"

贾有才也不知周冬至的酒量，便说："要不让冬至少喝点儿。"秦二莲听了，忙叫了起来，对贾有才说："你这么偏心，这酒还怎么喝？你要实在怜香惜玉，那连我一道也关怀了，你把我俩的酒都带了吧？"贾有才便批秦二莲："就你会瞎起哄。"

钱锋像是打圆场，说："今天都是老同学，第一杯还是都一样吧？"

贾有才便看向周冬至，似乎在征求周冬至的意见。周冬至的酒量其实并不差，这时只得说："那我就舍命陪君子吧。"

酒官司终于打完了，每人分了一大杯。凉菜早都上好了，热菜也开始陆陆续续地上，贾有才就站起身举起杯来，说了今天聚会的主题，居然有三个。一是祝贺钱锋上调到县里，二是祝贺张至诚公司引进了一家合作伙伴，公司又要上一个新台阶，三是，祝贺周冬至到镇上上班。周冬至马上说："我这有什么好祝贺的？再说，我到镇上上班都快两个月了。"

贾有才说："那也值得庆贺啊。"便不再多说，带头举起杯来。其他几人也跟着举起杯子站起身，周冬至似乎还不太适应他们的酒桌礼仪，看看他们都站了起来，只好也跟着站起身，端起杯子，说："那我就谢谢你们吧。"

张至诚和钱锋都说："谢谢贾镇长。"贾有才忙说："同学聚会，就不要镇长、镇长地叫了。"秦二莲没什么城府,就附和说:"就是啊。"

张至诚和钱锋却说:"那怎么行?"便互相碰杯,各喝了一口,才重新坐了。

周冬至还没喝过五粮液,尽管感觉这酒确实好喝,但因知道这酒的价格,所以喝起来还是有些心疼。看看其他人的杯子,一口下去了三分之一,而自己只抿了一小口,就担心他们会不会有意见。果真,张至诚看向她道:"周冬至,我们都喝了一大口,你怎么像没喝似的,你可不要指望贾镇长给你带酒啊?"

秦二莲说:"反正四口一杯,没人带的。"周冬至斜对着秦二莲,说:"你还是不是我的姐妹?"秦二莲笑笑说:"酒桌上哪有姐妹啊?"钱锋便说:"这个态度好。"

贾有才怕他们又打嘴仗,忙招呼大家吃菜。五个人里只有周冬至很少参加这样的同学聚会,其他四人倒是常聚的,四人便都敬周冬至的酒。周冬至无奈,只好跟着喝,不一会儿就晕乎乎的,脸上有些发烧。

第一杯酒快下去了,贾有才就像是随意地问周冬至:"冬至,上次我跟你说的事情你有没有考虑?考虑得怎样?"周冬至可能是喝了酒的缘故,一时竟不知贾有才问的是啥事。贾有才便说:"推荐你参加村委会主任竞选啊。"

其他几人还是第一次听说,都有些意外。张至诚问:"周冬至要当村委会主任了?"钱锋问:"哪个村?"秦二莲好像有些怨怪周冬至似的,说:"你怎么保密保得这么好?而且还对我保密?"

周冬至感觉贾有才这话问得太唐突,而且问得也不是地方,似乎很不高兴,又见几个同学都当了真,脸上更是火辣辣地烧。周冬至也没犹豫,即刻回说:"怎么可能?不要说我是一个女人,我就是一个男人,也不可能去出那个风头啊。再说,我算个啥?芝麻官都没当过,从来都没有管过人,让我去竞选村主任,这不是天大的笑话吗?"

"怎么会是笑话?"贾有才的脖子长是有名的,说话的时候还特喜欢伸长脖子，就像鸭子找食吃一样，这时就伸长脖子说，"你们村的情况你也不是不知道，高中毕业还在村里没走的，就没几个。再说，你还当过代课老师，文化水平在你们村上算是最高的了。这次竞选村主任的首要条件就是要有文化，其次，就是为人要实在，办事公道，廉洁奉公，第三就是要有一定的群众基础。尽管你第三条差点儿，但是在你们村里，提到周冬至，哪个不认识哪个不知道？"

周冬至冷笑笑说："就那么大个村子，千把号人，哪个不认识哪个？"

秦二莲似乎有些激动，鼓动周冬至说："冬至，有啥怕的？不就当个村委会主任吗？你要是竞选，我给你当后盾。"

周冬至狠狠瞪了秦二莲一眼，说："你起啥哄啊？你是看热闹不怕乱子大是吧？你咋知道一个村主任就那么好当的？"

张至诚鼓励说："周冬至，当村主任尽管不容易，但也没有那么可怕的，我不是还当过几年村书记，不也当得挺好的？"

"我能跟你比吗？你是个男人，又能说会道的，在学校还当过劳动委员呢，我除了会种田，会做饭，还会啥？"

"话可不能这么说。"钱锋插嘴道，"谁也不是天生什么都会的，再说，你的基础在那儿呢，就凭你的头脑，你的为人，啥也不比别人差的。"

周冬至看他们如此异口同声，就怀疑是不是贾有才故意设下的这个饭局，要来劝她。那天，贾有才跟她说这事，她还以为是贾有才随口一说，今天，贾有才当着同学的面又说这事，说明贾有才是认真的。周冬至感觉这事不能不说清，再不说清要是传到村上，还不知会被笑话成啥样。周冬至独自喝了一口酒，说："你们可别再拿我开玩笑了，毛主席还说，人贵有自知之明，我有几斤几两我自己还不知道？再说，我就是有那本事，也没那个心思啊，我是个啥样人，你们这些老同学还不清楚？"

贾有才似乎不死心，又说："我都已经正式把你推荐给组织科了，你还是再考虑考虑吧。"

周冬至听了，似乎很不高兴，即刻沉下脸反问："你凭啥推荐？谁让你推荐了？"

也许是喝酒的缘故,也许是带着一肚子气过来的,周冬至说话的语气明显过重。秦二莲担心贾有才脸上挂不住,赶紧批评周冬至道:"冬至,你这是怎么说话的?贾镇长不也是为你好吗?你哪能这么不识好人心的?"

"我就不识好人心了,我就不识好歹了。"周冬至说着说着眼泪竟掉了下来。贾有才见状,忙解释说:"冬至,你可别误会了,我只是感觉你各方面条件都不错的,不能就这么被埋没了,你已经为你的家庭牺牲了那么多年,难道还要牺牲一辈子吗?"

贾有才不说这话还好,说了这话,周冬至更生气了,竟哭出声来说:"牺牲啥呀?啥叫牺牲?各人有各人的活法,我天生就是这个命,我就愿意一辈子当个小老百姓,一辈子不受人的恩惠,难道不行吗?"说到这儿,周冬至已经泪流满面地说不出话来。

周冬至的态度让几个同学都很诧异。几人面面相觑的,室内的气氛一下子变得非常尴尬。沉默了好一会儿,才见张至诚说:"冬至,贾镇长可是一片好心,你可能是误会了。你如果真的不愿意参加竞选也没关系的。"

秦二莲赶紧帮周冬至打圆场说:"她肯定是遇到了啥不顺心的事,把气撒在了我们老同学身上,你们可不要见外,如果见外就不是老同学了。"钱锋忙说:"不会的,不会的,都是老同学,哪会呢。"

贾有才情绪上好像并没有受太大影响,他忙招呼张至诚倒酒,又像开玩笑地说:"没关系,没关系,都是老同学,哪个还没个心情不愉快的时候。等再喝两杯酒,冬至的心情自然而然就好了。"

待张至诚给大家倒好酒,贾有才又举起杯来,对大家说:"这杯酒,算我给冬至赔罪的吧。"

周冬至稍冷静了一下,待心情好转些,便在桌上扯了一张餐巾纸擦了一下眼泪,看向贾有才说:"你有啥罪好赔的?我刚才确实因为心情不好,又喝了点儿酒,把话说急了,你只要不见怪就好。"说着,站起身,端起杯,又对其他几人说,"刚才对不起各位,说话有些不着调,要说赔罪只有我给大家赔罪了。"她也没看大家,竟一口把一大杯干了。干了酒便"咚"的一声坐了下去。

贾有才连忙问:"你行不行?"秦二莲说:"没事,没事,她酒量没问题的。"

在贾有才的要求下,大家都一口把酒干了。坐在边上的钱锋忙招呼周冬至吃菜,又说:"没想到周冬至的酒量这么大,可比郑幸福厉害多了。"

张至诚也说:"就是,郑幸福每次回来都要找我喝酒,可是喝了没两圈就趴下了,确实跟周冬至没法比。"

贾有才看了看周冬至,再次关心地问:"冬至,没事吧?"周冬至连说:"醉了,醉了。"就要先走。

贾有才劝说:"菜还没怎么吃,待会儿再走吧?"

秦二莲忙给周冬至倒了杯茶,也劝道:"老同学好不容易聚一次,你就再待一会儿吧。"周冬至也不好再犟,只好继续坐着。

大家推杯换盏的,说了一大堆废话,中间周冬至跟着又喝了几口。终于吃得差不多了,几个人都已经醉意朦胧的,张至诚就提议去唱歌。钱锋说,镇上的歌厅又破又脏的,哪能请镇长去那些个地方啊。张至诚说:"那就去县城,一二十分钟就到的。"

周冬至听说要去什么歌厅,忙站起身,打招呼要走。贾有才说:"今天就不去了,要唱改个日子再唱。"秦二莲也说:"大家今天都喝成这样了,要不改天吧。"张至诚和钱锋只好说:"那就听镇长的。"

周冬至晕晕乎乎的,拿了包又要先走。秦二莲看了看贾有才几个,像是故意地问:"你们哪个能送送冬至啊?"

张至诚和钱锋看了看秦二莲,似有所悟,故意说:"我俩都有事的,要不请贾镇长辛苦一下?"

周冬至已经晃晃悠悠地出了包间的门,贾有才似乎也没有考虑的余地,忙追上去,说:"那就我送吧。"

周冬至"咚咚咚"地往楼下走,一边走,一边说:"我绝对不要送,我自己能走。"贾有才也不管，只是在周冬至后面跟着。

几个人都出了饭店，周冬至闹着要去骑她的电动车，贾有才不让，说："喝了就不能骑车，我帮你推着送你回家，也要不了多长时间。"

周冬至还是说："我绝对不要你们送。"边说边去取了电动车。正要往车上跨，一个趔趄，差点儿连车带人跌倒。贾有才赶紧去扶。

周冬至坚持说："我没问题，你们要送我就不走了。"贾有才似乎受了提醒，便说："不走也行，镇上有酒店，不行就住一晚，明早再回的。"

周冬至调转脸问："你啥意思？"贾有才感觉周冬至有些误会，忙解释说："我没别的意思，就怕你路上有事。"

"有事？能有啥事？"周冬至一脸醉态地说。正僵持不下，秦二莲迈着醉步过来了，问："你俩磨蹭啥呢？怎么还没走？"

贾有才为难地说："我要送，她不让，还要自己骑车。"

秦二莲上前抓过周冬至的车头，不容置疑地说："不用争了，车子给我，贾镇长负责把冬至送到家，我负责把冬至的车保管好。"也没征得周冬至的同意便把周冬至的电动车推走了。

周冬至急着追，贾有才忙拉住周冬至，说："别追了，这样安排也挺好，你明天早上辛苦一下，走到厂里上班也可以的，省得晚上骑车不安全。"

周冬至想想这个方法也行，便不再去追，跟贾有才打了个招呼便往回家的方向走。贾有才说："我还是送送你吧。"周冬至反复说："不用送，不用送。"说着已走出一截。

贾有才犹豫了一下，想想还是不放心，就在后面跟着。

路上黑黢黢的，也没有行人，两人一前一后地走了好一截。周冬至开始没感觉到贾有才跟着，直到暖风一吹，酒醒了大半，才觉得身后是不是有个人一直盯着，突然立住脚，回转头，厉声责问道："谁？"

贾有才忙应道："是我。"周冬至听出是贾有才的声音，便问："你跟着干什么？"贾有才紧走两步，快到周冬至跟前了，才说："这么黑的天，不放心，我送你一下。"

"有啥不放心的？"周冬至的态度有些生硬，再次说，"我说了不用送的，你为啥还要送？"正扭头要继续往前走，突然想起什么似的，又回头朝贾有才说道："这黑天大夜的，你也不怕别人嚼舌头根子？"

贾有才轻松地说："怕啥？咱俩一清二楚的，有啥舌头可嚼？"

周冬至说："嘴长在别人脸上，你说不被人嚼舌头就不被嚼了？"又威胁说，"你要再送，我就不走了。"贾有才问："你酒醒些没？要不坐下歇会儿吧？"

周冬至说："一抬脚就到家了，还要歇歇？你真是当领导的。"

贾有才紧走两步，到了周冬至跟前，愣怔了好一会儿，才像是壮了胆子说："难道咱俩就不能坐一坐，好好聊一聊？"

"这黑天大夜的，聊啥？还聊竞选的事？"周冬至立住脚，问。

"聊那干吗？"贾有才的声音突然放低下来，稍顿了一下，就有些暧昧地问，"冬至，这么多年下来，你对我的心就一点儿感觉也没有吗？"

周冬至像是被吓了一跳，忙紧张地说："你怎么说起这个？"生怕贾有才有什么出格举动，赶紧退后两步，对贾有才说："你赶紧回吧，可不要再说醉话了。"

贾有才趁着酒劲，再次壮起胆子说："你难道看不出，我是真心喜欢你的？"跨步上前，就要拥抱周冬至。

周冬至像是被吓着了，赶紧往前跑了起来，边跑便回头对贾有才喊："赶快回去吧，再不回，当心你那辣椒老婆来找你。"

贾有才感觉又像是回到了上中学那会儿，自己一头劲儿，对方居然连一点响动都没有。他的心就像冬天里吃了根冰棍，要有多凉就有多凉。

一阵风吹过，贾有才终于清醒过来。他抬头看看天上无数像眨巴着眼睛的星星，听着田野里"呱呱"叫唤着的青蛙声，他不禁长长叹了一口气，就在心里说："当初我为啥就没那个胆子呢？"

十八

　　婆婆说小丽要来小丽却没有来，尽管暂时避免了一场姑嫂大战，但周冬至知道，这场战争肯定不会就这么过去了。

　　那天晚上周冬至还没到家就已完全清醒，想想刚才贾有才对她说的话，周冬至心里就像吞下了根干辣椒，火辣辣的像是有团火要从胸腔里蹿出来。对于贾有才对她的意思周冬至是心知肚明的，作为一个女人她不可能对一个男人对她的真心喜爱无动于衷。可是每当心底那个最私密的地方暖暖地稍有感动或者稍有一点儿陶醉的时候，她就会对自己说，别忘了，你可是一个规矩的女人，你的身边还有一个更爱你的男人在守护着你，你不可以稍有动摇，更不可以做出让人不齿的事情。每每想到这点，周冬至便会反复对自己说："贾有才是个啥，不就是个副镇长吗？他就是对自己再好也好不过自己的老公啊。"为了让自己更坚定，更无懈可击，每当自己心底出现哪怕一丝丝温暖的感觉的时候，周冬至便会让自己去联想贾有才那像鸭子一样长长的脖子，还有他走路时那一颠一颠像青蛙跳一样的模样，再想想自己老公那高高的个子越老越像张国荣一样的气质，就在心里说，谁也不好跟自己老公比的。

　　回到家，先到婆婆门口故意咳了一声，也没跟婆婆说话。婆婆还没睡，问："到现在才回来？"见周冬至也没回话，就大声说，"小丽这个死东西，说回来的也没回，让我空等了一晚上。"

　　周冬至又咳了一声，还是没跟婆婆说话。回到自己院里，先闩好院门，回屋子洗漱好，又关好屋门，这才回到房间准备睡觉。可是，一看到前面的窗子，马上就联想到小偷甚至坏人，尽管知道院门和屋门都关好了，但是心里还是很不踏实。周冬至重新出了屋子，又仔细检查了院门，见门闩闩得好好的，回到屋里又认真地闩了屋门，这才回到房间。

到了房间里似乎还不放心，又检查了一遍窗子，窗子关得严严实实的，又看了看山墙上的高窗，高窗很高，根本爬不上去。周冬至想想实在没有什么需要再检查的了，只得上了床。歪在床头，看着从屋顶吊下来的节能灯煞白煞白的，让她心惊胆战。想起还没给秦二莲打电话，便拿起手机给秦二莲发了条信息，告诉早到家了。想想也不知郑幸福睡了没，怎么也不来电话的，就又给郑幸福发了条信息，本想说心里难受，好想好想你，却写道："你个死老公，怎么也没电话也没信息？"

发完信息也没再等他们的回信，便关了灯躺下睡了。

由于酒精的作用，不一会儿周冬至便呼呼睡去。正做着梦，周冬至突然听到一阵激烈的叫骂声，接着便是鸡鸣狗叫的，闹嚷嚷的一片。周冬至以为还在做着梦，可是随着外面的吵闹声越来越厉害，周冬至的意识越来越清醒，就感觉肯定不是在做梦。"嗖"地坐起身，拉亮电灯，果真不是梦。周冬至赶紧披了件外衣，走出屋子。

周冬至来到院子里，竖起耳朵向外听，听了好一会儿终于听出好像是离她家不远的张小芹也就是被大家称作"水芹菜"的家里在闹腾。周冬至正犹豫着要不要出去看看，突然就听一声"杀人了！救命啊！"的喊叫声，周冬至感觉要出人命似的，忙回屋穿了衣服，匆匆出门，直奔"水芹菜"家。

到了"水芹菜"家门口，就见门口已经内三层外三层地围了很多人。周冬至正想打听到底是怎么回事，就见来喜媳妇不知从哪儿冒了出来，一把抓住她，笑嘻嘻地问："知道咋回事吗？"周冬至摇摇头说："我还正想问你呢。"

来喜媳妇似乎很兴奋，扯着周冬至的衣袖，把周冬至拉到一边，手舞足蹈地告诉周冬至说，不为别的，就为"水芹菜"偷人，被她老公公老婆婆逮了个正着，现在还光着屁股被摁在被窝里呢。周冬至问："刚才怎么听到喊救命？"来喜媳妇说："是那男的拿了把刀要砍她婆婆，她婆婆喊的。"

"男的是谁啊？怎么还敢拿刀砍人？"周冬至问。来喜媳妇说："就是村南头的光棍刘二，他也就是想跑，吓唬吓唬人的，他哪有那胆量真的砍人？"

周冬至感觉非常意外，说："张小芹怎么能看得上他？"来喜媳妇笑笑说："什么看得上看不上的，整天守着活寡，不要说是个男人，恐怕就是条公狗都想试试呢。"

"真不要脸。"周冬至狠骂了来喜媳妇一句，就不知这样的话来喜媳妇怎么都说得出口。周冬至怀疑来喜媳妇是不是也有什么见不得人的事，不过看看她胖的像个大水桶，两个屁股就像两把大沙发似的，就想，除了她老公恐怕没人会对她有那个心。周冬至问，"现在咋样啊？村里来干部了吗？"

来喜媳妇说："这种事情，除了出了人命，哪会有村干部来管？"周冬至说："这怎么行？万一闹出什么事可怎么好？"来喜媳妇嬉皮笑脸地说："要不你进去看看？也不知'水芹菜'光着屁股是个啥样。"周冬至骂道："你是不是整天就盼着出这样的事，你好免费看演出？"

"就是啊，这可比电影电视的好看多了。"来喜媳妇不仅不生气，反而像打了鸡血似的激动不已。屋里还在闹着，不时还会听到张小芹婆婆一阵一阵的叫骂声。周冬至说："总不能就这么一直闹下去吧？"来喜媳妇问："你说怎么办？"周冬至说："还是要有人出面做一下工作，让张小芹公公婆婆先不要闹了，等到明天再说。"

"明天？明天还不知'水芹菜'跑哪儿去了，说不定就跟哪个野男人跑了。"

来喜媳妇正说着，就听张小芹家又打了起来，张小芹的公公婆婆一方好像一直占着上风，张小芹边哭边骂边乱叫着，似乎并没有惧怕。

张小芹的老公叫郑家年，也算是郑幸福的本家。平时周冬至跟张小芹的关系还不错，两家的走动也比较密切，周冬至感觉要是自己露了面，张小芹的脸上肯定挂不住。想想这么闹下去也不是个事，就让来喜媳妇进去劝劝。

来喜媳妇说："我劝有啥用，他们会听我的吗？你去说说还差不多。"周冬至问："张小芹会不会想不开，做出什么傻事来？"来喜媳妇"哼"了一声，说："她会想不开？就她那厚脸皮，你就是拿根绳子给她她也不会去上吊的。"

周冬至知道来喜媳妇跟张小芹关系不怎么好，便骂："就你脸皮薄？整天像个骚狐狸似的，连公狗母狗的话都说得出口，还亏你是个女人。"来喜媳妇平时被骂惯了，这时便说："我要是骚狐狸的话早跟野男人睡上了。"

周冬至感觉跟来喜媳妇也说不出啥正经话来，稍想了一下，便拨了郑家宏的手机。不一会儿手机通了，郑家宏像是还在梦游，迷迷糊糊地问："哪个？"周冬至说："是我，周冬至。"

郑家宏好像有些意外，说："是嫂子啊？你跟大哥商量好了？"周冬至说："不是这事。"郑家宏迷迷糊糊地问："那是啥事？"周冬至说："张小芹家闹得不可开交的，你们村干部也不来看看？你是助理，要不你出个面，先把事情平息下来吧。"

郑家宏问："她家啥事啊？"周冬至说："我也说不清，反正她公公婆婆在张小芹那儿闹得要死要活的。"郑家宏似乎不太情愿出面，说："我怎么没听说？"周冬至说："都惊动半个村子了，却见不到你们一个村干部的影子，你们到底是真聋还是装聋？"

郑家宏还是不情愿，便推托："这事也不归我管啊。"周冬至生气地问："那你还是不是村干部？"郑家宏说："我只是个助理。"周冬至更来气，责问了句："那征地的事你怎么管了？"便把手机挂了。

挂了郑家宏的电话，周冬至愤愤地想，这些个村干部都一样，有好处的事上得比谁都快，没好处的事躲得比谁都远，竞选的时候什么好话都说，干活的时候什么难事都躲。又暗暗发狠道："下次再选村干部，一票都不投。"

见张小芹公婆还在闹,周冬至忍不住,对来喜媳妇说:"走,咱们进去看看。"便拉着来喜媳妇挤进了人群。

费了好大劲,终于来到张小芹家的内屋,就见张小芹果真裹着条薄被子坐在床上,张小芹公公拿了根棍子拦在门口,她婆婆拿了根绳子,不断地要去绑张小芹。张小芹不仅不让她婆婆接近,还不住嘴地在骂。

周冬至站住脚,忙称呼张小芹公公道:"三叔,在闹啥呢?"

张小芹公公既没看周冬至,也没说话。张小芹婆婆见是周冬至,便叫唤了起来,大喊:"她不要脸。"一边喊着一边又扑向张小芹,要把裹在张小芹身上的被子拉开。

张小芹一边紧紧地护着被子,一边用脚踢着她婆婆。她婆婆来来回回好一阵也没得手,便再次破口大骂:"不要脸的东西,我今天非扒光了你,看你到底骚成啥样。"

周冬至几乎听不下去了,就冲张小芹婆婆大声说道:"三娘,你先不要骂了,让我跟你们说几句话好不好?"

张小芹婆婆尽管还在骂,但是嗓门明显小了很多。周冬至趁机便把张小芹公公拉到一边,小声说:"三叔,这事可不能这么闹下去。你想想,再这么闹下去,如果闹得小芹想不开,做了什么傻事,你们担当得起担当不起?还有,你们这么闹下去,等家年带着你家孙子回来了,他们还怎么做人?怎么抬头走路?俗话说得好,家丑不可外扬,事情已经到了这一步,除非你们不想让家年跟小芹再过下去,不然可不能再闹了。"

张小芹公公是个老实人,说:"我也不想闹,硬是你三娘逼着,说是气不过,要出出这个不要脸的丑。"

周冬至说:"你赶紧劝劝三娘吧,不要再闹了,有话还是等家年回来再说。"

张小芹公公像在自言自语地说:"就这么放过她了?就这么便宜她了?"周冬至小声说:"要打要骂的也不能当着外人面啊,私下里啥样不行?"

张小芹公公沉默了好一会儿，最终似乎领悟了过来，就冲张小芹婆婆喊："别闹了，别闹了。"又挥舞着手中的木棍，向看热闹的喊道，"还看什么看？你们家都没有丑事？"

周冬至便吆喝看热闹的人："快散了，快散了，都回家睡觉吧。"

看热闹的见闹得也差不多了，便渐渐散去。

周冬至正要再去劝劝张小芹的婆婆，却听张小芹大喊一声："我不想活了。"抱着被子一头向床头撞去。周冬至赶紧冲上去，拉住张小芹，说："你干吗？"

张小芹婆婆瞪着眼骂："撞死好。"看看张小芹只撞了一下便不再撞，又骂，"咋不撞了？咋还有脸活着？"张小芹便又挣扎着要撞。

周冬至一边抱着张小芹，一边就对她公公说："三叔，你还不把三娘劝走？"

张小芹公公便过去拉了张小芹婆婆说："走吧，她不怕丢人现眼的，你也不怕？"张小芹婆婆不依不饶地还在骂，张小芹公公便死拉硬拽地把张小芹婆婆拉走了。

待她们走后，张小芹便捂住被子号哭。周冬至也不好劝，见她刚才撞墙的样子也不像是真心寻死的，稍坐了坐，先说了句"自作自受"，又说了句"作得起就受得起"，便走了。

还没走几步，来喜媳妇就像个幽灵似的追了上来，问周冬至道："你是啥能耐，使的啥招数？说劝下就劝下了？"

周冬至扭头骂道："还不回家去？"来喜媳妇笑了笑，说："哪天我要是偷人被抓着了，你也这么帮帮我。"

周冬至骂了一句："真不要脸。"便推搡着把来喜媳妇赶走了。

回到家里，重新睡下，却怎么也睡不着。先是想，这事到底是张小芹的错还是她公公婆婆的错？想想男人们都到外面打工了，留下一堆女人和老老少少的在家里，不出这样的事才怪呢。因想到都跟郑家宏打了电话，也没见一个村干部露头，就生气，不住地在心里说，下次竞选非把他们赶下台不可。

第二天下班刚到家没一会儿,郑家宏就在周冬至家院门口叫了起来:"嫂子回来了吗?嫂子在家吗?"

周冬至本不想理他,见他不住地在叫,只好在院内应了一句:"叫啥叫?我不在院子里嘛。"

郑家宏推开半掩着的门,探进半个头,先看了一眼,然后说:"我还以为你没回来呢。"也没等周冬至招呼就自个儿进了院子。周冬至不怀好气地说:"既然以为我没回来,怎么还叫?你是叫魂还是叫啥呢?"

郑家宏见周冬至没鼻子没脸地说他,便问:"嫂子又怎么了?我哪里又得罪你了?"周冬至嗤了一下鼻子,说:"得罪我?你一个大助理,多大官,多大僚啊,你要是没有事,不要说打电话,我恐怕用八抬大轿抬你你也不肯上门的。"

郑家宏厚着脸皮笑了笑,说:"我知道了,嫂子肯定是在为昨晚的事生气,是吧?"又自顾解释道,"昨晚的事不是我不愿管,实在是这事不在我分内,我要出头,处理得了处理不了倒在其次,关键是村主任怎么想?他没有意见才怪呢。"

"我看你年纪不大,当官的套路倒研究得很精。照你这样下去,今后恐怕不当省长也是县长,不然就太屈才了。"周冬至撇了嘴说。

"嫂子,你就是对我再有意见也不能这么挖苦我啊,我就一个小助理,在村主任手下混饭吃的,你叫我怎么好?"郑家宏哭丧着脸说。

周冬至看看郑家宏实在也有些难言之处,就问:"我不跟你磨牙了,你直说吧,今天找我到底啥事?"

郑家宏也没敢跟周冬至要凳子坐,站在那抖了一下腿,说:"还不是昨晚在路上我跟你说的,镇上已开了会,马上就要修路了,让我们尽快跟你们占地的人家签合同呢。"

"签合同?有那么好签的吗?"周冬至说。

"政策下来了,村主任说,三天内先签合同的,可以多发一千块补助,一个礼拜内签的,可以多补助五百,过了一个礼拜签的,就没有了额外补助。如果过了两个礼拜还不签,就不好说了。"郑家宏又抖了一下腿，似乎在担心周冬至的态度。

"不好说是咋说？还能把我们赶出郑家洼？"周冬至挑战似的问。

"这个嘛，这个嘛——"郑家宏哼哼哈哈的好一会儿，也没明确说。

周冬至也不管郑家宏说不说，便一字一顿地对郑家宏说道："那我告诉你，除非你让村主任把上次征地的账目全部公开出来，不然，不要说两个礼拜，就是两个月，两年，也别想让我签什么合同。"

郑家宏似乎有些愕然，他怔怔地看着周冬至，像是不认识周冬至似的。愣了好一会儿，才说："这次征地是这次征地，与上次有啥关系？"

周冬至大声说："关系大了。"

郑家宏似乎也不想得罪周冬至，稍想了一下，便说："我只管这次征地的事，上次征地的事我也不知道。"他看了看周冬至，接着又说："嫂子，我还是先把这次征地补偿的标准跟你说一下吧。"也不管周冬至愿不愿听，就告诉说这次征地征地费是每亩五千，青苗赔偿是每亩一千，镇上和村里补助每亩各五百，不包括提前签约奖励总共是每亩七千。又说，这可够高的了。

周冬至像是没听见，冷笑着说："你就是七万，我也不会签。"

郑家宏直着眼睛问："为啥？"

周冬至说："我刚才没跟你说吗？你这会儿脑子怎么又不行了？"

郑家宏知道周冬至的意思，又抖了一会儿腿，便对周冬至说："嫂子，咱们今天先说到这儿，你再想想，或者再跟大哥好好合计合计，等你们想好了，过两天我再来。"

周冬至本就有逐客的意思，这时便说："你也不要再来了，再来还是那句话。"说着挥了挥手，就像赶小鸡似的在赶郑家宏走。

郑家宏也没再多说，耷拉着个脑袋便出了门。待郑家宏走后，周冬至气呼呼地去关上院门，冲着门外说："还想糊弄我，门都没有。"

十 九

　　因张小芹曾在厂里干过活，厂里很多人都认识她，因此这些天，张小芹的故事便成了厂里工人的主要谈资。桂花是郑家洼人，又是个爱说闲话的，自然成了最权威的"新闻发言人"。故事被添加了很多细节，说是两人正在做那事，被破门而入的公公婆婆还有一大帮村民集体摁在床上，并被掀了被子光溜溜地露在了众人面前。"水芹菜"婆婆正欲带领众人将二人捆绑游街，却见那野男人就是村上有名的二赖子操起一把早已备好的菜刀砍向大伙儿，"水芹菜"婆婆差一点儿被砍身亡。那野男人趁乱光着屁股就跑了，"水芹菜"便被掀了被子露出两个白花花的大奶子。

　　讲的人绘声绘色，听的人津津有味，车间里每个人似乎都到现场捉奸了一回。周冬至忍不住，就问桂花："你在吗？全看到了？"桂花一边干着活，一边很自然地说："我想去看的，结果没起得来。"

　　"没起得来怎么还知道得那么细的？"周冬至用水冲洗着莲藕，故意问。桂花说："当然是听别人说的。"周冬至说："别人说的你就在这儿瞎嚼蛆，你就不怕烂了你的嘴？"桂花不高兴，红了脸说："你怎么还护起'水芹菜'了？她是你啥人？"

　　"啥人也不是，不过这种事情还是少嚼舌头为好。"周冬至说。桂花羞恼地说："我就要说，她干了丑事还不让人说？"想想似乎不服气，又补了句，"我又没说你家小姑子。"

周冬至顿时不高兴了，说："我家小姑子？你说说'水芹菜'就罢了，怎么又说到我家小姑子身上？"

"不是我要说你家小姑子，而是你家小姑子的事情不得不让人说。"桂花在村上就是有名的快嘴，而且没有啥话她不敢说的。

上班时间，周冬至本不想多说话，可是听到桂花这么说，又不能装聋作哑。知道继续这个话题反而让小姑子的事情越描越黑，越传越难听，便警告桂花道："你只要不怕我小姑子哪天来撕烂你的嘴你就尽管胡咧嚼地说。"

"撕烂我的嘴？你以为我是在胡说八道吗？"桂花特意抬高了嗓门说"你难道就没听说你家小姑子小丽早就跟人好上了？可能好的还不是一个呢。要说丢丑，你家小姑子可不比'水芹菜'差的。"

周冬至本想止住这个话题，不让桂花继续往下说，可没想到桂花不仅没停下来，居然还像拿了个大喇叭在广播。周冬至忍无可忍，即刻涨红了脸，瞪着桂花，大声喝骂道："放你娘的屁！你是看到还是抓到了？我可告诉你，桂花，如果你要是再敢这么胡咧嚼的，可别怪我不客气。"

"不客气？你以为我怕你？"桂花一点儿也不示弱，声音顿时盖过了周冬至，整个车间几乎都能听到她的声音，就听她叫喊道："有脸做还怕别人说？还要见到看到？她让别人老婆抓了在县城大街上打是假的？她整天跟人唱歌跳舞是假的？她整天花枝招展的打扮给谁看？给她老公看吗？她老公一年才回来几次？你难道不知道？"

桂花越说越来劲儿，似乎不是在工厂上班，而是在村头吵架。周冬至知道再让桂花这么往下说，不仅说不出什么好话来，更会让大家看笑话，可是要让桂花刹住车似乎也没什么好办法。

桂花正要再说，却见焦大穿着双高帮雨靴，提着根扫把"咚咚咚"地走了过来，大喊道："吵啥呢？你们这是在上班吗？"

桂花自然惧怕焦大，便不敢再出声。焦大看了看桂花，又看了看秀芳，说："别以为我是瞎子聋子。"

秀芳见焦大拿眼瞪自己，先说："我也没说话。"感觉这话可能会得罪桂花，忙又说，"我们又没耽误干活。"

焦大大声说："没耽误干活？难道你们有两个心，可以分着用的？"顿了顿，又特意厉声说，"尤其是桂花，三里地外就能听到你的声音。你以为这是在集市上卖菜，还要吆喝的？我可告诉你，再让我碰到你上班吵嘴，小心我让你滚蛋。"

桂花似乎急了，辩解说："又不是我一个人的事。"焦大大声说道："我就听到你一个人的声音了。"

秀芳见焦大的嗓门越来越大，生怕焦大认真起来，忙笑嘻嘻地说："主任，你可别生气，我们刚才是在说笑话呢。"见焦大没理她，又问，"主任，昨晚'水芹菜'被捉了奸，你去看了吗？"

焦大没好气地说："我去看那个干吗？"

秀芳故意说："那可惜了。"

焦大白着眼睛问："可惜啥？"

秀芳笑了笑，又看了看两侧正在干活的工友，便近乎放浪地说："你要是去，就能看到'水芹菜'那两个白花花的大奶子了。"

车间里顿时爆发出一阵哄堂的笑声。焦大即刻大骂："你们这帮不要脸的，别哪天也干出一样不要脸的事。"

桂花的脸色倒是变得快，这时就开玩笑地问焦大："你是不是盼着？"

焦大骂道："别不要脸，干活！"

桂花和秀芳互相看了看，不敢再说话。焦大将扫把搁在一边的柱子旁，便在车间里巡视起来。车间里便只听到哗哗的流水声，不再有叽叽喳喳的说话声了。

周冬至一边干着活，一边就在想，桂花说是小丽被人家老婆打了，到底真的假的？自己怎么没有听说过？知道这样的话桂花是不会胡说的，就想，说不定就是最近才发生的事。她很为小丽丢脸，也为自己感到难堪，就想，哪天真得找小丽好好谈谈。

已经进入五月份，天气开始转热。这个星期天，儿子小正没有回来，周冬至做了好吃的，又带上小正夏天用的被褥和足够小正一个星期穿的换洗衣服，骑上车便去了县城。

到了儿子的学校，路过操场的时候，见一帮孩子在打篮球，周冬至特意停下车，就想看看有没有儿子的身影。认真地看了场上的每一个孩子，并没有儿子，周冬至就想，也没问过儿子，会不会打篮球。想想当初郑幸福可是学校篮球队的中锋，在球场的英姿不知吸引过多少女同学。当初，吴茉莉、秦二莲之所以那么热情似火地倒追郑幸福，与这点有着很大的关系。

周冬至在球场边又站了一会儿，见一个男孩投了一个三分球，一帮女孩狂热地叫喊起来，周冬至不禁感叹，年轻多好，读书多美，要是自己再年轻一回，一定要多读书，读好书。

看看离吃饭时间越来越近了，周冬至不敢多看，只得离开篮球场，来到了儿子的宿舍。儿子正跟几个同学聊着什么，见到他妈妈拿着一大包东西过来，就有些不高兴了，嘟着嘴说："妈，你怎么又来了？不是跟你说过不要老来，不要老送吃的，你怎么不听？"

周冬至说："妈不来，你怎么有好吃的？再说，你不想妈妈，妈妈还想你呢。"小正更不高兴，说："妈，你肉麻不肉麻？"

周冬至说："肉麻啥？妈妈想儿子，那不是天经地义的？"也不管儿子高兴不高兴，就先把保温桶给了儿子，让儿子去吃饭。又把儿子床上的床单、被子、枕头收了，放到带过来的一个大包里，换上新带来的床单、薄被和枕巾。

儿子的同学见到周冬至来了打过招呼都去吃饭了，小正被周冬至催着也拿着饭盒提了保温桶去了食堂。周冬至趁宿舍没人，赶紧开始给他们擦洗清扫，待儿子的同学们回来，见宿舍里再次变得洁净而清爽，就都叫："郑妈妈真好。"

周冬至因想着是星期天，就想顺便去小丽那儿一趟。又跟儿子聊了几句，便说要去姑姑那儿。小正说："都好长时间没见着小亮了。"周冬至说："他今年要考高中，学习肯定也挺紧的。"

小正问："怎么好久也没见着小姑啊？"周冬至说："她帮小亮做饭，

当然也挺忙的。"

小正没再问，周冬至说："等我见到小亮和小姑，让他们有空回郑家洼，你也回去，这不就见上了？"小正说："好。"

周冬至又看了看儿子的宿舍，感觉没有什么好再收拾的，便拿了每次带来带去的大包还有保温桶和扎好的被褥，又反复叮嘱儿子要好好学习，这才骑上车走了。

周冬至习惯性地往回骑着，快出县城了，才想起还要去小丽那儿的，赶紧掉头往小丽租的房子那儿骑。小丽住在老城区，因为那儿的房子旧，又是平房，所以相对比较便宜。听小丽说，一间能放两张床的大屋子一个月才两百六十元，要是两间屋子，一个月也就四百元。小丽那儿她只去过一次，路都有点儿记不得了。

周冬至按照记忆骑着，快到那片平房的时候，周冬至又有些犹豫，就想，到底要不要主动找小丽。

要说跟两个姑子的关系，周冬至跟小丽的关系似乎比跟大姑子郑兰的关系还要好些。想想当初谈恋爱的时候，因为周冬至妈妈反对，周冬至跟郑幸福的来往一直是偷偷摸摸的，很多时候还是小丽帮着鸿雁传书。结婚以后，大姑子郑兰对周冬至有些意见，主要是因为郑幸福妈妈不放心周冬至，把周冬至盯得太紧，闹了些矛盾，郑兰是站在她妈妈一边的，所以郑兰跟周冬至的矛盾实际上是郑幸福妈妈跟周冬至的矛盾。而小丽却不像郑兰那样拉偏架，很多时候不仅不帮她妈，还帮周冬至说话，气得她妈妈总骂："不是玩意儿的东西，一路货。"

周冬至内心还是很喜欢她这个小姑子，觉得她不仅人长得好，说话办事很得体，而且跟人相处很少争强好胜的，显得很和善。周冬至想不明白，小丽看上去挺好的一个人，怎么会干出那种事，而且听桂花说，可能还不是一个，这怎么可能？周冬至很希望这些都是假的，可是关于小丽的传说，可不是一个人两个人在说，而是很多人在说，而且说得有鼻子有眼的。如果照桂花说的，小丽果真被人家老婆打了，那小丽还怎么做人？待小亮他爸回来，他们两口子还怎么过？想想刚刚发生的张小芹的事情，周冬至就不明白现在怎么这么多这种事。

按照婆婆的说法，小丽应该听到了这些传言，而且也知道周冬至同样听到了。周冬至担心小丽会不会误解，是她这个嫂子在搬自己小姑子的闲话？会不会像婆婆说的那样还要找她算账？不过想想，小丽毕竟是自己的小姑子，郑幸福的亲妹妹，总不能看着人家吐她的唾沫星子，也不当回事吧。

想来想去，周冬至还是下定决心，即使遭骂，也得找小丽好好说说。

七拐八弯地终于找到了像是小丽他们住的地方，看到大院子门口有个老太太在拣菜，周冬至就客气地问："郑丽住这儿吗？"老太太抬头看了看周冬至，并没有作答，又继续埋头拣菜。周冬至又喊了一声"奶奶"，说："我是她嫂子，你知道郑丽是住这儿吗？"

老太太再次抬起头来，眼光在周冬至身上停留了好一会儿，才说："搬走了。"周冬至不解，问："怎么搬走了？啥时搬走的？"老太太只回了句："没几天。"便再次埋下头忙活，不再理周冬至。

周冬至感觉不好再问，而且再问也问不出啥，只好骑了车回头。到了一个岔路口，周冬至想想不能就这么算了吧，就停下车，拿出手机，给郑丽打电话。打了好几次，都是关机，周冬至越发担心，小丽会不会出什么事。周冬至又给郑兰打电话，问小丽是不是搬家了？郑兰说："我也不知道啊，我都好些天没到她那儿去了。"周冬至便告诉郑兰，郑丽搬家了，让郑兰打听打听郑丽搬哪儿去了。打完电话见一时也打听不出郑丽的新地方，周冬至便决定先把东西送回家再说。

匆匆骑车回到家，见婆婆两手扶着土轮椅在院子门口艰难地移动着，周冬至赶紧上去，扶住婆婆问："妈，你要干啥？"婆婆说："不干啥，就是屋里闷，出来透透气。"

周冬至问："我给你备的午饭吃了吗？"婆婆说："到现在还不吃吗？"又问，"见到小正了没？"周冬至说："哪能见不到？"

周冬至把婆婆扶上车，推进院子，就问婆婆："妈，小丽最近有没打电话给你？"婆婆说："你给我弄的那个手机都坏了好些天了，只听到铃响,又听不到声音,也不知咋回事。"周冬至说:"你怎么也不说一声?"便问,"手机在哪儿呢?"婆婆说:"在小屋床头呢。"

周冬至说:"我去拿来看看吧。"便去婆婆住的小屋,找到那个手机,回到院子里试了试,果真不行了。知道是手机太老了,便跟婆婆说:"过两天我再给你换一个。"婆婆说:"换啥啊,花那钱?"周冬至说:"花不了几个钱,没个电话不方便。"婆婆没再说。周冬至把婆婆推到屋里,自己便到厨房弄了点吃的,简单填饱了肚子。

周冬至把从儿子那儿带回来的被褥拆了拆,和儿子的脏衣服一起泡到桶里,放了洗衣粉,准备等泡一会儿再洗。想想还有什么办法可以联系上郑丽呢?琢磨了好一会儿,终于想到外甥小亮肯定有手机,小正应该联系得上的。周冬至担心给小正打电话说这事,会不会让小正分神,影响小正学习?犹犹豫豫的,最终还是没有打。

到了傍晚,快要做晚饭了,周冬至收到"真要命"一个信息,"真要命"很突兀地让她到他公司去一下。周冬至看看天都这么晚了,他居然还让她去他那儿一趟,啥意思?难道又要请她吃饭不成?周冬至当然知道"真要命"的那点儿花花肠子,便没有理他。过了一会儿,周冬至正在洗菜,就听放在主屋桌子上的手机响个不停。周冬至猜想可能是"真要命"的,还是没理。可是手机停了又响,响了又停,没完没了,就像骗子的电话,让人实在厌烦。

手机再次响起,周冬至没办法,只好丢下手中的活,回到主屋,拿起手机,一看,果真是"真要命"的。便接了电话,称呼也没有,生硬地问:"有事吗?""真要命"好像很生气,以责问的口气反问道:"为啥不接电话?"周冬至也没解释,只说:"有事说事。"

"真要命"说:"那好,我告诉你,村里来找我了,让我马上跟你解除合同。"

周冬至问:"为啥?"

"真要命"说:"你难道不知道?"

周冬至说:"我们签的可是三年的长合同,他们让解除就能解除?"

"真要命"说："这个我不管，反正你要是不到我这儿来一趟，合同就算自动解除了。"

周冬至知道"真要命"这是在吓唬她，便说："自动解除？合同上有那个条款吗？要是没有，那就不是你单方面说了算的。"

"真要命"有些恼羞成怒，威胁道："那你看着办。"

周冬至说："随你。"便把电话挂了。

挂了电话，周冬至面色红涨的，一时平静不下来。就想，村里怎么还玩了这一手？又骂："这个'真要命'真不是个东西。"

本想先去把饭做好再说，可是心里实在气不过，周冬至拿了手机就给郑家宏拨电话。不一会儿，电话通了，就听郑家宏似乎有些兴奋地问："是嫂子啊，是不是准备签合同了？"周冬至骂："签你个头。"

郑家宏感觉势头不对，忙问："嫂子，怎么这么大气？"周冬至也没绕弯子，问："你们啥意思？背着我找郑耀明，让他跟我解除合同？你们以为这样就能吓唬住我？告诉你们，不管咋样，村主任不把上次的账说清楚，你们别想让我签字。"

郑家宏似乎很委屈，焦急地说："嫂子，你说清楚，谁去让郑耀明跟你解除合同了？"周冬至说："别跟我装。"郑家宏再次强调说："嫂子，真的没有。"

周冬至不信，说："不是你们是谁？难道郑耀明平白无故地就要跟我解除合同？他是吃饱了饭没事撑的？"

郑家宏几乎要赌咒，说："嫂子，我真的不知道这事，不信你打听，要是我让郑耀明这么做的，你怎么骂我都行。"

周冬至感觉确实不像郑家宏捣的鬼，就想，那会是什么人捣的鬼？难道是"真要命"自己在玩儿什么名堂？周冬至不好再一味指责郑家宏，便说："这事我肯定要弄清楚的，不过我可告诉你，不管我跟郑耀明解除不解除合同，地都是我家的，你们搞啥名堂也没用。"

郑家宏感觉有嘴说不清，便问："嫂子，你在家吗？我刚好要找你，要不我到你家去一趟吧？"周冬至没好气地说："我有事呢，没空。"

郑家宏只说:"嫂子,你先别生气。"也没再多说,就挂了电话。

周冬至对郑家宏还是了解的,知道他不像在撒谎。回到厨房,一边做饭,一边琢磨这事。想来想去还是不解,就想,到底是"真要命"在使什么坏,还是另有别人在耍什么心眼儿?

饭菜刚刚做好,正准备装了饭菜去推婆婆过来吃饭,却听院外大声喊:"嫂子在家吗?"

一听就是郑家宏的声音。周冬至心想,他的腿脚倒挺快的。知道郑家宏只是一个跑腿的,犯不着跟他过不去,就在厨房里大声应道:"咋不在?"又说,"刚才不跟你说了,有事呢。"

郑家宏也没等周冬至同意,就推开院门,自己进了院子,说:"有事我也得来啊。"

周冬至在厨房里朝郑家宏看了一眼,便调侃道:"是不是想到我家吃饭?可惜也没备菜啊。"

郑家宏走近厨房,笑笑说:"嫂子心意不诚,真想请有菜没菜的有啥关系?"周冬至走出厨房,在围裙上抹了抹手,讽刺道:"你一个大干部,我敢请吗?"

郑家宏说:"还是心意不诚。"见周冬至围裙也没脱,就问,"嫂子要吃晚饭了?"周冬至说:"是啊。"

郑家宏退后两步,说:"嫂子,那我就长话短说。"先赌咒发誓地说郑耀明的事与他真的没有关系,又做工作说,"嫂子,你就不要为难我了,你还是带头把合同签了吧。,我要是完成不了任务就得下课了。"

周冬至说:"你要当官,我就不要吃饭?"郑家宏说:"不是有赔偿嘛。"周冬至说:"补偿?就那么点儿?能花几天?花光了咋办,喝西北风去?怕是有人克扣国家给我们的补偿款吧。"

郑家宏抖了两下腿,就再次宣传起这次修路的重大意义。说是这条路可是省里的重点工程,不仅关系到全省的经济发展交通规划,更能带动周边百姓迅速发家致富,这是一项利国利民的大好事,省长都说了,全省人民都必须义不容辞地支持。

这些道理周冬至已听了很多遍，这时就笑笑说："既然省长都发话了，还有啥话说，你们赶紧按省长的指示办，不过千万别忘掉啊。"

郑家宏感觉周冬至完全没有听进去，有些失望，就对周冬至说："嫂子，你可是咱们村比较有文化的，可不比那些个大老粗，不懂道理。"

"你可不要给我戴高帽子，我可经不住架。"周冬至不想再说下去，就说要照顾婆婆过来吃饭，便自顾自地出了院子，去了隔壁小屋。

郑家宏走也不是，不走也不是，想想任务还没完成，话也还没说完，只得硬着头皮耐心等着。

不一会儿，周冬至推着她婆婆进了院子。郑家宏赶紧上前一步，叫了一声"大娘"，又帮周冬至扶了一下轮椅，问周冬至道："大娘好些没？有没有去医院看看？"周冬至说："看了。"

郑幸福妈在村上辈分还比较高，看到郑家宏，就问周冬至："这是耀辉家的吧？"周冬至说："是啊，人家现在可是村主任助理了。"

郑幸福妈妈问："助理是个啥？"周冬至不无揶揄地说："当然是个官了。"

郑家宏连忙对郑幸福妈说："大娘，你可别听她的，嫂子是骂我呢。"郑幸福妈妈即刻不平起来，冲周冬至说："人家好好的，你凭啥骂人家？"

郑家宏知道郑幸福妈误解了，忙又改口说："不是骂，是批评教育。"

周冬至担心婆婆听不明白又东拉西扯的，赶紧对郑家宏说："别在这油嘴滑舌讨好卖乖的。"又说，"我可告诉你，你就是说破大天，说破嘴皮，我还是那句话，不把上次的账说清，什么都不要谈。"

郑家宏想想周冬至平时倒是个特别随和特别好说话的人，在村上没有几个人能挑出她的不是，没想到这次竟这么难说话。郑家宏就不明白问题的症结到底在哪里。看看她们早要吃晚饭，再这么磨下去也不可能磨出个结果来，只好打了招呼说是隔天再来。

郑幸福妈妈特爱管闲事，待郑家宏走后，就问周冬至："家宏找你啥事？"

周冬至把婆婆扶下轮椅，搀到屋里坐下，说："能有啥事，还不是征地的事。"生怕婆婆问个没完没了,周冬至就主动告诉说要修路,要征地,为了赔偿的事还在商量呢。

婆婆认真地说:"这可是大事,得告诉幸福,让幸福拿主意。"

周冬至端上饭菜,说:"这么大的事,我能不跟他说吗?"看看婆婆还不放心似的,赶紧又说:"你就尽管放心好了,我不会自作主张的。"

婆婆见周冬至说得如此肯定,这才拿起筷子端起碗开始吃饭。

二 十

吴茉莉邀请了郑幸福三次，郑幸福都说忙，没时间。这已经是第四次邀请了，吴茉莉明显带着一种怨愤的情绪给郑幸福发了一条信息："郑幸福，我知道你比谁都忙，我也知道我是厚脸皮，都邀请你三次了，你都没给面子还想邀请你，我承认是我犯贱。不过，是人总有自尊心，这次不算邀请，我只告诉你，明天是我生日，我想请你来一起过，你愿来就来不愿来就算，大不了从此以后你我不再是同学老乡，大路朝天，老死不相往来。"

吴茉莉这条信息，明显就是最后通牒。郑幸福看了这条信息，确实不知如何是好。再不赴约，一是显得自己小气，不管怎么说，他们都是同学；二是同学之情自此恐怕真的就要断了，这次不见今后如再见到面可能会非常尴尬。郑幸福矛盾纠结了一晚，最后还是回了条信息，答应明天过去给她过生日，只说要下班后过去，可能要晚一点儿。吴茉莉显得很兴奋，回信息说："多晚都等你。"同时告知了详细的地址和交通路线。

五月的北京，已不见春天的影子。郑幸福的内心跟这天气一样，既闷又热。尽管已经答应了吴茉莉，但是躺在床上，还是翻来覆去地睡不着，惹得老吴老金还有"黄瓜"几个故意反复盘问郑幸福是不是又自个儿"幸福"了。郑幸福也不想跟他们胡扯，只说："睡觉，睡觉。"便不再理他们。

几人兴头刚上来，哪能说灭就灭的，就开始精神满足。老吴最喜说段子，就说了一个，说是村里扫盲，让一不识字的女人认字，认的是"被子"，那女人认不出，老师说，教过的，你好好想想。女人想了好久也想不出，老师就提醒说："晚上睡觉在你身上的是什么？"女人说："老公。"老师哭笑不得，又提示："老公不在的时候呢？"女人说："是村主任。"

老吴刚说完，"黄瓜"就说："就是你老婆吧？"老吴很生气，骂道："是你老婆。"

"黄瓜"不知为啥跟老吴翻了脸，说："你老婆才跟村主任睡觉呢。"两人似乎都不愿意戴这绿帽子，就坐起身，像是要打架。老金赶紧说："你们都干吗呀？这不是说笑话吗？哪能当真的？"便招呼两人躺下，说："我也给你们说一个吧。说是一个人一大早急匆匆地往外走，碰到一个邻居，邻居就问：'大哥，大清早的干啥去？'那人满脸土灰地回说：'打官司去。'邻居随口问：'原告被告啊？'那人说：'当然是原告。'邻居听了，便像恭喜似的说：'原告好啊。'邻居的话还没落地，就听那人大骂起来：'好你个头，你嫂子让人强奸了。'"

老吴和"黄瓜"可能因为刚才的不愉快，兴头已大大降低，便都说故事都老掉牙了，一点劲儿也没有。老金说"那我再说一个吧。"正要再说，老吴说，算了，算了，明天还要干活，睡觉。郑幸福一直没吭声，见"闷葫芦"和小飞都已鼾声如雷，便也说道："可不要再说了，要是把老'葫芦'吵醒，他可是要杀人的。"几个知道"闷葫芦"的脾气，只好就此打住，各自睡了。

第二天干活，郑幸福一直在琢磨一件事，就是吴茉莉过生日，要不要给她买礼物。不买，总不能空手，如果买，买什么好？她老公会怎么想？郑幸福跟吴茉莉毕竟有过那么一段小插曲，所以多少还是有些心虚，就担心别被她老公看出点儿什么。毕业以后跟吴茉莉就没再见过面，本来毕业十周年倒是有机会见的，可是郑幸福在外打工，听说吴茉莉不知什么原因也没参加。郑幸福也不知吴茉莉现在变成啥样了，她还是原来在学校的那个吴茉莉吗？上次听她说在北京开了个饭店，能在北京开饭店哪能是一般人？郑幸福也不知吴茉莉哪来这么大本事。想想他们一个班四十多个同学，毕业不到二十年，已经明显地分成了四个阶层。最高的当然是那十几个考上大学的，不管他们在外面实际情况怎样，但至少他们现在都是实实在在的城里人，不是官即是商，回到老家他们总是风风光光的，显得志满意得。第二等便是像贾有才还有几个做生意发了财的，尽管没有考上大学，但是在当地也是非官即商，非贵即富，相较于郑幸福他们这些农民工，自然也是非同常人了。第三等是毕业以后通过各种努力，要么提前实现了小康，在城里买了房，成了准城里人，要么在城里找了稳定的工作，有一份稳定的收入，他们可能没权没势，但是他们过得还算安逸体面，说起来，他们这一部分人的日子过得好像要更真实更像是常人想要的生活。最惨的第四等当然就要数郑幸福周冬至他们了，尽管他们怀揣着梦想，希望早一天也能够买上房甚至买上车，早一天成为城里人，但是他们现在毕竟还生活在农村，他们需要打工，需要种地，需要流泪流汗，需要节省每一分开销，需要积攒每一分收入，需要一年一年地累积，让他们的钱袋离他们的梦想近点再近点儿。可是不管他们怎么努力怎么奋斗，眼见着房价"噌噌噌"地往上涨，看病越来越看不起，孩子的学费一年比一年高，而他们的收入却总像是蜗牛爬行，让他们的努力离梦想不是越来越近而是越来越远了。

郑幸福尽管没有去羡慕别人看贱自己，可是他想现在的社会不就这么现实嘛？有钱走遍天下，没钱寸步难行。有钱让人高看一眼，没钱让人脚踩三分，有钱人体会不到没钱的滋味，没钱人却尝尽了没钱的困苦。在这个世界里，人已成了金钱的真正奴隶，你不想对它顶礼膜拜，你不想为它战栗发狂，你都不是人。

郑幸福每天去干活，在挤挤攘攘的公共汽车上，看着窗外像蚁群搬家的车流，像冲锋打仗的人群，再闻闻窗外呛人鼻息的空气，看看压迫得人喘不过气来的高楼大厦，再想想有时被雾霾笼罩得像世界末日一般的天空，郑幸福真不明白，大家整天忙碌奔波的，到底是为了什么。

想不明白就不想，郑幸福似乎很现实，只要自己多挣钱，其他事情与自己又有什么关系?

郑幸福干了一天活,也矛盾了一整天,最终他还是为自己找了个最好的理由,他既不是吴茉莉的家人,也不是她的相好的,他为什么要给她买礼物呢?再说,买礼物总要花钱,花钱那不心疼?郑幸福尽管也有些为自己的小气吝啬脸红,但是想想自己挣的哪一分钱不透着累浸着汗?哪一分钱不需要算计着花?他即使想大方他也大方不了啊。这么一想,郑幸福不仅为自己的小气释然,更为自己能省会算而骄傲了。

晚上下班,特意跟工友们打了招呼提前离开了工地。回宿舍洗澡换衣服至少得一个小时,郑幸福想想吴茉莉也不是外人,也不想耽误那个时间,离开工地时顺便擦了擦身子换了套干净的衣服,又拿出牛皮唐送给他的一把可能是住酒店时带回的小梳子,梳了梳头发,下楼的时候在一辆小货车的车头对着反光镜照了照,觉得形象还不算太邋遢,就挎上平时用的工具包,稍有些忐忑地出发了。

工地在望京,吴茉莉的酒店在丰台,一个在东北,一个在西南,刚好一个大对角。郑幸福先坐公共汽车,再换地铁,换了两次地铁,又坐了一段公共汽车,花了近两个小时,挤了一身汗,本已被新换的衣服遮下去的汗味似乎又冒了出来,味道还特别重。郑幸福这时才明白,为啥在地铁上一个学生模样的美女在他身边站了没一会儿便像躲瘟神似的躲到了另一边。

按照吴茉莉所告知的路线,又走了一小段路,找了一圈,终于找到了吴茉莉所说的幸福小区。在小区门口,郑幸福看着"幸福小区"的标识,就想,哪有这么巧的,小区的名字竟跟自己的名字一样。因为名字的相同,郑幸福对这个小区似乎就有一种特别亲近的感觉,心里好像也跟着幸福起来。

这种幸福的感觉自然是没有基础的,没一会儿,郑幸福就被自己身上的汗味给熏醒了。郑幸福拉了拉自己的衣领,悄悄闻了一下,感觉身上的汗味竟越来越大了。就担心这一身汗味的会不会把吴茉莉的客人给熏着,又会不会丢了吴茉莉的面子。郑幸福开始犹豫起来,就想,要不找个借口回去算了。

郑幸福退到路边一棵大树下,让自己稍凉快了一下。正想走又下不了决心的时候,就听手机响了。掏出手机,见是吴茉莉的电话,犹豫了好一会儿才接了电话。吴茉莉还是原来那种缓缓的甜甜的声音,问:"到哪儿了?摸得到吗?"

郑幸福支支吾吾的,也没说到也没说没到,只说:"我一身臭汗的,也不好见人啊。"吴茉莉爽快地说:"那有什么难,吃饭就在我家里,你可以先洗个澡。"郑幸福似乎更不好意思了,说:"那多不好,又怎么可以。"

吴茉莉说:"都是老同学,你哪来那么多的讲究?"顿了一下,再次问郑幸福到哪儿了。郑幸福只好实话实说道,已到小区门口了。吴茉莉说:"那你在门口等着,我出来接你。"郑幸福说:"不用,你告诉我小区门禁密码就行。"吴茉莉说:"还是我来接你吧。"便挂了电话。

郑幸福无奈,只好在门口等着。不一会儿,就见一位穿了一身连衣裙的女士直往大门口走,郑幸福以为就是吴茉莉,忙喊了一声"吴茉莉"。那人并没有反应,郑幸福又看了看那位女士,感觉完全不像,这才知道自己喊错了。

又过了一会儿,郑幸福正低头在看手机上的一条信息,突然听到一声喊:"郑幸福!"郑幸福吓了一跳,猛然抬头,见一位风姿绰约浑身散发着一种逼人的香气的女士站在他面前,只朝着他乐。郑幸福赶紧细看,从眉眼从脸型从神情上,郑幸福终于看出正是吴茉莉,便兴奋地说:"都认不出你了。"

吴茉莉说:"可不是嘛,都快二十年没见了。"郑幸福说:"到今年夏天刚好二十年。"

吴茉莉似乎有些伤感地说:"一晃都老了。"说着便领着郑幸福进了小区。两人一路走一路感慨着回忆着,不一会儿,便到了三号楼。进门厅,坐电梯上了十二层,来到1206号门。吴茉莉用手上的钥匙打开门,招呼郑幸福道:"欢迎光临寒舍。"

郑幸福有些奇怪，她家里没人吗？怎么还要用钥匙开门的？跟着吴茉莉进了门，就见家里并没有人气，根本不像请客的样子。又扫视了一下屋子，就见客厅不大，大概有十来个平方米吧，往里只有一扇门，估计是一室一厅。尽管感觉房子有些小，但是对于一个外地人，又是在北京，能有这样一套房在郑幸福看来已经像做梦了。

吴茉莉招呼郑幸福在一个沙发上坐了，又给郑幸福倒了水，问："你不是说要洗澡的吗？要不你先洗澡吧，我再做一个菜。"

郑幸福问："你的客人呢？还没到？"

吴茉莉笑了笑，说："你不就是客人？"郑幸福开玩笑似的说："不会就我一个客人吧？"吴茉莉说："有你一个还不够？"

郑幸福本以为吴茉莉在开玩笑，可是看看吴茉莉的神情，又觉得不像，便又问："那你那位呢？"

吴茉莉好像有些不高兴，岔开话题道："你不是说要洗澡的吗？"又问："我给你拿件换洗的衣服吧？家里刚好有的。"

郑幸福忙摇手说："算了，算了，如果真的没有外人的话，我也不怕熏着你这个老同学了。"吴茉莉即刻又笑了起来，说："就是，在老同学面前还要装吗？"

吴茉莉让郑幸福先喝口茶，说是还有一个菜，一会儿就好，便进了厨房。郑幸福习惯性地看了一下吴茉莉家的装修，就见房子虽小，装修倒挺讲究，地面铺的是仿大理石地砖，墙和顶刷的都是高级乳胶漆，吊灯不大，但像花瓣散落一样的造型却很是别致。又见她家的窗帘是白色的百叶窗帘，显得很素雅干净，也让屋子显得更为明亮。看看从窗子里射进来的已经很弱的光线，郑幸福倒有一种非常温馨的感觉。

果真不一会儿，吴茉莉就端了菜出来，来回两趟，四五个菜便在桌上摆放整齐。吴茉莉招呼郑幸福上桌，又在酒柜里拿出一瓶红酒和一瓶白酒来，问郑幸福："你是喜欢喝红的还是白的？"

郑幸福站起身，没有急于上桌，就问："真的就我们两人？"吴茉莉调皮地问："不行吗？"

郑幸福似乎怀疑今天是不是真的是她生日，便问："今天真的是你生日？"吴茉莉说："那还有假？"

郑幸福觉得不像是假的，就红了脸说："也没给你买礼物。"

吴茉莉一边招呼郑幸福就座，一边说："老同学之间还那么客气？你来就很给我面子了。"又别有意味地看了郑幸福一眼，莞尔一笑说，"不过，你要是能送我一朵玫瑰，我还是愿意接受的。"

郑幸福在对着厨房的位置坐了下来，咧嘴笑了笑，说："那哪敢？那可是你老公的专利。"

吴茉莉在郑幸福的对面坐了下来，耷下眼皮，说："又说不高兴的了。"郑幸福好奇，就关心地问："到底怎么了？"

吴茉莉只说"不提了，不提了"，便再次问郑幸福喝什么酒。郑幸福说："还是白的吧，这红酒酸不拉几的，怎么喝也不习惯。"吴茉莉笑笑说："现在可最流行喝红酒。"郑幸福说："是啊，城里人好像都爱赶时髦。"

吴茉莉开了白酒瓶，给郑幸福倒了一杯，伸手递给了郑幸福，又给自己倒了一杯，说："那好，我今天也陪你喝白的。"放好酒瓶，举起杯来，就对郑幸福说，"来，让我们为了二十年后的重逢干杯。"

郑幸福也举起杯子，说："祝你生日快乐！为你的健康幸福干杯。"

吴茉莉说了声："谢谢。"便一口把酒喝了。郑幸福也没犹豫，也把酒干了。吴茉莉招呼郑幸福吃菜，说："在我家里，也没外人，千万别客气。"郑幸福说："跟老同学哪会客气呢。"便吃菜。

吴茉莉也没动筷子，只看着郑幸福。郑幸福似乎感觉到了吴茉莉专注于自己的目光，吃了口菜，便问："我是不是又老又土？更像个老农民了？"

吴茉莉像是非常深情地看了郑幸福一眼，别有意味地说："你在我眼里，永远都是那个让人忘不掉的大帅哥。"

郑幸福马上说："瞎说，瞎说，还没喝酒呢，你就说酒话了。"

吴茉莉拢了一下头发，就问郑幸福："你看，我是不是显得很老，没法看了？"

郑幸福原倒没太注意吴茉莉的变化，这时特意打量了一下吴茉莉，就见吴茉莉尽管已经人到中年，但是经过她的精心打扮，却是风采不输当年。就见她的两道眉毛就像月初的弯月被描得又细又长，两只眼睛因为粘了长长的睫毛显得更大更亮，被涂成紫红色的嘴唇更像是喷射着性感的火焰，不断地炙烤着出现在她面前的每一个男人的心脏。也许是保养得太好，也许是注重美容的原因，又见她的两颊红润，面若桃花，额头眼尾竟见不到一丝皱纹。郑幸福便开玩笑道："也不知你是不是妖怪，二十多年过去了，看上去怎么比上学时还要显得年轻显得漂亮？"

吴茉莉顿时满脸笑意，看着郑幸福说："可能吗？"顿了顿，又说，"什么时候也学得这么会说话了？是不是经常对别的女人这么说？"

郑幸福也不敢看吴茉莉直视着自己的眼睛，略微侧了一下头，说："我说的可是实话。"

吴茉莉笑笑说："不管真话假话，这样的话女人总是爱听的。"便再次举起杯来，说，"来，为了我最爱听的假话干杯。"

郑幸福尽管感觉喝酒的速度有些快，但还是响应了吴茉莉的提议，再次干了一杯。

连干了两杯，吴茉莉还是没有吃菜，就问郑幸福为啥来北京也不找她，邀请了他这么长时间今天才算给了点儿面子。又问，为啥不想着做点儿其他事，比如自己做点儿生意或者自己拉个队伍搞装修。郑幸福便说，哪有那么简单的，一个农民，一个外地人，既没本钱，也不认识人，哪里就做得了的。

吴茉莉说："只要你想做没有做不了的。"郑幸福只是叹了口气，也没接话。

吴茉莉看看郑幸福除了显老些稍给人一些沧桑感，变化好像并不是很大，他脸部的棱角还是那么分明，眉毛还是那么秀气，特别是他的眼睛仍然还像是上学时那样忧郁。

吴茉莉心里似乎又泛起上学时那种单相思的情愫，就开始怀旧，开始回忆恰同学少年时的种种美好。郑幸福自然也忘不掉人生中那一段最让人回味无穷的记忆，便也点点滴滴地跟着吴茉莉一起像享受今天的美酒一样享受着回忆的美好。

两人边回忆边喝酒边享受，只差大雪纷飞，只差围炉话桑麻，不然他们就是这个世界上最惬意最闲适，几乎身在世外桃源里的两个人了。

又喝了两杯酒，郑幸福毕竟还是少了些浪漫和脱俗的情怀，就问起了吴茉莉一连串问题："你这么多年是怎么过来的？又是啥时来的北京？怎么有这么大能耐开起了饭店？你老公跟你到底咋了？"

这些问题犹如几块碎石顿时打破了吴茉莉心中不时飘洒着玫瑰的一潭春水，吴茉莉即刻沉默下来。看着郑幸福，吴茉莉似有满心的委屈要表达却怎么也说不出口。就见她的脸色由红转白，又由白转青，不一会竟梨花带雨变成了泪人一般。郑幸福惊愕地看着吴茉莉，不知自己做错了什么，又说错了什么。郑幸福反复紧张地问："怎么了？怎么了？"

不问还好，一问倒像是催化剂，竟让吴茉莉哭得更凶更伤心了。吴茉莉从默默流泪到哭出声来，最后干脆趴在桌上尽情地哭，直哭得郑幸福心惊胆战。他手足无措地不知如何是好。稍愣怔了一会儿，郑幸福还是下了座位，在沙发前的茶几上拿了餐巾盒，又抽出几张来走到吴茉莉身边，对吴茉莉说："对不起，都怪我，不会说话，惹你伤心了。"

吴茉莉并没有理郑幸福，又抽抽噎噎地哭了一会儿，突然转过身来，紧紧抱住郑幸福的胯部，一边哭一边说："都是你，都是你，要不是你我怎么会找那么个混蛋。"

"我？"郑幸福一头雾水，知道这事一时说不清也不能再继续往下说，便劝吴茉莉道："有话咱们慢慢聊，咱们接着喝酒吧？"

吴茉莉又抽搐了两下，便放开手，站起身，泪眼蒙眬地看着郑幸福说："简直恨死你了，你可把我害苦了。"

郑幸福正要岔开这个话题，却见吴茉莉拦腰抱住了自己，也没说话，竟将她红红的喷射着炙人火焰的性感嘴唇贴了过来。郑幸福闪躲不及，嘴唇上已是红云一片。郑幸福身上的所有敏感神经似乎都活跃起来，就在他快要把持不住的时候,耳边突然响起了周冬至的警告:"不管是老女人年轻女人你都不能碰。"

郑幸福已经开始奔腾的血液即刻冷却下来,这二十多年来周冬至对他的好全都幻化成了周冬至温柔善良的形象走到了他的面前,不断对他说:"可不能,可不能。"就在吴茉莉把她丰满的胸脯紧紧贴在郑幸福胸膛上的时候,当初跪着对着他爸爸的遗像发誓的那句"这辈子,要是有任何对不起周冬至的地方,就叫我天打雷劈,不得好死"的话又在郑幸福的耳边不断响起。郑幸福身体里那种本能的浪潮卷起又退去,退去又卷起,痛苦挣扎了好一会儿,最终郑幸福还是用手轻轻挡开了吴茉莉,说,"吴茉莉,咱们说会儿话吧。"

吴茉莉仰起头,毫无羞涩地说:"我不要说话,我就要你。"

郑幸福似乎惧怕了,他不敢再如此近距离地与吴茉莉待下去。他顾不了此时吴茉莉的感受,他一边说着:"我们可是老同学,可不好的。"一边丢下餐巾盒,用双手轻轻抓着吴茉莉的双肩,很有分寸地将吴茉莉推开,重新抽出一叠餐巾纸递给吴茉莉,说:"咱们都有点喝多了。"

吴茉莉似乎听不进,再次想抱住郑幸福,却又被郑幸福果断地挡开了。吴茉莉愣在那儿,默默看着郑幸福,像是不认识郑幸福似的。郑幸福张了张嘴,想再说点儿什么,却不知究竟说什么是好。吴茉莉身上刚刚燃烧起的大火,一下子就这样被浇灭了,她脸上的表情不知是委屈痛苦还是满心的懊恼,因为酒精的作用而变成玫瑰色的面颊此时就像紫茄子色一样。她木木地站了好一会儿,也许是开饭店这么多年的历练,也许是见识太多的缘故,她并没有显得过分的失态,待稍稍冷静些后,便接过郑幸福手中的餐巾纸,也没擦拭,只说:"我去洗一下脸。"便"咚咚咚"地进了里屋,关了门。

郑幸福重新回到座位上,内心里就像煮沸的饺子翻滚不停。他不知怎么再面对吴茉莉,也不知今天的酒怎么再继续喝下去。他很后悔昨晚的决定,就想,如果不答应吴茉莉的邀约又或者刚才因为身上的汗味而打了退堂鼓,就不会有现在的尴尬。他想离开,但又觉得太生分,太伤吴茉莉面子。想想吴茉莉毕竟是自己同学，对自己又确实是一片真情，他不想做得太绝情。他拿了茶壶，给自己的茶杯满上，一边喝茶，一边耐心地等待着吴茉莉重新出现。

吴茉莉终于开门出来了，她又在郑幸福的对面坐了，可能重新化了妆，她依旧还是那样光彩照人。她像啥事也没发生过，也没更多的话，重新给自己倒了酒，又给郑幸福满了一杯，举起杯来，说："喝酒。"便把一杯干了。

吃菜，喝酒，喝酒，吃菜，两人心照不宣的，似乎都有些沉闷。两人不再提一句有关个人家庭工作的话题，就只是吃菜喝酒。一瓶酒已经见底了，吴茉莉问要不要再来点儿，郑幸福说，可不能再喝了，再喝就真的走不了路了。

吴茉莉也没勉强，只淡淡地问了一句："你真的要走？"

郑幸福点了点头，说："要走，要走。"走的意思十分明确，也十分坚定。

吴茉莉知道她依旧是落花有情流水无意，也深知感情之事是不可以勉强的。她失望而近乎哀怨地看了郑幸福一眼，说："那你走吧。"也没等郑幸福出门，便扭头冲进了里屋。

郑幸福见里屋门并没有关，冲着里屋喊了一声："老同学，谢谢了。"就开了大门走了出去，又帮着关好了大门。

郑幸福在门口稍迟疑了一下，回头看了看吴茉莉家紫红色的钢门，还有门上仍没有剥落的对联，就在想，吴茉莉跟她老公到底怎么了？这么多年她到底经历了些啥？

不一会儿，电梯到了，郑幸福进了电梯，就感叹：看来钱并不是最重要的，如果没有了爱没有了家庭的幸福，其他又有什么意义。

二十一

"真要命"又催了周冬至好几次,让她去他那儿一趟,周冬至一直没去。那天晚上接了"真要命"的电话,周冬至便把这事跟郑幸福说了,郑幸福说:"要不我给二叔去个电话,看看他到底啥意思吧。"周冬至说:"我看这事没有那么简单,估计背后肯定有人捣鬼,你打电话也是白打。再说,你要是打电话不变成我们求他了?"

郑幸福说:"那咋办?要是二叔一定要解除合同呢?"周冬至说:"解除就解除,大不了再拿回来自己种。"郑幸福说:"好不容易把地转出去了,再自己种你不又要受罪?再说,你现在都已经在镇上上班了,又要上班又要种地的哪顾得过来?"周冬至说:"看看再说吧,不行再转给别人。"

郑幸福说:"别人哪有二叔熟?再说全镇也就二叔手上的地最多。"周冬至不屑地说:"难道死了张屠夫,就得吃混毛猪?有地还怕转不出去?"郑幸福说:"那会不会把跟二叔的关系闹僵?"周冬至不高兴地说:"你把他当叔,他却不一定把你当侄儿。再说,就是闹僵,也不是我们的错,又不是我们要解除合同的。"

郑幸福感觉周冬至对郑耀明的态度有些生硬,便关照说:"你也不要太得罪他,先跟他好好谈谈,看看他到底啥意思再说。"周冬至说:"我看他没安什么好心。"

郑幸福说:"你也不要把他想得太坏,不管怎么说,他都是我们的二叔。"周冬至"哼"了一声，骂道："什么狗屁二叔。"郑幸福不知周冬至为啥对郑耀明如此反感，也不好再说什么。

周冬至一直还惦记着郑丽的事，这天晚上接到郑兰的电话，说是找到郑丽了，她们母子已搬到新城的一处房子里。周冬至问，打她电话怎么老也不开机的？郑兰说她换了电话，她也是问了郑丽的一个要好的朋友才问到的。周冬至终于明白了，就跟郑兰要了郑丽新的住址和电话，准备星期六去城里看看郑丽。

到了周六，周冬至特意起了个大早，做了土豆烧牛肉和鲫鱼汤，又带上给儿子准备的衣物就去了县城。先到了儿子宿舍，见儿子宿舍锁着，估计儿子他们在上课，便去儿子的班主任刘老师那儿看了看。儿子班主任很热情，说："这么巧，正要找郑正家长的，你就来了。"周冬至问："肯定有啥事吧？"班主任便告诉她说郑正已有好几次没上晚自习，也没请假，问他干啥去了，他也不说。

周冬至的面色顿时慌张起来，就很惊讶地说："怎么会有这种事？"又问班主任估计是个什么情况。班主任说，现在的孩子可复杂了，按照正常情况，无非三种可能，一种是早恋，跟女孩子出去玩了；第二个可能是去游戏厅或网吧打游戏什么的；第三种可能也有，就是跟社会上的一些小孩混在一起，吃喝玩乐打架斗殴什么的。这种情况我们遇到过，但是也不多，估计郑正应该不会是这种情况。

周冬至紧张地问："不会去打游戏吧？"班主任说："这也不好说的。"周冬至已经有点手足无措了，不住地说："这可怎么好？这可怎么好？"班主任说："现在还没搞清楚情况，先不要着急。今天刚好你来了，希望家长跟我们一起把情况搞清楚，并且做好后续的思想教育工作。"周冬至不住地表态，说是一定会问清楚的。又恳求班主任无论如何要帮着严加管教。

周冬至出门的时候带了两百块钱，准备给儿子的，这时忙掏出来，悄悄地塞给班主任，说："不好意思，也没准备，你先买包烟抽。"班主任说什么也不肯收，还告诉周冬至说："郑正的成绩还不错，只要能保持下去考大学是没问题的。"

周冬至千恩万谢的，又问班主任什么时候有空，想请班主任吃顿饭。班主任说："先谢谢了，天天晚上要备课，还要给部分学生做补习，我实在没有时间。"周冬至一听稍犹豫了一下，便试探性地问："刘老师，你看能不能也给我家郑正补习补习？"班主任为难地说："不好意思，我实在抽不出时间。"周冬至一脸诚恳，央求说："那就请刘老师帮忙推荐个补习班好吗？"

班主任侧着头盘算了好一会儿，才很为难地说："我尽量吧。"

从班主任那儿一出来，周冬至便像着了火似的一路小跑来到儿子宿舍，见门还锁着，只好站在宿舍东头的一棵大树下等着。周冬至不明白，儿子怎么会不上晚自习，他能干吗呢？一想到可能去网吧打游戏，便头皮发麻惶恐不安，就感觉暴风雨即将来临一般。周冬至眼巴巴地看着儿子宿舍通向远处操场的那条道路，就盼着能够早点儿看到儿子的身影。

闹闹嚷嚷的，终于看到一群学生往宿舍这边走来，周冬至忙从花径斜插过去，见儿子就在这群学生中间，便低声喊了两声："郑正，郑正。"

郑正开始好像并没听到，直到有同学提醒说："郑正，你妈来了。"才扭头看过来，才知妈真的来了。

郑正走向周冬至，似乎有些不高兴，说："妈，你怎么又来了，上周我不是跟你说叫你不要来的吗？明天说不定我就回去了。"周冬至说："我是来看你小姑，顺便过来给你送点吃的。"

郑正接过他妈妈手上的保温桶，问："我小姑怎么了？"周冬至说："没啥，听说他们搬家了，我想看看有什么要帮忙的。"

郑正"哦"了一声，就像跟他妈妈赌气似的，说："既然你都来了，那我明天就不回了。"

周冬至因想着在学校里也不好盘问他不上晚自习的事，只能等他回家再说，便编了谎，说："你奶奶这两天身子不好，一直跟我说要你回家看看她，你要是不回去你奶奶不得跟我急啊！"

郑正问："哪里不舒服？有没去医院？"

周冬至说:"她哪肯去医院?只说只要一见到孙子保准就好,我也没办法。"郑正稍犹豫了一下,像是很无奈地说:"那我明天就回去看奶奶吧。"

周冬至问:"要不要把电动车留给你?"郑正说:"留给我你咋回去?再说,你还有事的,我明天坐小巴回去就行。"周冬至说:"小巴危险,你还是坐大巴吧。"郑正说:"没事,我知道。"也没让他妈去宿舍,便跟周冬至摇了摇手算是告别了。

因为儿子明天就要回家,周冬至也没再说什么,只是关照儿子记得把保温桶还有脏衣服带回家,便就忧心忡忡地推着车走了。

在去郑丽家的路上,周冬至魂不守舍的,一边骑着车,一边还在琢磨,儿子到底干吗了?他会不会真的去游戏厅打游戏了?听人说,打游戏可是会上瘾的,那可怎么得了?

很快就到了新城区的阳光小区,找到七号楼,先给郑丽打了个电话。电话通了,郑丽问:"谁啊?"周冬至说:"连我的声音你都听不出来?还问谁啊!"郑丽已经听出来了,便冷冷地说:"是嫂子啊?有事吗?"

周冬至说:"没事就不能找你?"顿了一下又说,"我都找了你好几次了,上次到你原来的住处,人家说你搬走了,也不知你搬哪去了,我是问了郑兰,才知道你搬新城了。"

郑丽再次问:"有事吗?"周冬至也没说有事没事,只说,"我已到你家楼下了,你在家吗?"郑丽支支吾吾的,好像并不欢迎周冬至。

周冬至只好霸闯,说:"我上来了。"便停好车,按照郑兰给的住址,来到二单元302门口。

敲了好一会儿,郑丽才开了门,面无表情地招呼道:"进来吧。"周冬至也不客气,进了门,换了鞋子,问:"亮亮呢?"郑丽说:"吃了饭去学校补习了。"

周冬至在小客厅坐了下来,特意朝屋里扫了一眼,就见他们住的是个小两居,一间门开着,一间关着门,就问郑丽:"这两个房间的,得要大几百一个月吧?"

郑丽说："是两家合租的，我们租一间小的，四百块钱一个月，那家租的是间大的，五百块钱一个月。"

周冬至说："房租比那边的老房子倒贵不了多少，可是这边的条件可比那边的强多了。"郑丽说："那边房子宽敞，两个房间才四百块钱。"周冬至说："也是。"

郑丽给周冬至倒了一杯水，问："你吃饭了吗？"周冬至说："不饿，一会儿赶回家吃。"郑丽说："要不在我这吃吧？"就准备到厨房热饭。

周冬至拉住郑丽说："早饭吃得晚，不饿的，你不要弄。"又说，"我过来就是想看看你。"

郑丽见周冬至不让做，也没再坚持，就有些慵懒地在一侧坐了下来。周冬至本听婆婆说郑丽要找她算账，以为郑丽见到她一定没有好脸色。可是今天见了，除了态度上冷淡些，倒也不像要跟她过不去的样子，精神就放松了一点儿。喝了口茶，又看了看郑丽，就见郑丽跟以前判若两人，以前不管啥时见郑丽总见她打扮得漂漂亮亮利利落落的，今天却像个被霜打了的茄子，不仅蓬头素面，面容憔悴，整个人看上去更是萎靡不振，一点儿精神都没有。周冬至猜想桂花说的可能是真的，也不好直奔主题，便问："你怎么也不回去看看妈？"

郑丽耷着眼皮说："不是有你嘛，哪有姑娘老回娘家的？"

周冬至说："瞧你说的，好像我不欢迎你似的。"又说，"妈都说了好几次了，说是挺想你的，让你有空回去呢。"

郑丽略抬了抬头，说："她哪是想我啊，她是没人唠叨，难受的。"

周冬至说："你是她闺女，你不听她唠叨谁听啊？我倒是想听呢，可她也不愿跟我说啊。"

郑丽自然知道她妈跟周冬至之间的情况，便叹了口气，说："哎，我妈就那个人。"

两人聊了聊郑家洼，又聊了聊孩子的情况，郑丽一直应付着，谈话的兴致并不高。周冬至之所以急着找郑丽，就是想提醒提醒郑丽外面的风言风语，可是斟酌了好一会儿，却不知怎么开口是好。又东拉西扯了几句，还是切入不了主题。周冬至稍沉默了一会儿，便试探性地问："亮亮他爸爸在外面咋样？还寄钱回来吗？"

郑丽也没作答，像是没听到似的。周冬至知道说到了敏感的地方，便说："你哥可是一拿到工钱就往家寄的。"

郑丽似乎感觉到就这么一句话不说也不好，便叹了口气，说："我哪有嫂子那个福气，像我哥这样的能有几个？"

郑丽终于开口说话了。周冬至生怕再次冷却下来，她看了看郑丽，赶紧顺着郑丽的话说："你家魏涛也不错啊，又活络，又能干，对你对亮亮都不错的。"

"不错？"郑丽像是自嘲似的冷笑了一声，便低下头，再次沉默下来。周冬至知道这样往下说，很难把话再说下去，稍顿了顿，只好故意刺激了一下郑丽，说："照你这话里的意思，你家魏涛肯定是对你们不怎么好了？那你以前怎么从来也没说起过？"

郑丽还是没接话。周冬至又问："那你们到底是咋回事？过年他不是也回来的吗？还去看了妈和我们，也没看出有啥不对啊。"

郑丽仍然不语。周冬至没法子，只好更直接地问："是不是他在外面有人了？还是把钱瞎花了，不给你们寄钱？"

郑丽终于忍不住了，她抬起头来，看了一眼周冬至，便淡淡地对周冬至说："嫂子，我的事情，你也不是不知道，你也不要故意在这儿绕弯子。实话实说吧，他在外面不仅有人，可能还有了孩子。我呢，风言风语的你肯定也听到不少，那天我妈给我打电话，还让我回去跟你对质呢。你说，我在家整天守活寡，还要给他带儿子，他呢，他倒好，不仅很少往家里寄钱，还在外面勾搭野女人，勾搭女人也就罢了，居然还生了个野种出来，你说他是不是人？"

郑丽说到这儿已经是泪水涟涟，就像刚在苦水里泡过一样。周冬至甚是意外，就想，怎么一点儿也没听说的。她并不怀疑郑丽所说，只是觉得魏涛哪来那么多钱又养女人又私生小孩的。就问郑丽："他不就做个油漆匠吗？哪有那么多钱？"

"哪里啊，几年前他就跟人合伙做起了材料生意，只是他一直瞒着我，没让我们知道而已。"

周冬至问："你咋知道的？"

郑丽说："哪有不透风的墙？跟他在一起的老乡又不是一个两个。"

周冬至终于没有了任何怀疑，就想到了郑幸福，便不由自主地问郑丽："你说，你哥在外面会不会也学坏啊？"

"我哥才不会呢。"郑丽不容置疑地说。

"为啥？"周冬至张大眼睛问："难道他就那么好的？他就不是男人？"

"男人还要看什么男人呢，像我哥这样又顾家又疼你的男人，能做出那种事吗？"郑丽说。

"这也不好说。"周冬至的心脏"怦怦"乱跳，魏涛的例子似乎给她敲起了响亮的警钟。她多少理解了些郑丽的作为和处境，便旁敲侧击地说："男人可以胡作非为，可是要是女人呢，不要说养人生孩子，就是稍微有点儿不规矩，都要被吐沫星子淹死，也就是人家说的人言可畏啊。"

"我才不怕呢，管他什么人言可畏的。"郑丽说到这儿已经有些破罐子破摔的味道，她涨红了脸，提高了嗓门说："难道只容许他们乱来，我们就只能在家守着空房夜夜淌眼泪？他要是把我逼急了，我连儿子都不管，直接跟人跑了算了。"

"这可不行啊。"周冬至担心郑丽真的如此，忙劝阻说："你可不要犯糊涂，儿子毕竟是你自己的，你要是像他那样，不仅儿子会恨你们，就连我们还有妈都没法在外面抬头走路了。"

"我才不管呢。"郑丽也许说的是气话，不过，看她的样子，倒像是做过成熟的考虑。

周冬至感觉这事可不是三言两语就能解决的。周冬至喝了口茶，问："你也没想着去魏涛那儿，看看到底咋回事？你们总不至于分了吧？"

"分了？我才不会那么傻呢。"郑丽说，"我现在也不想那么多，就是想着他能搞女人我就能偷男人，我可不怕什么风言风语人言可畏的。"

周冬至没想到郑丽竟把如此羞于启齿的话说得这样直白，她似乎不认识郑丽似的，瞪着眼睛看了郑丽好一会儿，才摇了摇头，沉下脸说："郑丽，你这样可不行。"

郑丽再次低下头，不再吭声。周冬至就说了很多有关女人要自尊自爱保持贞操名节的话，可是说了一大箩，郑丽却一言不发，没有一点儿反应。周冬至终于明白郑丽为啥听了她妈的话却并没有回郑家洼找她理论的原因。周冬至顿时生出一种可怕的感觉，心里凉飕飕的，觉得就凭郑丽这样还不知会闹出多大的事来。

该说的话都说了，该提醒的该劝慰的也都提醒了劝慰了，周冬至已经感觉黔驴技穷，没有什么可再说的。肚子似乎也有些饿了，她再次看向郑丽，见郑丽一直都是那副无动于衷毫无生气的表情，知道她说了这么多等于是白说。周冬至失望地站起身，她长长地叹了口气，向郑丽告别道："那我走了。"

郑丽也没说什么客气话，只站起身，默默地把周冬至送到门口，说了一声儿"慢走"，便关了门。

周冬至在下楼的时候差点儿跌倒，心里就像被人堵了一块大石头，让她几乎喘不过气来。她不知道对于郑丽的事情究竟该管还是不该管，更不知道郑丽下步到底会怎样。她很想马上就给郑幸福打电话，告诉他有关郑丽的事，可是想想郑幸福即使知道了又能怎样呢？难道他管了就能改变郑丽的想法？就能堵住悠悠众口吗？

周冬至找到自己的车，骑上车，不住地在心里问：现在的人啊，怎么会变成这样？

二十二

平常儿子回家，周冬至就像过年一样杀鸡宰鹅兴高采烈的。今天却不一样，周冬至对儿子的疼爱牵挂早已被深深的疑惑和满腔的愤懑所代替，她决定在儿子面前绝不能表现出半点儿仁慈，她必须使用最严厉的手段把儿子不上晚自习的真相搞清楚，在这个问题上她不能有丝毫的含糊。

大概十点左右，周冬至正在门口张望着，就见儿子背上背着郑幸福从北京给他买回来的双肩背包，手里拖着周冬至给他带过去的帆布拉杆箱，垂着头无精打采地往家走。周冬至出了院门，上前两步，喊："儿子，你回来了。"

郑正抬起头来只"嗯"了一声，便没了其他话。郑正拖拖沓沓地来到院门口，把箱子交给周冬至，问："奶奶呢？"周冬至说："在屋里呢，都等你好久了。"

郑幸福妈早听出是孙子回来了，忙大声喊："小正啊，我的乖孙子，快进屋让奶奶瞧瞧。"

郑正背着背包进了院子，走到正屋门口，见奶奶坐在土轮椅上张着双臂，泪眼婆娑地在等着他，先轻轻喊了一声："奶奶。"然后上前进屋来到奶奶面前，抓过奶奶的双手，问："奶奶，你怎么了？哪里不舒服？有病怎么也不去医院？"

郑幸福妈错愕地问："谁说我病了？我哪里病了？"特意瞥了周冬

至一眼说,"是你在咒我吧?"

周冬至拖着拉杆箱进了屋,对郑幸福妈说:"我要不咒你,你大孙子能回来吗?"

郑幸福妈似乎理解了周冬至的用意,便不再跟周冬至计较。她紧紧拉住郑正的手,一边端详着郑正,一边心疼地说:"都瘦了一圈了,瞧你这小脸都快成腌黄瓜了。"

郑正动了动嘴巴,想说什么却没有说出来。

周冬至放好拉杆箱,又将郑正的背包放到了他的睡屋,回过头来,走到郑正身边,就问郑正:"妈妈今天给你做鸡翅吃好不好?"郑正一肚子怨气憋了很久,这时终于爆发出来,他放下奶奶的手,扭过头便冲他妈喊:"你为啥要骗我?"

周冬至看看郑正双眼圆睁,满脸红涨,像是要吃了她似的,便说:"你看,你奶奶想你是不是真的?你老是不肯回来是不是真的?我要是不说你奶奶病了,你这周不是还不愿意回来吗?"

郑正再次大喊:"这是两码事。"喊完"噔噔噔"几步便进了他的睡屋。郑幸福妈刚刚还沉浸在孙子回来的幸福之中,倏忽,这幸福就不见了,不仅不见了,因为媳妇的谎话还惹得孙子如此不高兴。郑幸福妈似乎按捺不住了,突然就像她孙子一样激动地冲周冬至嚷道:"你瞧瞧你,我孙子难得回来一趟,你还惹他生这么大气,你是不是真的要把我气死?"

周冬至看了婆婆一眼,又看了看郑正的睡屋,见睡屋的门已被他关死,便对她婆婆说:"你别在这儿跟着瞎吵吵,我叫他回来是有要紧事要问他的。"

婆婆只是不理,继续叫道:"啥要紧事?我孙子难得回来一趟你还这么管他,他还是不是你儿子?"

周冬至知道跟她婆婆也没什么道理可讲,便走到轮椅旁边,对她婆婆说:"妈,我真的有要紧事要问他的,要不我先把你推到小屋里待会儿,等我问清了,再推你过来好不好?"

郑幸福妈又吵吵了几句,感觉也不好太坚持,便说:"那随你吧。"

周冬至听了，赶紧把轮椅抬过门槛，将她婆婆推出正屋，又推出院子，来到了小屋。

婆婆爱管闲事的毛病又犯了，这时就问周冬至到底有啥事？为啥要瞒着她？周冬至也不想让她婆婆知道后着急，便说："这事一句话两句话也说不清，等我问清楚再跟你说吧。"

婆婆一脸的不高兴，说："你不管啥事从来不跟我说的。"周冬至也没多辩解，将她婆婆的轮椅支好，就走了。

周冬至一直在想着以什么方式盘问儿子，是直来直去好，还是拐弯抹角好？是态度严厉好还是和风细雨好？想来想去，就觉得在这件事上还是应该直截了当态度严厉最好。

周冬至进了院子，走进正屋，见儿子的门依旧关着，便来到儿子门前，尽量以平常口气对儿子说："小正，你出来一下，妈妈有事要问你。"

郑正好久没回话。周冬至推了推门，见门反锁了，便再次说："小正，你把门开一开，妈妈有话跟你说。"儿子仍然不睬。

周冬至估计儿子刚才的气还没消，这时再跟他说这事效果肯定不好，便回转身，先去了厨房，将昨天就已准备好的鸡翅排骨鱼还有青菜茄子拿出来，先全部洗净加工好，又一一放在一边，准备等到十一点左右再做。

厨房里收拾得差不多了，周冬至洗了手，脱了围裙，再次来到儿子门口。见门还关着，就问："儿子，你在干吗呢？"

儿子还是不出声。周冬至似乎有些急了，嗓门开始提高，态度也严厉起来，就以带有命令的口气，对儿子说："你给我把门开开。"

儿子终于把门打开了，不耐烦地问："干吗？"

周冬至少有地板着面孔，以极为严厉的口气说："我有事要问你。"

"啥事？"儿子好像被周冬至的气势给镇住了，态度上变得稍稍顺从了一些。

周冬至两眼狠盯着儿子，眼光像刀子一样，问："你为啥不上晚自习？都干吗去了？"

儿子似乎感觉有些突然，身子稍晃动了一下，便低下头，也不作答。

周冬至吓唬说:"你不要以为我对你没有办法,告诉你,你今天如果不说实话,我马上就让你爸回来。"

"回来就回来。"郑正嘟囔了一句,似乎并不在乎。周冬至感觉并没有真正把儿子震慑住,就加大了审问的力度。她拿过一根木棒,特意在儿子面前晃了晃,威胁说:"你不要以为我从来没有打过你,就不会动武。告诉你,你把我逼急了,看我会不会手软!"

儿子看都没看周冬至一眼,依旧低着头,噘着嘴,完全一副无动于衷的样子。周冬至真的急了,举起木棒,厉声问:"你是不是去网吧打游戏了?"

儿子没有反应。周冬至又叫道:"是不是跟女孩子出去玩了?"

"谁跟女孩子出去玩了?"郑正终于抬起头来,满眼冒着怒火,说:"你不要瞎说!"

开口就好办,周冬至就怕儿子一直这么抗下去。看来还得来点儿激将法,周冬至便再问:"那你肯定是去打游戏了?"

"打什么游戏?你给我多少钱了?"郑正梗着脖子说。

周冬至感觉儿子不像在说谎,就想,那既没早恋也没打游戏,按照班主任刘老师的说法,只有出去跟社会上的小混混学坏了?周冬至感觉更加可怕,头皮一阵发麻,她随手扔掉手上的木棒,一屁股坐在边上的一条木凳上,失声痛哭起来,边哭边嚷:"这可怎么好?没想到,你居然跟那些坏孩子在一起,你要是真的不学好,你叫妈妈怎么跟你爸交代?你叫妈妈还怎么活?"

郑正刚才并没有被他妈妈的木棒吓唬住,这时反倒被他妈妈的痛哭吓住了,他不知他妈妈怎么了,又为何哭得如此伤心。他不怕他妈妈的木棒,却特别惧怕他妈妈的眼泪,这时忙走出内屋,来到他妈妈面前,问:"你为啥要这么说我?"

周冬至止住哭,张着泪眼问:"难道不是吗?"

"是啥呀?"郑正既感委屈,又觉恼怒,就吼他妈妈道,"是不是刘老师跟你说的?"

"要人家刘老师说吗？你不上晚自习，不是去学坏，还能干啥？"周冬至故意说。

郑正瞪了他妈妈一眼，说了句："不跟你说了。"便扭过头气呼呼地重回到了睡屋。周冬至忙站起身，追进睡屋，问："那你说，你为啥不上晚自习？到底干啥去了？"

郑正不仅不搭话，干脆往床上一躺，不再理周冬至。周冬至看看儿子好像还很委屈的样子，就想，难道真的委屈了儿子？似乎更加疑惑，不明白儿子不上晚自习到底干啥去了？周冬至想想继续来硬的一手估计不行，最好的办法恐怕还是她惯用的苦肉计比较好使。稍酝酿了一下情绪，便坐到床边，小声地抽泣起来。

哭了没一会儿，儿子果真坐了起来，看着他妈问："妈，你到底怎么了？到底是真哭还是假哭？"

周冬至似乎越哭越伤心，不仅哭泣，浑身还抽搐起来。郑正感觉他妈不像是假的，似乎有些紧张，便不断地对他妈妈说："妈，你能不能别哭了？"

周冬至感觉效果还不错，便稍稍止住哭，一边抽噎着，一边问："那你告诉妈妈，你为啥不上晚自习，到底干吗去了？"

郑正还是不说。周冬至满眼泪水的，站起身，对郑正说，"你要再不说，妈妈就跳河去。"说着真的冲出睡屋，直向院外跑去。

郑幸福妈好像听到了这边周冬至的叫嚷声，也不知媳妇和孙子到底怎么了，忙就自己用木棍把轮椅撑出小屋，来到院门口。见周冬至大步往外跑，便焦急地问："到底怎么了？"

周冬至说："问你孙子去。"又故意大声朝院里喊："我这就跳河去。"

郑幸福妈即刻大叫起来："到底怎么了？到底怎么了？"勉强着要进院子，轮椅却被院子的门槛卡住了。

周冬至可能也想让婆婆再加一把火，就悄悄地把她婆婆的轮椅推进院子，又推到了正屋门口。周冬至再次大声说："我也不想活了，这就跳河去。"

婆婆便朝郑正喊："小正啊，我的好孙子，你快看看你妈妈吧，她要是有个三长两短，可怎么得了？"

郑正似乎被吓唬住了，忙跑出屋外，见他妈妈已不在院里，担心他妈妈来真的，赶紧往院外跑。院外也不见他妈妈，急步来到只有十来米远的小河边，见他妈妈果真站在河边，像是真的要跳河的样子，便跑上前，大声喊："妈妈，你到底要干啥？"

周冬至回过头来，眼泪汪汪地对郑正说："你要不说，妈妈真的不想活了。"

郑正看他妈妈这个样子，似乎不忍心，只好投降道："我告诉你还不行吗？"便就告诉他妈妈说，是出去给人家小饭店端盘子，想赚钱买个苹果手机。

周冬至听了，即刻跳起来喊："你要买手机为啥不告诉妈妈，为啥要自己去打小工？"郑正说："苹果太贵了。"周冬至问："要多少钱？"

"最少要六七千。"

"六七千？杀人呢。"周冬至确实被吓了一跳，说，"哪有这么贵的手机？"

"苹果就是贵嘛。"郑正低下脑袋说。

"苹果，又是苹果，什么苹果这么害人的。"

周冬至愤愤不平的，见儿子终于说了实话，一颗心总算踏实了下来。知道儿子是为了买手机而去打小工，便上前，抱住儿子的头，说："你个傻儿子，你要花钱就花钱，为啥要去打小工，你就不怕影响学习吗？"

郑正说："没有影响学习。"周冬至抱着儿子的头，看着儿子，真的流下泪来，说："儿子，你要再去打小工，妈妈就真的不能过了。"说着放开儿子，竟"呜呜"地哭了起来。

郑正知道这回他妈妈是真的伤心真的哭了，就抱住他妈妈，说："我不去了还不行吗？"

周冬至越哭越伤心，想想儿子为了买手机竟自己去打工挣钱，似乎感觉自己太无能，又觉着儿子尽管任性得让人生气，却也懂事得让人心疼。于是心就像被针一下一下地扎着，心疼得她眼泪就像开了闸的洪水，狂泄不止。

郑正见安慰不住他妈妈，便也大哭起来，近乎号叫道："我不买手机了，我再也不去打工了还不行吗？"

周冬至见儿子也哭了，赶紧止住哭，抱住儿子，说："儿子不哭了，你只要保证不去打小工就行了，要钱妈妈给你。"

郑正似乎刹不住车，哭得更凶了。周冬至劝也劝不住，拉也拉不走，正不知如何是好，只听"咚"的一声，就见婆婆的轮椅在不远处翻倒在地。婆婆大叫了一声，便没了声音。

周冬至也不知婆婆怎么过来的，赶紧放开儿子，奋力冲向婆婆。待把婆婆扶起抱上轮椅，就见婆婆竟紧闭着双眼，似乎有点儿不省人事了。郑正也已冲上前来，大声叫唤着："奶奶，奶奶。"

周冬至在婆婆的人中上使劲掐了好一会儿，并没有效果，似乎六神无主的，不知如何是好。郑正说："要不赶紧打120吧。"

周冬至想了一下，说："那是在城里，在乡下打那个有啥用。"

周冬至稍冷静了一下，便说："只有先到镇卫生院了。"就蹲下身子，要儿子帮忙把他奶奶扶到她背上。郑正问："妈妈，你是想把奶奶背到卫生院吗？"

周冬至说："是啊。"郑正怀疑地说："那要背到什么时候？会不会耽误了奶奶治疗的时间。"

这一提醒还真是，周冬至忙站起身，说："是啊。"就商量怎么办好。儿子还是说："打120吧。"周冬至说："没用的。"便拿出手机说："我找同学试试。"

拨通了秦二莲的电话，周冬至急急慌慌地对秦二莲说："二莲，我婆婆突然不行了，你能不能找厂里帮我借个车子来我们村上接一下？"秦二莲问："到底怎么了？"

周冬至说："我也说不清，你还是赶紧帮我借辆车吧。"又补充说，"只要比走路快，什么车都行。"秦二莲也没犹豫，说："你别管了，我马上帮你想办法。"

周冬至挂了电话，再次俯下身，扶住她婆婆喊："妈，妈，你怎么了，你别吓唬我们啊。"

大概是周冬至母子的喊叫声惊动了左邻右舍的，不一会儿，边上便围了很多人。来喜媳妇也来了，一个劲儿地问："怎么了，怎么了？"

周冬至也没多解释，就让来喜媳妇她们帮忙一起将她婆婆抬向村口。不一会儿，秦二莲便来电话说，厂里没借到车子，是贾有才帮着从张至诚公司调了辆车，几分钟就到。周冬至连说："谢谢，谢谢。"感觉众人抬着还不如她一个人背着走得快，便招呼大家帮忙将她婆婆抱到她背上。

周冬至吃力地背着，儿子和众人在后面和边上扶着。终于到了村口，有人说："赶紧把你婆婆放轮椅上吧。"周冬至说："不能太折腾了，就我背着吧。"便继续吃力地背着。

果然，不一会儿，一辆黑色轿车在路边停了下来，驾驶室里一个司机模样的人摇下窗，伸出头问："是张总的同学吧？"

周冬至一边应道："我是，我是。"一边匆匆把她婆婆背到车上，儿子跟着上了车。

路上，秦二莲来电话说已跟医院打了招呼，她也会在医院等着。

车子没有几分钟就到了镇医院，刚到医院门口，果见秦二莲已早早地等在那里。周冬至背着婆婆下了车，也来不及对秦二莲说"谢谢"，便随着秦二莲到了急救室。周冬至简单跟医生说了婆婆的病情，便按医生要求退出了急救室。

周冬至和秦二莲还有儿子在急救室外等了大概有半个多小时，医生终于出来了。秦二莲忙上前问："咋样？"医生姓梁，对秦二莲说："大事可能没有大事，已做过应急处理，但是还需要好好观察。"

周冬至终于舒了一口气，就问到底是咋回事？医生好像跟秦二莲很熟，说："初步诊断是急性中风，因为病人原来就有严重的类风湿关节炎，所以下一步的治疗难度会很大。"

周冬至说:"不管多难,都要治。"医生点了点头,说:"估计三五天的出不了院,你们还是多准备点医疗费吧。"又让周冬至先把押金交了。

周冬至摸摸口袋,才知出门太急,也没带钱。秦二莲忙拿出自己的银行卡来,对周冬至说:"先用我的卡吧。"就跟周冬至一起去缴费处缴费。听说押金要五千块,周冬至吓了一跳,因秦二莲在边上,也没敢多说,只是在心里说:这不要命嘛。

交了押金,在回急救室路上,周冬至对秦二莲说:"太谢谢你了,一会儿我就让儿子回家取钱去。"

秦二莲说:"急啥?我又不急着用。"又说"都是老同学,你可不要客气。贾有才和张至诚因为都有会,不然也都来了。贾有才还特意给医院院长打了电话,不然大星期天的,凭我的面子他们不可能救得这么及时的。"

周冬至说:"太谢谢他们了。"

回到急救室门口,把押金单子交给了护士,周冬至便对秦二莲说:"没啥大事了,你先走吧,家里肯定还有事的。"秦二莲说:"没事,陪你坐坐吧。"周冬至便把儿子叫到秦二莲面前,对儿子说:"这是你秦姨,你妈和你爸的同学,快叫人。"

郑正忙小声地喊了一声:"秦姨好。"秦二莲答应了一声,便对周冬至说:"还是小时候见过的,没想到都这么高了,像个大小伙子似的,跟他爸爸一样帅。"

周冬至说:"小犟驴。"看看护士们拿着饭盒像是去食堂吃饭,周冬至这才想起准备了那么多菜也没做,就跟儿子郑正商量,让儿子先到镇上买点吃的,然后回家赶紧拿了钱还给秦姨,另外顺便把灶房里的菜放到冰箱里,晚上再说。

儿子问:"要不要打电话叫爸爸回来?"周冬至想了想,说:"还是先不要跟他说,不然他知道情况,还不知急成啥样呢。"儿子似乎感觉到这些都是他的不听话造成的,对周冬至的态度上似乎恭顺了不少,说:"那我先回家取钱吧。"就问了藏钱的地方。周冬至小声地告诉了儿子一个秘密的地方,又掏出二十块钱来给了儿子,再次强调说:"你还是先到镇上吃了午饭再回家。"

郑正终于恭顺地听了次话,说:"知道了。"又跟秦二莲打了招呼,就走了。

秦二莲看着郑正的背影,感叹地说:"还是儿子好。"周冬至说:"好啥好,一点都不听话,操心死了。"

医生再次从急救室出来,对周冬至说:"先在观察室观察观察,等稳定下来再转到病房去。你们家属留一个人下来就行。"周冬至连说了几句"谢谢。"秦二莲也帮着跟医生打了招呼。

医生走后,在周冬至的反复劝说下,秦二莲才同意离开。临走前特意交代:"有啥事随时说,千万不要客气。"

周冬至说:"跟你还客气吗?"又说,"那你帮我请几天假吧?"

秦二莲说:"没问题。"便走了。

周冬至坐到边上的一张长条凳上,看看走廊里来来回回的病人和家属,再想想自己的婆婆还不知怎样,会不会留下什么后遗症,会不会比原来还要严重,也不知要花多少钱,心里不知怎的,突然一阵酸痛,眼泪竟止不住地往下流。

二十三

婆婆在镇医院住了一个多星期病情才算稳定下来。婆婆现在已能说话，只是嘴巴还是歪着，脸部仍还有些扭曲，医生说这都是中风留下的后遗症，得恢复较长一段时间才能慢慢好转。婆婆住院的时候周冬至一直没敢把情况告诉郑幸福，直到婆婆出院了才告诉了实情，并告诉他说，现在已没啥大碍，就是还得再慢慢恢复一段时间。

郑幸福焦急地问："那要不要我回来？"周冬至问："你回得来吗？"郑幸福一下被问住了，顿了好一会儿，才说："是啊，真的想回还确实回不了的，现在的活是一年当中最忙的，根本走不开。"周冬至说："就是，明明回不了，还说这种漂亮话，糊弄人呢？"又问，"要果真妈妈不行了，你也不回的？"郑幸福说："那是两码事。"周冬至说："什么两码事？还不是一回事？"

因想起郑丽的事，周冬至就问："你知道你小妹夫魏涛在外面咋样啊？"郑幸福奇怪地问："你怎么突然问起他了？"周冬至反问道："你难道啥也不知道？"郑幸福说："我知道啥啊？"周冬至想想这事迟早要跟郑幸福说，便把郑丽说的情况告诉了郑幸福。

郑幸福疑惑地说："不会吧？他会有那么大胆子？"周冬至说："你们男人哪个没有胆子？"郑幸福知道周冬至话里有话，忙说："你不要一竿子扫了一屋子人。"周冬至说："你给我小心点儿，别弄出啥事来，我可没那么好对付的。"郑幸福说："我敢吗？"周冬至说："不好说。"

郑幸福心想,连到嘴的肉我都没吃,能有事吗?不过还是有些心虚,说:"要不你来考察考察怎样?"周冬至说:"好啊,那我就把妈扔一边,去鹊桥相会去。"郑幸福说:"知道你不会的。"又问郑丽现在啥态度,是不是真的搞清了?周冬至含含糊糊地说:"哪个知道,郑丽恐怕也有自己的事情。"

郑幸福问:"啥事情?"周冬至不想让郑幸福为他妹妹多操心,便说:"我哪说得明白?等你回来再说吧。"郑幸福还是不放心,说:"你得劝劝小丽,让她忍着点,男人在外面有些花里胡哨的事也正常,别动不动就当真。"周冬至听了这话,顿时急了,说:"你啥意思?看来你在外面肯定也有不少事了?是不是也要我忍着?"

郑幸福知道自己刚才的话有漏洞,赶紧解释说:"你可别误会,我是说别人,没说自己。"周冬至恼怒地说:"别以为我是傻子,真话假话我还听不出来?我还真得谢谢你一不留神说出了自己的心里话。"郑幸福还要解释,周冬至却说:"还有什么好说的。"便挂了电话。

挂了电话,周冬至总觉得委屈,就在想郑幸福是不是也有哪里不对劲,想来想去也没想出啥,便坐在床边生闷气。郑幸福不断重复地打电话,周冬至就是不接。当晚,早早地便睡了,却几乎是一夜未眠。

第二天一早,周冬至拿出早前看的一本书,照书上写的就给郑幸福发了一条过于文气的信息:"死生契阔,与子成说,你若负我,我必负你!"郑幸福随即回了一条:"执子之手,与子偕老,永不负卿!"

周冬至看了信息,就在心里说:"还算不错,没有全部还给老师。"

自那天晚上惹了周冬至生气后,郑幸福就把吴茉莉还有那个宋姐的电话号码给删了。尽管删了吴茉莉的电话号码,但是吴茉莉的微信还在,郑幸福也不想把她的微信也删了,便还是经常深更半夜收到吴茉莉的信息。信息暧昧倒是不暧昧,但是给郑幸福的感觉,吴茉莉对他还是没死心。通过吴茉莉的自我倾诉,郑幸福终于知道了吴茉莉这些年的大概情况。

当年,吴茉莉跟秦二莲鹬蚌相争,却被周冬至这个渔翁得了利。秦二莲倒没啥,吴茉莉却把郑幸福和周冬至都恨得咬牙切齿的,发誓一辈子再不见郑幸福。女人失恋后的誓言一般只能说给自己听,别人是不会信的,随着时间的推移这些誓言恐怕连自己都觉得好笑。吴茉莉尽管没有笑话自己当初的誓言,但是对郑幸福的恨意却一直未消。由爱生恨,再由恨转爱,循环往复,吴茉莉最终却把自己耽误了,直到快二十大几了才嫁给一个在外走南闯北有点儿本事却完全是个无赖的同乡男人。起初那个男人对吴茉莉还挺好,可是眼见结婚四五年却仍然没有孩子,那个男人对吴茉莉的感情便差了许多。到了北京以后,她老公先是摆摊卖熟食然后卖快餐,后来竟盘下一个小门面开起了小饭馆,从小饭馆到大饭馆,她老公居然就这么在北京立住了脚,不仅有了车还有了房,俨然一个大老板。吴茉莉是在她老公开了小饭馆后才来的北京,本来两人过的还算凑合,并没有什么突出的矛盾。可是自从开了大饭馆以后,她老公似乎就像换了一个人,不仅时时处处爱显摆,身边的女人更像走马灯似的换,特别是有一次她老公居然把一个女人带到饭店里,当着吴茉莉的面搂搂抱抱的。随着一场激烈的战斗,吴茉莉和她老公终于走到了尽头。经过两年多拉锯似的诉讼,吴茉莉获得了那套房子还有饭店30%的股权,自此吴茉莉和她老公便成了这个世界上最熟悉也最陌生的两个人。

  吴茉莉现在最大的愿望就是要找一个自己喜欢的男人,检验一下自己到底能不能生孩子,同时也找出自己不能生孩子的原因到底是她还是她的前夫。

  郑幸福当然是实现她这个愿望的最佳人选。可是自那次见面后,吴茉莉便产生怀疑,到底是自己吸引力不够,还是郑幸福根本就不是个男人?因为像他这样已经几个月见不着老婆的饿狼,自己都快把肉送到他嘴里了,他居然都不吃,你说,他还是个男人吗?吴茉莉一直在思索那天失败的原因,就觉得那天可能是自己显得太急,反而把郑幸福吓着了。就想,下次见面一定要稳住劲。可是,自那天以后,郑幸福似乎就像躲瘟神一样地躲着她,她就伤心:难道自己就那么没有魅力,连个据说已经变成又黑又胖的村妇的周冬至还不如吗?吴茉莉似乎很不服气。

  郑家宏现在几乎一天三趟地来找周冬至,好话已经说尽,周冬至却还是那句话，征地可以，但必须先把前面的账目公开出来。郑家宏便说："嫂子，你这不是为难我吗？"

"真要命"已经是第若干次"最后通牒"了，周冬至本不想理他，可是也不知他背后的人是谁，到底想干啥，周冬至很想搞清楚，便决定去会会"真要命"。

这天下班后，见天色还早，周冬至便给"真要命"打了个电话，问他在不在，她想去找他，谈谈流转地的事。"真要命"冷冷地说："还有啥好谈的，我都给你发过好多次信息了，你也不来谈，合同早已自动解除了。"

"你说解除就解除了？合同又不是你一个人签的。"周冬至尽量以平静的口气说。

"真要命"似乎并不是完全不想见周冬至，在电话里故意"嗯嗯啊啊"了一阵，便就说："那你来了再说吧。"周冬至就问他在哪里，"真要命"说就在他们的大自然绿色生态发展公司。

周冬至在去县城的路边上见过那个大牌子，便随口问道："是不是离镇上不远，马路边上的那几间小房子？"

"真要命"似乎有些不高兴地说："怎么是几间小房子？那是我们公司的办公室。"周冬至想想都有些好笑，不过也不想管他这个，便说："我知道了，我这就从厂里往你那边走。"

"真要命"说："我等着。"

顺着去县城的路骑车大概七八分钟就看到了那块长长的大牌子。从主路顺着一条小道往下骑，过了一座小桥，在一片荷塘后面，便是"真要命"说的什么"大自然绿色生态发展公司"。

周冬至在门口的一片空地上停好车。看看公司的牌子确实很大也很显眼，公司的办公室却就那么三间低矮的红砖瓦屋，看上去不像是什么公司办公室，倒像是个堆积杂物的破仓库。周冬至也不想去探究"真要命"的脸上贴的到底是金还是纸，只想着怎么跟"真要命"把理说清楚，便来到中间的那间屋子。探进头看了一下，见"真要命"不在，有两个很面熟的大叔在把屋里堆的化肥往屋外搬,就打了个招呼说:"你们在忙啥呢?看你们面熟,倒想不起咋叫的?"

一人看了看周冬至,便说:"你不是幸福媳妇吗?你来干啥的?找你二叔?"另一个说:"你到底是外来媳妇,连我们都不认识了,我们跟你可是一个庄上的。"

周冬至有些尴尬地说:"不好意思,真的没认出。"两人因为干着活,也没自我介绍,一人就告诉她说:"你二叔出去了,说你一会儿可能会来,让你在屋里坐一会儿,他马上就到。"

周冬至说:"好。"便退出中间屋子,来到左手第一间屋。见屋门开着,屋里摆着两张办公桌还有一张床,既像办公室又不像办公室,便进了屋,在一边的凳子上坐了下来。

不知过了多久,"真要命"才背着手,挺着腰,像个大领导似的进了屋,问:"你来了?"

周冬至抬头看了"真要命"一眼,就见"真要命"的头发更稀,脑门更亮了,又见他两个眼睛还是那么色眯眯地眯成一条缝,看人就像看个稀罕的物件一样。周冬至也没管他,只是站起身打招呼道:"是啊,二叔你都下了多少道帖子了,我能不来吗?"

"真要命"在靠前的一张办公桌后坐了下来,跷起二郎腿,问:"你跟幸福都商量了吗?到底愿不愿解除合同?如果要解除,我是不承担任何责任的,你们的地荒了可与我没关系。"

周冬至冷笑笑说:"二叔,你说笑呢,有合同在那儿呢,哪能与你没关系?不管地荒不荒,我们到时照样是要跟你要承包钱的。"

"你们想得好。""真要命"的小眼睛在周冬至的身上转了好一会儿,说:"你们也不是不知道,凡是责任田,不管流转不流转,可都是属于村上的,村上包给你,你才能流转,不包给你,你连流转的资格都没有,咋还能跟别人签合同?就像你们跟我签的合同一样,只要村里一句话,便一点儿也不作数了。"

"谁说的?"周冬至知道这里面肯定有鬼,似乎有些恼怒,声音即刻大了起来。

"你不管谁说的,反正是村里意见。""真要命"又看了看周冬至,接着说:"所以不管你们同意不同意,只要村里给我发了话,我就是不想解除也得解除。"

周冬至冷笑了一声,说:"那你告诉我,看看到底是村里谁说的?是不是村主任说的?"

"我告诉你这个干吗?有本事你自己去问好了。""真要命"说。

"好。"周冬至似乎已经明白了这里面的名堂,干脆地说:"那咱们也说好了,从明天起,我家的地就不归你种了,你给我写个字据,咱们原先签的合同一笔勾销。"

"我给你啥字据啊?那是村里的意思,与我也没关系的。""真要命"站起身,往周冬至侧面走了两步,对着周冬至说。

周冬至说:"不给字据也可以,那到时我还得找你要承包钱,不给咱们就走着瞧。"说着就要走。

"真要命"看看周冬至确实够倔的,便微举了一下手,说:"有话好好商量嘛,不管怎么说,咱们都是一家人,别人再说都没咱们这么亲的。"

周冬至感觉"真要命"的语气即刻变得暧昧起来,想到他曾经给自己发过的那些短信,心里就像一下爬出很多恶心的小虫子,一时浑身的毛孔都竖了起来。她再次问:"你到底是想解除不想解除?想给不想给字据?"

"真要命"尽管脸色没怎么变,语气上却变得越来越温和,说:"你不要急嘛,也不是我要跟你们解除,实在是村上找了我,我也是没法子,才这样跟你们说的。"

"真要命"说到这里,眼睛在周冬至身上特别是胸脯处贼溜溜地转了一圈,又亲热地叫了一声"侄媳妇",说:"只要你向你二叔我开口说句话,我保证不理村里头头的,你说是啥就是啥。"说着拉过周冬至,说:"你还是坐下来,咱们慢慢说。"

"真要命"在拉周冬至的过程中特意在周冬至的手背上轻轻摸了一把，周冬至已经明显感觉"真要命"的不怀好意。她仍然站着，眼睛看向门外，脸部绷得紧紧的，一语双关地说："二叔，你要还是二叔呢，你就有话说话。你要不是二叔呢，咱们就到此为止，没什么好说的了。"说完迈了步子便往门外走。

突然，还没等周冬至反应过来，"真要命"就已去关了屋门，转身上前一把抱住周冬至，一边说着："别走了，我的好媳妇，一会儿我给你做好吃的。"一边就往周冬至的嘴巴上亲。

周冬至大喊了一声："你要干什么？"

"真要命"紧紧抱住周冬至，气喘吁吁地说："你可把我想死了，我的好媳妇。"周冬至厉声说："你放开，不然我喊了。"

"真要命"似乎有些无赖的样子，小声说道："这儿的人早被我打发走了，你喊吧，喊吧，看有谁能听到。"说着便把周冬至紧紧箍住，直往床边推。

周冬至大喊了一声："老东西，你放开。"一边谩骂不止一边挣扎着。

"真要命"也不管周冬至的撕扯和谩骂，就像一只饥饿到极致的疯狗，一边紧紧抱着周冬至，一边在周冬至的胸上裤下乱摸。周冬至已经被推到床边了，就在"真要命"即将把她压向床铺的瞬间，周冬至突然使出浑身的力气，双手同时出击，一把将"真要命"重重推开，也顾不得叫喊，猛地冲向门口，随即开了门，冲出门外，直奔自己的电动车。

"真要命"还在后面追着。周冬至已跨上电动车，疯一样猛力骑去。

周冬至边骑边哭边骂："不得好死，不得好死。"

总算到家了。周冬至冲进睡房，趴到床上，放声号哭起来，一时直哭得昏天黑地，直哭得撕心裂肺。

周冬至从没有受过如此侮辱，更没有哪个男人敢如此对她。周冬至越哭越伤心，越哭越想不明白，到底是自己哪里不检点，还是"真要命"这个猪狗不如的实在不是东西。周冬至很想拿根绳子上吊算了，可是想想就这么不明不白地死了，上有老下有小不说，关键是这男女之间的事情活着都说不清,更别说死了,要果真死了,那还不是对方说啥是啥,别人说啥是啥。周冬至绝对不是那种轻易认输的人。哭一会儿想一会儿,想一会儿哭一会儿,就觉得不能轻易就这么死了。想死多简单,一根绳子一吊就可以了,可是要想好好活着就没那么容易。她不能轻易地就放过那个畜生不如的老东西。

周冬至又哭了一阵,稍稍冷静些,便想,他这不就是强奸吗?尽管未遂,但也是强奸。必须告他去,必须让他尝尝手铐和牢房的滋味。想到这里,周冬至的牙齿咬得"咯咯"响,想死的念头即刻转化成复仇的怒火在她的胸中熊熊燃烧起来。

她要去告他,她必须去告他,她绝对不能轻饶了他。周冬至决定马上就到镇上派出所报案去。感觉自己的眼睛可能已经肿了,周冬至到厨房倒了一盆水,洗了脸,就推上电动车准备出门。可是,刚出了院子,便想,这么晚了,婆婆还没吃饭,自己肯定是吃不下的,但也不能饿着婆婆啊。尽管心里充满着委屈愤怒和复仇的冲动,但是在现实面前她又不能不让自己恢复理智。稍犹豫了一会儿,周冬至还是决定先伺候婆婆吃了晚饭再说。

晚饭很快就做好了。伺候婆婆吃了饭,婆婆歪着嘴巴以含混不清的口音问:"你,你怎么了?是不是哭了?出啥事了吗?"

周冬至本不想跟她婆婆多说,可是既然婆婆问了,一句话不说她会问得更多,便就说道:"在单位跟别人拌了几句嘴,没事。"

婆婆说:"拌嘴就拌嘴,哭啥?要实在说不过就打两下,打两下也比哭肿了眼强。"

周冬至含糊地说:"一个女人家,哪能说动手就动手的?"

婆婆可能是看了《水浒传》电视,她抽搐着脸,特意伸出拳头在周冬至面前比画了一下,有些艰难地动着嘴巴,说道:"什么男人女人的,该动手时就动手。"

周冬至尽管对婆婆的敢作敢为很是佩服,可也不想跟婆婆过多切磋,就说道:"你还是把自己保重好,可千万别再出啥岔子了。"婆婆说:"我没事，你还是把我孙子管管好，一定要叫他好好听话。"

周冬至说："知道了。"便把婆婆推回小屋。又把婆婆伺候上了床，这才回到了院子。

周冬至一口晚饭也没吃，她既不想吃也实在吃不下，她全身几乎都被愤怒的情绪占领了，她现在唯一的欲求便是复仇，复仇。

二十四

  天已黑透，燥热的空气里弥散着从河沟里蒸腾出来的呛人的腐臭味。路还是原来那不到两公里的路，周冬至却越骑越感觉远，似乎怎么也骑不到镇上。路上没什么行人，路两边的麦地黑黢黢的像是被从天上挂下的一道巨大的黑幕完全给遮蔽了。骑到半路上，突然起了风，天上忽地一声炸雷，像是要把人的心脏震出来。周冬至似乎并没有被这些吓住，她继续快速地骑行着。

  眼看离镇上已经不远了，不知怎么回事，车子好像被什么硌了一下，突然，周冬至连人带车侧翻在地，车子重重地压在了周冬至的身上。车轮还在"呼啦啦"快速转着，周冬至试图把车子从自己身上挪开，可是费尽了力气却怎么也挪不开。周冬至感觉车子压得越来越沉，腿部也越来越痛。她看看四周黑漆漆的没有一点儿光亮，路上也听不出有行人或车子路过，求助似乎是徒劳的，看来只能依靠自己的力量了。

  周冬至抓住电动车，再次拼尽全力，使劲一推，终于将电动车推离自己的身子。周冬至坐起身，想站起，刚抬起屁股，腿部却像是被一把锋利的刀子割了一下，疼得她的眼泪竟不自主地溢了出来。再试，还是一样的疼。

  在地上坐了会儿，歇了歇，周冬至用手撑了一下，再次试图爬起，可是身子却越来越重了。

  周冬至担心腿是不是断了，想想在这黑天野地里也不是个办法，便又想到了秦二莲。摸摸口袋里的手机,手机还在,便掏出手机,给秦二莲打了个电话,说了一下自己所在的位置,让秦二莲赶紧来救她。秦二莲说:"你别慌,我马上就到。"

刚挂了电话,又是一阵响雷,似乎很快就要下雨了。周冬至看看黑漆漆的四周,一会儿风吹草动,一会儿又是电闪雷鸣的,便感觉像是掉进一个幽深恐怖的黑洞,既无助,又绝望。她想哭哭不出,想叫又似乎没那个力气,只好圆睁着双眼,紧盯着秦二莲的来路,就像盼着救星一样盼着前方灯光的出现。

终于,灯光出现了。周冬至大声喊:"二莲,二莲。"

秦二莲风驰电掣地骑来。到了周冬至身边,下了车,惊慌地大叫:"你怎么了,你怎么了?"周冬至说:"我的腿可能断了。"秦二莲忙蹲下身子,刚触摸到周冬至的大腿,周冬至便大喊起来:"疼!"

秦二莲说:"可能真的出大事了。"周冬至说:"你先把我扶起来吧。"

秦二莲便按周冬至的意思,拉着周冬至,试图将周冬至扶起,可是周冬至的屁股还没抬起,腿部已是钻心的疼。

秦二莲蹲下身子,对周冬至说:"要不你趴到我背上,看能不能把你背起来。"

周冬至便双手趴在秦二莲的双肩上,待秦二莲缓缓站起,周冬至顺势抱紧秦二莲的脖颈,终于被秦二莲背了起来。

秦二莲说:"我先把你背到医院去吧。"周冬至问:"车子咋办?"

秦二莲说:"你都这样了,还顾得上车子吗?"

周冬至说:"那哪行?"想了一下,又说,"你还是先把我搁你车上,你帮我把车子扶起来,看有没摔坏,如果没摔坏,你再把我弄到我车上,说不定我坚持一下,还能骑到医院的。"

秦二莲顿时骂道:"我看你真是不要命了,都这个样子了,还车子车子的,你难道就不怕断了腿吗?"周冬至坚持说:"你还是先看看我的车嘛。"

秦二莲犟不过,只好把周冬至放到自己的电动摩托车的后座。见周冬至坐在车上稳稳的没有问题，就去把周冬至的车子扶起。试了试，还能骑，似乎没有大的问题，便问周冬至："钥匙呢？"

周冬至问："干啥？"秦二莲说："帮你锁了啊。"周冬至说："就这么放在这儿，不被人偷走？"秦二莲说："偷走就偷走，那也没有办法，人总比车要紧吧？"

周冬至坚定地说："不行，宁可腿断了，也不能把车丢了。"

秦二莲劝了好一会儿，周冬至还是不同意扔下车子不管。最终，秦二莲只好提议说："那我只有给贾有才打电话，让他来帮忙了。"

周冬至想想也没更好的办法，只好问："这么晚了，给他打电话好吗？"

秦二莲说："都是老同学，有啥好不好的。"便拿出手机拨通了贾有才的电话。可能是秦二莲说得有些夸张，听说周冬至的大腿断了，贾有才紧张地说："那怎么得了？你们别急，我马上就到。"

秦二莲提醒说："你多带个人过来，还要把冬至的车骑走的。"贾有才连说："没问题，没问题。"

过了十多分钟，一辆轿车闪耀着明晃晃的车灯疾驶而来。秦二莲对周冬至说："来的够慢的。"

周冬至说："已经很快了，他可能还要叫人的。"

秦二莲醋意十足地问："假如要是我有什么事求他，他会这么快来吗？"

周冬至说："当然了，都是同学嘛。"秦二莲嗤了一下鼻子说："哼，鬼才相信呢。"

正说着，车子在前方停了下来。贾有才还有一个像是镇机关的人一起下了车，大步奔向周冬至和秦二莲。

贾有才问："怎么了？"秦二莲依旧夸张地说："冬至的腿断了。"周冬至忙说："别听她的，哪有那么严重，可能就是崴了脚。"

贾有才说："咱不说这个了，还是马上去医院吧。"便让秦二莲把周冬至扶上他的车，秦二莲说："能扶还要请你大驾来吗？"

贾有才问："那怎么办？"秦二莲说："只有背啊。"周冬至赶紧小声对秦二莲说："二莲，再辛苦你一下，把我背过去吧。"

秦二莲马上大声说："我可背不动，再说，有大男人在这儿，还要我一个小女子背？"

贾有才听出秦二莲的意思，也不管周冬至乐意不乐意，便来到周冬至面前，蹲下身子，又招呼同来的那个小伙子说："小李，你帮一下忙，把我同学扶到我背上。"

那个小李忙过来要扶周冬至，周冬至却连连摆手说："还是让二莲背我上车吧。"

贾有才似乎是命令地说："别耽搁了，还是赶紧去医院吧。"也不管周冬至同意不同意，在小李的帮助下，把周冬至背到了自己的背上。

伏在贾有才背上，尽管时间很短暂，只有几步路的工夫，但是周冬至心底那块最隐秘的地方似乎又出现了莫名的悸动，随着心跳加快，周冬至由悸动而感动，随之一行泪水不由自主地滴到了贾有才的后背上。周冬至记得，除了小时候被爸爸背过驮过，长这么大还没有被其他任何一个男人背过，包括郑幸福。周冬至本来总觉得贾有才脖子长，走路像青蛙跳，让人有一种说不出的反感，但这时却觉得贾有才的肩背很踏实很可靠，她真想在这样一个肩背上就这么安安稳稳地伏着，再也不需要独自面对各种黑暗和挑战。

很快，周冬至被背上了车。贾有才吩咐小李把周冬至的车骑到镇政府大院，又招呼秦二莲骑车到镇医院会合，自己便载着周冬至开车走了。

到了镇医院，经初步检查，感觉是脚踝扭伤了，可能是粉碎性骨折，需要去县医院拍片子治疗。贾有才跟秦二莲合计后，也没敢多耽搁，便一起往县人民医院转。贾有才出门也没带卡，又担心手头的现金不够，便特意给张至诚打了电话，让他多带些钱在县人民医院会合。

不到二十分钟，就到了县人民医院。张至诚不知怎么开的车，居然先到了。

到了急诊室，租来一辆轮椅，还是贾有才把周冬至背上了轮椅。待秦二莲去挂了号，便推着周冬至去看医生。外科急诊就一个年轻的男医生，病人似乎出奇地少，几乎不用排队。那个年轻医生简单看了看周冬至的腿，便开了单子让拍片子。于是几个人便又推着周冬至去CT室。

拍完片子便在过道等着结果出来。周冬至感觉很不好意思，一个劲地说着感谢的话。张至诚便说："都是老同学，还那么外道？"秦二莲和贾有才也说："就是。"

周冬至又悄悄问秦二莲："我最近是不是撞着鬼了，怎么连着出古怪的事？是不是得去庙里烧烧香？"

秦二莲说："别胡思乱想的，就是巧了，刚好碰到了一起。"周冬至看了看秦二莲，便不再吭声。

趁着等检查结果，贾有才便到一边给他认识的一位内科主任打电话。内科主任听说了情况，便在电话里小声地问："贾镇长，我们外科的事你还不知道吧？"

贾有才说："啥情况？不知道啊。"那主任便告诉他说，他们的外科主任被抓了。贾有才就问怎么回事，那主任说，一句话两句话说不清，咱们还是见面时再说吧。

贾有才又问，那我这同学的腿怎么办？那主任说："小毛病就在咱们医院凑合治，大毛病赶紧去市医院或邻近的其他医院。"贾有才心想，亏得打了这个电话，不然还要被耽搁了，便说："那只有这样了。"

挂了电话，贾有才就回过头把张至诚和秦二莲拉到一边，问知道不知道县医院外科的事。张至诚说是前几天听了一嘴，说是县医院的外科主任黑心肠，居然以次充好，用劣质钢板代替合格钢板，直到病人在其他医院查出装在自己体内的钢板已生锈，事情才暴露出来。要不是那个病人到县纪委举报，还不知有多少病人遭殃呢。秦二莲没听说过这事，便骂："这个挨千刀的，也不怕天打雷劈遭报应。"

张至诚叹了口气，感叹道："唉，现在这人心已经变成啥样了，除了钱，还有什么呢？"

199

贾有才说："我还真的没有听说这个事。"摇了摇头，就责怪张至诚说："嗐，你怎么不早说？"张至诚说："我还以为你早知道了呢。"

秦二莲问："那现在怎么办？"贾有才也没犹豫，便说："只有去市医院了。"

秦二莲和张至诚都赞成。贾有才问秦二莲和张至诚明天有没有事，能不能先陪周冬至一天，两人都说有事也得陪啊。这么说好了，三个人便回到周冬至身边，告诉周冬至说要马上去市医院。

听说要去市医院，周冬至即刻反对道："不行，不行，我明天还要给我婆婆烧早饭呢。"周冬至本想说还有急事要办的，可是话到嘴边又噎住了。

秦二莲说："都什么时候了，还要给你婆婆做早饭？"张至诚说："这个好办，我明天安排一个人到你家给你婆婆做早饭就是了。"

周冬至还是说不行，说是等片子出来了，实在严重就再说。贾有才劝道："在这儿会被耽误的，还是赶紧去市医院吧。"顺便就把县医院的情况告诉了周冬至。周冬至听了，还是不同意。贾有才几个人没有办法，只好按照周冬至的意思，耐心地等着片子出来。

大概过了一个多小时，片子终于出来了。按照CT室的初步结论，是踝关节扭伤，韧带断裂。贾有才把报告拿给周冬至，说："你看，这么严重，能不去市医院吗？"

周冬至说："去市医院多麻烦，也没个人照应的，去咱们的中医院不行吗？"秦二莲说："有我陪着，你还担心什么？"周冬至说："你们也要上班，也有事的，还是先到中医院看看吧。"

几个人好说歹说说不通周冬至，贾有才只好联系了中医院的一位副院长，简单说了一下周冬至的情况，问中医院能不能治。那副院长说，只要你们相信，治这种小毛病一般没有问题。贾有才因跟这副院长是哥们儿，便不客气地说："还小毛病？你口气也太大了吧？"那副院长说："你要不信任我们就还是到别处看吧。"

贾有才忙说："别，别，别，我们还是先过去，等你们看了再说。"

那副院长说："不嫌我口气大了？"贾有才说："只要你们治好了病人，口气再大也没关系。"副院长哼了一声，又问："病人是你啥人？怎么这么上心的？"

贾有才被问得有些尴尬，连说："同学，同学。"副院长笑笑说："是女同学吧？"

贾有才也没作答，只命令说："我们一会儿就到，你得把最好的医生叫来。"

副院长说："别废话，赶紧来吧。"便互挂了电话。

拿着片子，三个人急急忙忙把周冬至转移到中医院。到底是熟人好办事，刚到门口，就见那副院长和几个护士已经等在门口。待贾有才停好车，几个护士忙把周冬至抬上轮椅，推到了外科诊室。

副院长本身就是外科医生，经副院长和另一位医生诊断后，觉得踝关节扭伤和韧带断裂只是常见毛病，在中医院治疗应该没有问题。为谨慎起见，他们还是说，在这儿也可以治，但是去市医院更好。

周冬至听了医生的意见，马上说："我哪儿也不去，就在中医院治。"

秦二莲说："还是去市医院比较好。"贾有才见周冬至态度那么坚决，估计说不通周冬至，他看了看张至诚和秦二莲，便对那副院长说："那就不去市医院了，我们就把病人交给你，要是出了什么岔子，我可跟你没完。"

那副院长忙站起身，不住地摇着手说："别，别，别，你们还是去市医院吧，我可承担不起这么大的责任。"

周冬至担心副院长拒绝，忙说："院长，你放心，不管怎样，我都不会怪你，无论如何请你收下我。"

副院长见周冬至的态度还算诚恳，这才征询似的看向贾有才。贾有才再次看了看秦二莲和张至诚，最后又看向周冬至，问："那就在这儿了？"

周冬至坚定地说："就在这儿了。"

副院长好像还计较着刚才贾有才的话，说："在这儿归在这儿，要是出了什么岔子，我们可负不起责任的。"

贾有才想想刚才的话确实伤害了副院长的自尊，忙赔礼说："对不起，对不起，刚才是开玩笑的。都是老朋友，所以说话也就没分寸了。"

副院长看了看周冬至，又征求了一下那位医生的意见，这才勉勉强强地说："那就先安排住院吧。"

因床位比较紧张，周冬至被临时安排在了一间抢救室里，屋里只有她一个病人，秦二莲陪了周冬至一晚。

当晚聊天的时候，秦二莲不解，问："这么大晚上，又是黑天黑地电闪雷鸣的，你干吗呢？你不是早就下班了吗？"周冬至吞吞吐吐地说："也没事，就准备到镇上看一个亲戚。"

"到镇上看亲戚？"秦二莲顿时狐疑起来，就想，她在镇上哪有什么亲戚？再说，这么黑天黑地的，没有急事她往镇上跑啥？想来想去，就怀疑她跟贾有才是不是有点儿事情，说不定她就是到镇上来跟贾有才约会的。不过转念一想，又觉不对，如果她是准备跟贾有才约会，那她在摔伤以后应该直接找贾有才帮忙而不应该向她求助啊。再说，从他俩的举动上也看不出有什么暧昧之处。况且，周冬至也不是那种人。

秦二莲是个不太爱动脑子又心直口快的人，想了好一会儿实在想不通，便就半开玩笑地问周冬至道："你不会是要到镇上跟什么人约会吧？"

"约会？"周冬至一时惊愕得说不出话来。愣怔了好一会儿，才问："你怎么会这么想？"

秦二莲笑笑说："这么大晚上的，你到镇上能有啥事？除了我们几个同学你哪还有什么亲戚朋友？"

周冬至真的被问住了，她看着秦二莲，木木的竟不知怎么解释是好。秦二莲见周冬至没了话说，又见她目光游离神色慌乱的，就觉得这里面肯定有事，便故意说："嘻，现在这年代，找个人约个会啥的算啥啊？我就是没男人追，要是有男人喜欢，我二话不说就会跟他好的。"

"你说的啥话啊？"周冬至似乎有些生气，即刻沉下脸来说，"你把我看成什么人了？"

秦二莲见周冬至不高兴，忙说："你还当真了？"又说，"我是跟你开玩笑的。"

周冬至扭转头说："这种玩笑可开不得。"

秦二莲笑了笑，说："你这个人哪，总是这么一本正经的，好像开句玩笑就把你开成了坏女人。"

听到"坏女人"这三个字，周冬至的心顿时像是被针扎了一下。想起下午被"真要命"欺负的一幕，眼泪即刻涌出了眼眶。因担心被秦二莲察觉，忙把脸转向一侧，任由眼泪顺着脸颊往下流。

秦二莲感觉周冬至情绪不对，像是哭了，忙坐到床沿，扭过周冬至的胳膊，果见周冬至在哭，便讶异地问："不至于吧？开句玩笑就让你这样？"

周冬至本在极力地控制自己，尽量不让自己的情绪暴露出来。可是，不知怎的，越想控制越控制不住，越不想哭眼泪流得越凶。从"真要命"的强暴未遂再联想到腿被摔断，自己孤身一人，独自面对着征地欺凌还有老人孩子，既感无助，更感委屈，就觉得所有这一切都是因为老公不在身边造成的。似乎对老公的外出打工多了一份抱怨，对"真要命"的欺凌更是恨之入骨。

周冬至越哭越伤心，越伤心哭得越凶。正在秦二莲茫然不解手足无措时，周冬至突然扭过头，紧抱住秦二莲，边哭边说道："我被人欺负了，我被人欺负了。"

周冬至的声音并不大，秦二莲却像是听到了一声炸雷，即刻跳下床，喊道："被人欺负了？谁他妈这么大胆子？"又问，"快告诉我是谁，我非把他揍扁了不可。"

周冬至又哭了一阵，便对秦二莲说："你别那么大声，我是实在忍不住，才跟你说的，你说我到底该咋办是好？"

周冬至用面巾纸擦了擦脸，便把事情经过和准备到镇上派出所报案的想法全盘跟秦二莲说了。秦二莲听了，反倒冷静了下来，反复问："他真的没有得手？"

周冬至说："真的没有。"又强调说，"要是那样，我还有脸活到现在？还不早跳河了？"

秦二莲看看周冬至满脸涨红的，知道周冬至确实就是这么个人。轻轻叹了口气，便压低声音说："既然他啥便宜也没占到，你这么冒冒失失地去报案，还不没事找事地把自己的名声给毁了？"

"怎么会？我身正不怕影子歪，有啥可毁的？"周冬至直起身子说。

"你幼稚还是脑子有问题？"秦二莲说得有点儿尖刻，几乎要骂道："你难道不知道，这种事情是说得清楚的吗？恐怕你前脚刚报案，后脚就有人开始编排你的故事了，还没等你到家，你的大名和各种飞短流长就会在整个镇子传开了。"

"怎么会？"周冬至瞪大了眼睛问。

"你傻吗？"秦二莲狠盯了周冬至一眼，也没再往下说。

周冬至突然清醒下来。沉默了好一会儿，才抬起头问秦二莲："那就这么轻饶了那个畜生？"

"怎么能饶？"秦二莲再次坐到床沿上，小声对周冬至说："办法还不多的是？"

"你有啥办法？"周冬至问。

秦二莲想了想，说："你先治好腿，等你的腿好利落了，我自然有办法。"周冬至报仇心切，就不住地问："你倒是先说说嘛。"

秦二莲似乎也没想好到底有什么法子，便说："不急，反正办法多得是。"

周冬至的牙齿还是咬得"咯咯"地响，说："等我腿好些，我非去把他的脸撕破不可。"

秦二莲轻蔑地笑了一下，说："那算啥？"想了想，又说，"一定会有他好看的。"

周冬至当然希望能有更解恨的办法去对付那个王八蛋，便对秦二莲说："现在，也只有你能帮我，我也只有靠你了。"

秦二莲帮周冬至擦了擦眼泪,说:"放心吧,你就等着好了。"

周冬至很是感激,便一把抱住秦二莲的胳臂,动情地说:"你到底是我最亲最亲的好姐妹。"秦二莲便仰起头骄傲地说:"那还用说。"

二十五

周冬至在医院只住了两三天便闹着要出院，还是小姑子郑丽反复劝她，告诉她婆婆由郑兰服侍了，让她放心，她这才在医院又住了四五天。勉勉强强总算可以下地了，周冬至实在待不住，趁郑丽回家做饭，便跟医生说，再不让出院就不交住院费了，医生只担心她跑单，哪管她的腿好没好利索，便开了出院单，同意她出院了。

婆婆和她这次住院，总共花了近两万。尽管新农合能报销一部分，可是自己不还得掏大几千？想想这才多大的毛病，就花了这么多，要是得个大病或绝症什么的，怎么看得起？还不就等死？婆婆住院也就罢了，自己这住院花钱不都是"真要命"那畜生引起的吗？周冬至对"真要命"的愤恨便更为痛彻。

这次住院还真多亏了郑丽。郑丽尽管对周冬至有些意见，但是在周冬至告知她腿摔坏了，她还是第一时间赶到了中医院，并且陪伴了周冬至好几天。周冬至没想到郑丽不仅没记恨她，还待她如此这般，心里很是感动，就在心里说，到底是一家人。想想郑丽的境况，又自责地想到，还是我这个大嫂做得不够好。

因为走路还不利索，周冬至犹豫再三还是咬咬牙打了个的士，回到了郑家洼。自嫁到郑家洼后，还从没离开过这么久，看到哪里觉得哪里亲，看到金黄的麦子觉得今年的麦子特别香，看到小桥下面静静流淌的小河就觉得河水怎么变得又清又亮的，看到村头写有"郑家洼"三个字的石制牌楼，就在想以前怎么没发现"郑家洼"三个字刻得这么漂亮这么醒目。周冬至一时似乎已忘记为啥摔坏了腿，为啥住了医院。

回到自家的院子，放好包裹，赶紧来到婆婆住的小屋，见婆婆一人坐在床上，忙叫了一声"妈"，便问："郑兰呢？不是说郑兰在照顾你吗？"

婆婆坐直身子，解释说："早上刚走，马上要割麦子了，是我让她走的，她说晚上还要再来的。"

周冬至一瘸一拐地来到床边，对她婆婆说："这怎么行？我要是不回来，你中饭咋吃？她难不成要让你饿到晚上？"

婆婆看了看周冬至，说："哪会呢？"又指了指床头的一个饭盒，说："那不是饭吗？"

周冬至说："这么大热天的，不会坏了？"

婆婆说："坏啥坏？"见周冬至瘸着腿站着，便有些心疼地问，"咋弄的嘛？怎么就把腿摔断了？"又指着周冬至的脸说："瞧瞧你，都瘦了一圈了。"

周冬至故意轻松地说："哪里就摔断了？不就崴了一下嘛。"见已到中午，便说，"我去给你做午饭吧。"

婆婆说："这不有郑兰留下来的现成的吗？我马虎马虎吃了就行了，你还是把自己照顾好了，少劳动折腾的。"

周冬至还是拿过那个饭盒，说："一点小事，哪有那么娇气的，我这就做饭去。"拿了饭盒一瘸一拐地便离开小屋回到了院子。

到菜园子里摘了些菜，回到院子，正收拾收拾准备做饭，院子外面突然有人叫："冬至回来了？"周冬至听出是来喜媳妇的声音，忙答道："是啊，回来了。"

话音还没落，就见来喜媳妇已推门进了院子，扭着大屁股笑嘻嘻地说："听说你的腿摔断了，把我吓一跳，我还准备去城里看你的，你倒回来了。"

周冬至瘸着腿迎了上来，解释说："哪里断了腿？就崴了一下。"

来喜媳妇不信，一边说着："还嘴硬。"一边走到周冬至身边，蹲下身子，拉起周冬至的裤腿就看，看看好像真的不是断了腿，就怀疑地问："真的没有断？"

周冬至反问："断了能这么快就回家，这么快就能走路了？"

来喜媳妇放下周冬至的裤管，站起身，点点头说："这倒也是。"见周冬至站立仍不利索，又问，"到底怎么摔下的？在哪儿摔的啊？"

周冬至本来把复仇的事情淡忘了，可是经来喜媳妇这么一问，心里的怒火又开始燃烧，牙齿又咬得"咯咯"地响。尽管心里流着血，可是这事又不能露一丝丝风，正如秦二莲提醒的，好事不出门，坏事扬千里，要是这事露了风，要不了一个晚上，全村老老少少都会在说她的故事，而且这事保准越描越黑，你越说是他欺负你，别人越会认为是你勾引了他，你越是解释他什么便宜也没占到，别人越会想象还不知到了啥地步。到最后你一定会在叔公公爬灰侄媳妇的乱伦情节里被人一遍遍地想象着诅咒着甚或是糟蹋着意淫着，在不长的时间里你就会成为一个最下贱最淫荡最令人不齿的坏女人。你在郑家洼便会万劫不复，再也抬不起头来。

周冬至越想越后怕。她终于理解了秦二莲的劝说，内心里也不能不由衷地感激秦二莲。周冬至稍定了定神，便一副若无其事的样子，说："不就那天下大雨，地上滑，不小心跌了个跟头，就把脚扭了。"

来喜媳妇不解地问："怎么也没听说呢，你怎么去的医院？"周冬至说："亏得我同学秦二莲帮了忙，开了个车子把我送到了医院。"

来喜媳妇似乎没有什么再可问的，便不无羡慕地感叹道："有同学真好，有有能耐的同学更好。"周冬至也不想再跟来喜媳妇聊下去，就问："你还不做午饭？"来喜媳妇说："我早吃好了。"

周冬至说："吃这么早？"来喜媳妇笑笑说："早点儿吃了还要上牌场的。"周冬至便催："那你还不去？"来喜媳妇说："人还没齐。"

周冬至见来喜媳妇还没走的意思，就直白地说："我不跟你废嗑了，我还要做饭呢。"来喜媳妇还是没有走的意思，说："你做你的饭，我也不妨碍你的。"

周冬至无奈，只好随她，就进了厨房自己忙自己的了。来喜媳妇在门口站了一会儿,又问:"家宏那小子找你没有?"

周冬至坐在一只小木凳上,边拣菜边说:"没有啊。"来喜媳妇说:"他一天三遍地问我,你啥时回来,还叫我你一回来就告诉他。你说我是他啥人?整天吃饱饭没事听他使唤?"

周冬至知道还是征地的事,就问来喜媳妇这些天村里有没有什么说法,有没人家签协议的。来喜媳妇说:"一户也没动,都说要听你的,要让村主任把上次征地补偿的账目交出来,说清楚才签。"周冬至讶异地说:"我可没有拿大喇叭张罗这事,我只说我自家的事。"来喜媳妇说:"大家都夸你有文化,明白国家政策,人还正。"

周冬至一下子感觉有好多双眼睛在冷冷地盯着她,就在心里说,这下我可成了村主任的眼中钉肉中刺了。想想也没什么亏理的地方,就觉得也没什么可怕的。周冬至问:"这次征不到你家的地吧?"来喜媳妇说:"这次是征不到,可是上次有我家的啊。"

周冬至已择好菜,便把菜拿到院子的水龙头下清洗,边清洗边说:"他村主任就是黑心肠,你越是忍气吞声,他越心黑。"

来喜媳妇说:"就是,凭他姓赵的,就拿那么一点儿村干部补贴,就能在大城市给他儿子买房了?听说买了还不止一套呢。"

正说着,院外有人大声喊:"来喜媳妇,你还打牌不打牌呢?"来喜媳妇忙不迭地答应道:"打啊,打啊,谁说不打了?"说着赶紧扭着屁股匆匆走了。

来喜媳妇走后,周冬至一边做菜一边就在想,村里人都说是我带头要翻旧账,那村主任还不把我恨死?就担心他会不会憋出什么坏招来对付自己。

一瘸一拐地服侍婆婆吃了午饭,婆婆关心地说:"要不叫幸福回来几天,照顾照顾你吧?"

周冬至边收拾碗筷边说:"他现在正是最忙也是最挣钱的时候,我也没啥大事的,现在叫他回来损失钱不说,你叫他怎么好意思跟老板开口请假?"

婆婆想想也是，便说："就是让你遭罪了。"又问，"小正知道你的腿摔了吗？"

周冬至说："这个哪敢告诉他？告诉他他还有心思上学吗？"婆婆连连点头，说："就是，就是，是不能让他知道。"

周冬至收拾好碗筷，又来到婆婆身边，不由得感叹了一声，说："小丽不容易。"

婆婆不听到小丽两字还好，一听周冬至提到小丽，即刻骂道："这个不死的丫头，我算是白养她了，我跌跟头住院，还有你摔断腿家里没人，都没见她回来看我一眼，我算是看透了，她就是一个没有一点人性的白眼狼，等我死了一定不要让她来哭我。"因过于激动，婆婆说着说着竟浑身颤抖起来。

周冬至见状，赶紧帮着解释说："你可别错怪了她，你住院的时候她儿子刚好在考试，而且我们也没告诉她。我的腿摔坏了，她一听说我住院了，赶紧就到医院看我，还陪了我好几天，不然我还不得叫幸福回来？"

婆婆似乎不信，问："她能陪你好几天？"

周冬至说："哪能有假？我也是没办法才给郑兰郑丽打的电话，没想到她们姐妹俩还真不错的，一个照顾我，一个照顾你，可帮了我大忙了，你说对郑丽还有什么说的？"

婆婆不解，问："郑兰怎么没告诉我这些？"周冬至好像也不明白，就猜测肯定是郑兰在跟郑丽闹矛盾，故意没告诉她妈这些。

婆婆见周冬至没说话，似乎也感觉到了郑兰和郑丽的不和，便又骂："这两个不死的东西，从小到大就像两只乌眼鸡似的，从没个和睦的时候，等郑兰来，我非骂她一顿不可。"

周冬至再次劝慰："你还是省省吧，你都多大年龄了，还这么大火气，别把她们都骂没影了，还不得让我一个人来伺候你？"

婆婆瞪起眼睛，使力拍了一下轮椅把手，大声说："她们敢？！"

周冬至知道她婆婆就这脾气，只好说："是啊，她们怎么敢呢。"

因不想再让婆婆生气，就问婆婆是不是把她推回小屋，婆婆说："我在这透透气，小屋里闷死了。"

周冬至说："是啊。"又征询地问，"以后白天你要不就都待在大屋里好了？"

婆婆又说："我待在这儿干啥？也没个睡也没个躺的，上个马桶都难，你去上班了不是让我遭罪吗？"

周冬至当然知道这些，只好说："那我随便你吧。"

婆媳俩正这么聊着，就听院外有人喊："嫂子回来了吗？"周冬至听出是郑家宏的声音，便故意没理他。她婆婆问："好像是家宏吧？"

周冬至只是撇了一下嘴，也没说话。没一刻，就见郑家宏自己进了院子，来到主屋门口，见周冬至就在屋里，便欣喜地叫道："嫂子，你果真回来了？听说你的腿摔坏了，我还说要去医院看你的。"

周冬至白了一眼，说："顺水话谁不会说？"

郑家宏委屈地说："我真的要去看你的，没想到你这么快就回来了。"特意上前两步，跨到台阶上，关心地问道，"怎么好这么快？现在没事了吧？"

周冬至冷冷地说："能有啥事？"看了看郑家宏，又反问，"你们是不是巴不得我出事？最好腿真的断了，再也爬不起来？"

郑家宏连连说："嫂子，你这说的啥话？我们怎么会那么想呢？"周冬至知道郑家宏的来意，便问："你肯定是无事不登三宝殿吧？是不是还是征地的事？"

郑家宏顿时哭丧着脸说："是啊，嫂子，你再不答应签协议，我恐怕就没饭吃了。"

"你有饭吃没饭吃我可管不着，我还是那句话，不把前面的账理清楚，我是绝对不会跟你们签什么协议的。"周冬至态度坚定地说。

郑家宏看了看周冬至，又求救似的看向郑幸福妈，对郑幸福妈说："大娘，你看嫂子动不动就说这话，这不是为难我们吗？上次征地都过去四五年了，谁还记得那个陈年旧账？再说，那也不是我经手的啊。"

还没容郑家宏说完，郑幸福妈就打断道："你才多大个人物？你还真把自己当碗菜了？这事跟你经手不经手有啥关系啊？"

周冬至见婆婆说话，就没再吭声。郑家宏感觉这事很难再说通了，有些恼羞成怒，灰了脸说："这事反正我已经做到仁至义尽了，后面出了啥事，可不要怪我不是本家人。"

郑幸福妈似乎听出了郑家宏话里所隐含的威胁的意思，即刻恼怒地拍了一下桌子，大喊："难道你还想怎样？"拿起桌子上的一个老旧茶壶就要砸向郑家宏。还是周冬至手快，赶紧拉住婆婆，夺下茶壶，说："妈，你跟茶壶较什么劲啊？"

郑家宏一边退后两步，下了台阶，一边说："是啊，这些也不是我的意思，我只是一个传话的，我还不是为了你们好？"

周冬至见婆婆气得脸色发青，还在不住嘴地骂："小畜生，居然敢这么说话！"赶紧对郑家宏吼道，"还不快滚？"

郑家宏满脸煞白，一边说着："你们家的事我再也不管了。"一边甩着两条胳膊大步往外走去。

待郑家宏走后，周冬至对她婆婆说："他说的也不假，他就是一个传话的，真正的坏人在后面呢。"

婆婆扶了一下轮椅扶手，像是要站起来似的，直了直腰，说："人善有人欺，马善有人骑，可不要怕他。"

周冬至"哼"了一声，说："我才不怕他呢。"

二十六

郑幸福每天有电话,周冬至每天报平安,日子过得像平常一样。直到有一天,儿子知道了妈妈腿被摔坏却没有告知他,一怒之下便打电话把事情告诉了郑幸福。郑幸福的一通埋怨,就像周冬至不是摔坏了腿而是犯下了什么大错,让周冬至有理说不清,有委屈不能诉,只得气呼呼地对郑幸福说:"你要真的心疼你老婆,那你就直接回来,再也不要去打工,再也不要去挣什么钱了。"

郑幸福终于哑了口,憋了好一会儿,才结结巴巴地说:"那,那怎么行?儿子不要上学,咱们不要在县城买房了?"周冬至说:"就是啊,你说了一大通,还不是白说吗?"

郑幸福似乎说不过周冬至,只好说:"反正你不对,那么大事都不告诉我一声,我要是知道了就是再忙也得回去一趟啊。"周冬至说:"拉倒吧,我要果真告诉,你那小九九还不知要打到什么程度呢。"

郑幸福确实就是这么个人,马后炮的话谁都会说,要当时他老婆果真告诉他这事,在回与不回的决断上还不知会把他的脑筋伤成啥样。所以,说来说去,还是老婆了解他,体谅他,没有让他的脑袋变成麻团。郑幸福轻轻叹了口气,便把对老婆的抱怨变成了深深的愧疚和不尽的爱意,一个劲地说着:"老婆,我对不起你,对不起你,让你受苦了。"说着说着竟然痛哭失声,感觉像是失去了亲人一般。

周冬至忙又安慰说:"算了,算了,你也不怕丑。你要实在想得慌,要不就抽空回来一两天吧，我也被你说得管不住眼泪了。"

郑幸福连忙说："好，好。"周冬至不敢再这么继续说下去，她的泪点本来就不高，这时已经到了极限，只好就说还有事，便把电话挂了。

挂了电话，周冬至一个人跑到睡屋里，呜呜地哭了个昏天黑地，直到儿子在外面不断地推门喊："妈妈，你怎么了？你怎么了？"她才停住哭，回说道："妈妈没事，妈妈这就出来给你做饭。"

周冬至的腿尽管慢慢地恢复了正常，但是周冬至的日子却还没恢复到原来的样子。没有恢复的原因，不在其他，而在于对"真要命"的仇还没报，她的心仍然纠结着。她对"真要命"的愤恨依旧像受欺负那天一样强烈。

这天下班，周冬至特意来到秦二莲的办公室，一是想请秦二莲约一约贾有才和张志成，想请他们一起吃顿饭，以此表达一下感激之情。二是就想问问秦二莲那报复的办法到底想好没有。秦二莲笑笑说："你就不能直接约他们？再说，贾有才可是镇长，我约哪有你约管用？"

周冬至说："别那么多废话，叫你约就你约，反正我是不会给贾有才打电话的。"秦二莲故意问："是不是还是害怕他那个辣椒老婆？"

周冬至不想提这个事，便说："请你办件事就这么难？还要问这问那的？"

秦二莲再次笑笑说："你这个人啊，就这个毛病，明明是你在求我办事，偏偏像是我在求你办事，难道你在上学时候养成的毛病就永远不能改的？"

周冬至似乎感觉理亏，便难得亲昵地抱了一下秦二莲，笑笑说："是啊，谁叫你是我的亲姐妹的？"

秦二莲无奈，只好说："是啊，谁叫我就喜欢在你面前犯贱呢？"便把事情答应了下来。

说完这事，周冬至还站着不走，秦二莲有些奇怪，问："你不是到点就回家，给你婆婆做饭的，今天怎么不急了？"

周冬至侧过脸，没有吭声。秦二莲感觉周冬至确实有些特别，猜想她肯定还有啥事，便直接地问："还有事吧？"

周冬至转过脸来，反问道："你说呢？"

秦二莲似乎有些糊涂，瞪着眼睛看了周冬至好一会儿，也不知她到底啥意思。周冬至估计她早把那事忘得一干二净了，便生气地说："我就知道你是随嘴糊弄糊弄我的。"说着扭头要走。

秦二莲突然想起了什么，忙一把拉住周冬至，问："你是不是说报复那个狗东西的事？"

周冬至立住脚，稍平静了一下，才反问："你说还能有啥事？"

秦二莲忙把周冬至拉到办公室一边，小声说："这事怎么能糊弄你。"便告诉她说，已想好法子，这两天正准备跟她商量呢。

周冬至见秦二莲一副真刀实枪的样子，便问："真的想好了？"

"当然。"秦二莲说。

周冬至还是怀疑，问："那你说说到底是啥法子？"

秦二莲犹豫了一下，便把早已想好的方案告诉了周冬至。

周冬至听了，忙问："这样行吗？"秦二莲冷笑笑说："怎么不行？除了他真的是人，不是狗，记吃又记打的。"

周冬至将信将疑地问："那啥时下手呢？"秦二莲想想说："本来想再拖拖的，既然你这么着急，那就后天晚上怎样？后天是星期五。"

周冬至似乎有点儿激动，忙说："当然行。"两人又小声地合计了一下具体方案，这才分了手。

晚上，吃了晚饭，帮婆婆洗了澡，待把婆婆服侍上床，自己已经像从河里爬出来一样，浑身湿透。在堂屋的电风扇下吹了好一会儿，身子总算凉下来，这才倒了洗澡水，准备洗澡。自从秦二莲办公室出来后，周冬至一直处在一种高度的兴奋和焦虑之中，兴奋的是总算有了报仇雪耻的机会。焦虑的是万一"真要命"不上钩，又或者报复过火出了人命呢？周冬至越想越紧张，紧张到似乎马上就要面对那样的场面，马上就要闹出人命似的，她已有点儿喘不过气来。

洗完澡，又在电风扇下吹了一会儿，身子总算凉了下来。周冬至穿好衣服，又特意到院子里看看院门是否闩好，拉了两遍，确认院门真的已关好，这才回到主屋，进了睡房。

屋里热得像蒸笼，周冬至打开搁在一侧的落地电风扇，电扇"呼啦呼啦"地转了起来。周冬至坐在床头，拿出手机给儿子发了两条信息，过了好一会儿也没儿子的回复，就想也许儿子正在上晚自习吧，就没再打扰儿子。

周冬至也不知老公这会儿正在干什么，想想昨晚才跟老公通过电话，她拿起手机调出了老公的号码，愣怔了好一会儿，还是把手机放下了。天已经黑透，白天聒噪得厉害的知了布谷鸟这时似乎也已疲惫，静静地没了一丝叫声。偶有几声狗叫，似乎也不那么起劲，像是跟人一样的疲乏和燥热。周冬至抬头看看山墙，就感觉那扇较高的透明的窗子似乎是她与天与月亮与星星还有与老公默默对话的通道，她只要一抬头，一看到那扇窗子，心里似乎就闪出一道亮光，就看到月亮星星还有老公的影子。周冬至原先是非常惧怕那扇窗子的，总是担心那扇窗子会不会成了别人偷窥甚至侵入的渠道，可是在一个静谧的夜晚，当皎洁的月光透过窗子射进屋子，射到周冬至身上的时候，周冬至就感觉像是冬天里的一缕阳光照进了自己的心里，不仅温暖更觉敞亮而明快。周冬至自此不仅不再惧怕那扇窗子，反而更加喜欢那扇窗子，喜欢关上灯透过窗子与外面的世界与相隔千里的老公默默地对话，默默地交流她想交流的一切。

周冬至伸手关了灯，屋里顿时漆黑一片。她依旧坐着，身子略靠着床头，她默默地看着那扇窗子，依靠对天空对老公的想象来排解心中的焦虑和不安。

正坐着，好像是院子里，突然"砰"的一声，让周冬至的身子不由地抽搐了一下。然后下意识地跳下床，穿上拖鞋，赶紧来到正面的窗前，眯着眼睛朝外看了看，却没有什么动静。

周冬至正想出门去看看，就见黑影里随着一条弧线的划过，院里又响起刺耳的"砰砰"声。周冬至感觉像是被扔进一只空酒瓶，她无法理解谁会做出如此行径。忙打开电灯，冲出内屋，开了正门，把头伸向院子，大声骂："谁啊？谁这么缺德？"

屋外没有声音。周冬至生怕再有东西抛进来，也没敢到院里，便又大声叫骂了几句。见再没了动静，猜想是不是哪家调皮的孩子在随便瞎捣蛋，就收回身子，关了门，重新回到内屋。

坐到靠窗的沙发上，恐惧一阵一阵地向周冬至袭来，她不断自我安慰说："没事的，没事的。"随着一阵似猫非猫的怪叫声，山墙那扇窗子突然响起了"当当"的敲击声。周冬至抬头看去，就见一个毛竹似的东西正不住地敲打着那扇窗子的玻璃。周冬至大声骂："你他娘的谁啊？你到底想干啥？"

敲击停止了，外面又响起一阵令人毛骨悚然的怪叫声。

周冬至越来越恐惧，就在她头皮发麻手足无措的时候，手机"滴滴"响了两下，好像是有信息进来。周冬至像是受到了提示，忙就拿起手机，拨通了"110"。

给"110"报了警，周冬至似乎有了些胆气，便大喊："有种的你别走。"

外面又是一阵像是发情的"猫叫"，便不再有动静。周冬至在沙发上坐着，就等"110"出警到她家。过了大概十分钟，"110"来了电话，询问现在情况怎样。周冬至如实相告，说是暂时没了响动。"110"便说，我们已通知你们的村委会，如果没事就算了，要是有事你再打电话，我们会联系村委会去你家看看。周冬至生气地说："你们这叫什么'110'啊，我是给你们报案，找村委会管用吗？"

周冬至想想什么"110"，啥用也没有，一边坐着生气，一边在想，这绝不是哪家小孩子在恶作剧，而是非常有目的地在吓唬甚至威胁自己。想来想去，就觉得无非是两种可能，一是"真要命"不死心，还想耍什么坏脑筋，还有一种最大的可能就是郑家宏他们。不过想想郑家宏的为人，就他那胆小如鼠谨小慎微的样子他恐怕也没胆子做出这事。再想想那天他说的那句"我也只是个传声筒而已"，便想，会不会是村里那个混蛋村主任使的招？越想越觉得这种可能性最大，就在心里骂道："不得好死的。"又暗暗下决心道："不管你要什么坏，我就不信你这个邪。"

周冬至不敢上床睡觉了，当然她想睡恐怕也睡不着。她半蜷在沙发上，很想给郑幸福打电话，手机拿在手上好久也没打。她担心这么晚了给他说这事让他还怎么睡觉，明天还怎么上班？再说，他知道这件事是回来是好还是不回来是好？周冬至的思维一直集中不起来，脑中不时地想起院里的那两声爆裂声还有那怪异刺耳的猫叫声。她不知到底还会不会再发生什么。她既愤恨于这个恶人的无耻行径，更为老公不在身边的孤独无助而伤心。她不敢熄灯，两眼不时地瞄向那扇还算严实的窗子，她感觉那扇窗子不仅不再是她与外面世界与郑幸福心灵沟通的桥梁，反倒成了导致她恐惧惊慌无奈甚至给她带来伤害的门，她很想马上就把这扇窗子严严实实地堵上，让那恶人不再有任何威胁她的缝隙。

周冬至躺在沙发上胡思乱想到半夜，就觉得这事肯定没有那么简单。

和衣在沙发上迷迷糊糊睡到天亮，刚睁开眼便跳下沙发出了门。她打开屋门往院里一看，就见院子不少啤酒瓶摔碎的绿色玻璃块。周冬至的心反倒冷静下来，也没急于打扫，去洗漱了一下，又换了件衣服，就出了门，径直来到郑家宏家。

敲了好一会儿门，郑家宏老婆才开了门，睡眼惺忪地问："是嫂子啊，怎么起这么早的？有事啊？"周冬至也没多话，直问："你家家宏呢？还没起来？"

郑家宏老婆说："这才几点啊，怎就起来了？"看看周冬至来者不善的样子，又问，"嫂子有事吧？"

"当然有事。"周冬至抬高了嗓门，大声说，"你把他叫起来。"

郑家宏老婆朝屋里看了看，又转向周冬至，说："要不我待会儿让他去你家找你吧？"

周冬至有些生气，挖苦说："是不是他当了个什么助理，就真的把自己当个官当碗菜了？"

郑家宏老婆便也有些不高兴，说："嫂子这是啥话？难道我家家宏不是菜还是草任由人糟蹋的？"

周冬至也不想跟她多废话，便直接大声喊了起来："郑家宏，郑家宏，你快给我起来，我找你有事。"

郑家宏可能早被吵醒，这时趿了双拖鞋走到门口，忙客气地打招呼道："嫂子怎么起这么早的？"

周冬至啥话没说，拖着郑家宏的胳臂说："你跟我到我家看看去。"

郑家宏糊涂地问："你家咋了？你跟大娘吵架了？"

周冬至拉着郑家宏就走。郑家宏老婆有些无奈地看着郑家宏被拖走，就在心里犯嘀咕，她家到底出了啥事？

郑家宏像是个罪犯似的被周冬至拉着来到周冬至家。周冬至一推开院门，便厉声责问郑家宏："是不是你干的？"

郑家宏看看满地的玻璃片子，似乎没明白怎么回事，就满脸涨红地问："到底怎么回事？怎么是我干的？"

周冬至瞪着眼睛，说："不是你还能是谁？除了你还有谁这么恨之入骨，半夜三更地往我家院里摔酒瓶子，还拿竹竿在我家山墙上敲窗子，故意吓唬我？"

郑家宏终于明白是怎么回事，便委屈地喊："怎么可能是我？我就是对嫂子再有意见也不会做出这么缺德的事啊。"

周冬至气呼呼地说："说的倒像唱的似的。"

郑家宏见周冬至不信，便自我解脱地说："嫂子，你想想，不要说你跟大哥以前待我还不错，咱们又都是本家，就是没有这些，单凭我这个人，能做出这种事吗？再说，你要翻旧账的事跟我也没啥牵连的，我犯得着这样对你吗？"

周冬至想想郑家宏说的也有道理，跟自己的分析也差不太多，就想，既然不是他干的，那会是谁？便故意问："那村里到底让不让查村主任的账？"

郑家宏愣怔了一下，说："怎么可能？"又小声对周冬至说，"你管这事干嘛。"

周冬至又问："你究竟有没有把我的意思告诉书记？"郑家宏说："征地工作归村主任管。"周冬至紧着再问："那他到底啥态度？"

郑家宏一时没了话。见周冬至拿眼冷冷地逼着他,便小声嘀咕了一句:"这个你还猜不到?"周冬至似乎明白过来,更加肯定自己内心的判断。

周冬至不想再为难郑家宏,便说:"行吧,既然你说了不是你干的,那我就相信不是你干的。不过话又说回来,如果要是哪天我查出来这事与你哪怕有一点点相干,你可不要怪我翻脸不认人。"

郑家宏也没辩白,说:"那嫂子我先回了,征地的事还请你多少给我点面子,不至于让我丢了饭碗。"周冬至说:"行吧,只要你不跟我作对,我也不会太为难你的。"

郑家宏感觉周冬至像是有松口的意思,忙说:"嫂子到底是体谅我的。"

周冬至也没再多说,挥挥手就让郑家宏走了。

郑家宏走后,周冬至拿了扫把,一边打扫着院子,一边就在想,难道就真的没有王法,真的让他混蛋村主任一手遮天下去了?想想贾有才曾经劝说她竞选村主任的事,便自问,难道自己真的就那么怂,真的那么无能的?

越想越愤懑。周冬至内心里不仅生出一种强烈的愤慨,更有一种强烈的正义感油然升起。就想,不为别的,就为了不再让他村主任继续横行霸道下去,就为了村上人的这一点点儿公道我也得出出头,试试自己的本事。

二十七

老板按时发了前三个月的工资,郑幸福和工友们照例要在一起撮一顿。大饭馆他们也吃不起更舍不得,便在离住处不远的一条餐饮街上找了一家烤肉店坐了下来。同宿舍的人除了老"葫芦"抠门不愿在外面花冤枉钱没来,其他几个,老吴老金"黄瓜"和老"葫芦"的外甥小飞还有另外几个同乡都来了。

吃饭说是凑份子,实际上就是 AA 制,只是大家不像年轻人或者老外那样说得直接。一人出了三十块钱,总共凑了两百四十块钱,买了一箱啤酒花了三十六块钱,吃饭只能控制在两百零四块以内了。就点了油水大的烤羊排、烤牛肉、烤鸡腿,还有一大盘油炸花生米,算算还不到两百块,又一人要了一个大馒头,算算刚好两百零四块。

老吴是个话痨,等菜时间,就问小飞:"你舅舅不来,你怎么敢来的?"

小飞平时就不爱搭理老吴,只看了老吴一眼,便扭过头去。老吴感觉无趣,便故意对其他人说:"你们说说,三十块钱到底能干啥事?"

"黄瓜"即刻搭话:"那能干的事多了。"老吴问:"到底能干啥事呢?"

"黄瓜"说:"比如说可以去洗头房洗个头,再添点钱还可以——"正要往下说,却被老金制止了。老金已猜出"黄瓜"会说什么,便对"黄瓜"说:"你们也不看看小飞才多大,说话可得注意点儿。"

"黄瓜"笑笑说："才多大？你以为他还是个初中生？现在，不要说高中生初中生了，就是小学生还有啥不懂，啥没玩过？"老吴便对"黄瓜"说："那你怎么还不把话说完？"

"黄瓜"看了看老金，又看了看小飞，便反问老吴："难道你还不知道那点儿事？还要我接着往下说？"

有一个同乡叫"黑毛"的听着似乎不过瘾，就反复问"黄瓜"："你还是说说嘛，到底还能干啥？"

"黄瓜"见"黑毛"反复问，反倒卖起关子来，就朝"黑毛"伸出手，说："不买门票，就想过耳瘾？除非你给我买瓶'小二'来，不然自己想去。"

"黑毛"撇了嘴说："还'小二'？就你那别人没笑自己先笑的说故事水平，怕是连泡尿都没的。"

"黄瓜"被抢白得没有脸面，便问"黑毛"："那你给我说说三十块钱到底能干啥？"

"黑毛"刚才只是想从别人嘴里听了自己好过瘾，这时想也没想，更没考虑小飞在场，便说："三十块钱能干啥？不光能洗头，找到老地方还可以打飞机，再添点钱说不定还可以打一炮呢。"

"黑毛"的话还没说完，在座的几个男人的血管似乎就已膨胀开来，荷尔蒙迅速上升，血液快速流动。除了小飞扭着头，其他人几乎无一例外地都挺着身，伸长脖子，亢奋地看向"黑毛"，似乎都想问"黑毛"："真有这么便宜的事？"

"黑毛"可能也看出了工友们的亢奋和疑惑，眨巴了一下眼睛，说："怎么没有？不信，吃完饭我带你们去试试？"

众人终于明白"黑毛"为啥总不寄钱回家的。老吴就说："你这个狗东西，原来早就偷鸡摸狗的，怪不得晚上经常见不到你人的。"似乎不相信还有这么便宜的事，又嘲弄似的问"黑毛"："你说的恐怕不是三十，是三百吧？要不就是养猪场里让你帮着给老母猪配种呢？"

众人似乎更相信老吴的质疑，便都说："是啊，哪有那么便宜的事，他在胡说过瘾呢。"

正争论着，烤羊排和花生米上来了，便开始喝酒。也没要杯子，就各自拿了一瓶酒，用瓶子互相碰了碰，"当当当"地响得有些粗野。几个人同时喊了一声"发财"，便举起酒瓶，嘴对着瓶口，"咕嘟咕嘟"喝了起来。酒瓶还没放下，便伸出筷子，抢着夹肉。待一块肉咀嚼在嘴里，才听一人发问："你们到底想不想老婆的？"

老吴已把一块肉噎了下去，这时就说："只有'黑毛'这样的才不想老婆的。""黑毛"忙辩解："谁不想老婆了？你们当我说的是真的？"

"黄瓜"问"黑毛"："不是真的还是假的？你以为我们不知道你是啥人？""黑毛"似乎有些不高兴，就反问："我是啥人？"

郑幸福一直没开口，见他们说话有些呛呛，便举起酒瓶，说："来，来，来，喝酒，喝酒。"

于是众人再次举起酒瓶"咕嘟咕嘟"地喝酒。

因说到想不想老婆，郑幸福心里便不是滋味，就想着老婆摔坏了腿也没回去看看，似乎感觉很对不起周冬至。便在心里盘算，是不是找个时间回去两天。因心里有事，就没怎么跟众人吆喝喝酒，老吴便问："幸福，你在想啥呢？是在想老婆还是琢磨怎么跟着'黑毛'去尝尝鲜？"

郑幸福瞪了一眼老吴说："我看是你憋不住想去尝鲜吧？当心别沾上啥毛病，不好治的。"

老吴拿着酒瓶，即刻猥亵地笑着说："哈哈，看来你是内行啊，还知道沾病的，那你就教教我们咋个不沾病呢？"

"黄瓜"好像很懂，就插嘴说："一定要带套的，不戴套肯定沾病，说不定还是艾滋病呢。"

"又来一个懂行的。"老吴大笑起来，说："我就说嘛，哪有那么多好人的，原来都是装出来的。"

"你说谁装？"老金因为一直没参与他们的话题，这时似乎就有些多心，不仅嗓门提高了八度，脸色也由红变紫，手里的啤酒瓶似乎随时要砸出去似的。

郑幸福看看气氛不对，知道老吴跟老金平时就不怎么对劲，先对老金说:"大家都是出来高兴的,何必当真呢?再说,说的都是笑话。"

老吴似乎也感觉那话说的有些不妥,便不再吭声。郑幸福便举起酒瓶,再次招呼大家喝酒。

很快,烤牛肉烤鸡腿都上来了,大家似乎怕吃亏,都顾不上说话,只顾大吃大嚼起来。没到半小时,几个盘子就已风卷残云似的被一扫而光。大家看了看盘子,舔了舔嘴唇,似乎馋意未消,还想把自己已经撑得很胀的胃再撑大一些。郑幸福是这次聚餐的召集人,见大家仍像饿狼似的盯着盘子看,只好征询意见道:"大伙要不要再凑点儿,再点两个菜?"

听说还要掏钱,饭桌上便没有一个响应的。"黄瓜"最是抠门的,这时故意打了一个饱嗝,说:"饱了,早饱了,还剩好几瓶酒呢,把酒喝了就行了。"

老吴的抠门也不比"黄瓜"好多少,也说:"我也早饱了,要点你们点,我是不吃了。"其他人见他们如此说,便也跟着说:"饱了,饱了。"

郑幸福见一双双饿狼似的眼睛这时都不在了盘子上而是转移到了还没开盖的啤酒瓶上,便就说:"那就算了,就把剩下的酒喝了吧。"

于是就把余下的酒全都开了,要了玻璃杯来,每人倒了一杯。有的泡沫多,有的泡沫少,泡沫多的赶紧舔了泡沫,重新倒满。

趁还没干杯,郑幸福小声交代大家说:"这次发的工资你们可得放好了,最好赶紧存到卡上,或者转给老婆,不然要是有个什么闪失,可是了不得的。"又特意问了小飞,"小飞,你的工资是存到了卡里还是交给了你舅舅?"

小飞说:"交给我舅舅干啥?"

郑幸福说:"我就是这么一说。"似乎不放心,再次问道,"那你有没转给家里?"

小飞冷冷地说:"那是我自己的事,不要你们操心。"

郑幸福感觉这个小飞越来越像他舅舅,远远没有刚出来打工时那么讨人喜欢了。因想到有闷"葫芦"管着,估计也出不了什么事,就没再多问。只是又对大家强调了一句:"你们出门,你们的老婆家里人可都是有话的,只要你们交代好就行。"便继续喝酒。

很快,酒瓶就都已倒空。大家尽管意犹未尽的,但因都不愿意再掏钱,又吹了会儿牛皮,只好就此结束。

七八个人起初晃晃悠悠地在一起走着,走了没一截便走散了。因为餐饮一条街离住处也不远,大家对这一带是再熟不过了,郑幸福就没再管他们。

郑幸福独自一人走在回宿舍的路上,看看路两边满是各色的小车,有的把行人的路都给占了,郑幸福就不解,哪来这么多车,又哪来这么多有钱人。想想同村一起出来的那个原本只是个洗车的,因为傍上了个富婆,竟早就开上了车。就想,原来买个车也不一定那么难,有车也不一定真有钱的。

走了好一截路,到了一个分岔口,可能是啤酒喝多了,郑幸福感觉有些尿急,就想着周边有没有公共厕所。印象中另一条道上好像有一个,赶紧拐了个弯,急急地向另一条道走去。

尿意越来越急,又走了一截,郑幸福实在忍不住了,就看看周边有没隐秘一点儿的地方,好偷偷解决掉。看看街上灯火通明的,想找个阴暗角落都没有,郑幸福一边夹着自己的下部走着,好减轻一点尿胀,一边瞅着路边看能不能到哪家门店里求人家给方便一下。正惶惶地走着,突然却被从一家门店里走出来的一个涂脂抹粉的年轻女子拦住了道,问:"大哥,捏脚吗?"

郑幸福哪有心情去想捏脚的事,正不怀好气地要回绝,转念一想,说不定他们店里就有厕所的,忙问:"里面有厕所吗?"年轻女子赶紧回答:"有,当然有了。"

郑幸福装着要去捏脚的样子,就说:"那我先去上个厕所吧。"

女子说:"好,好,好。"便带了郑幸福进店。店门口厅堂里坐了好几个同样涂脂抹粉的女子,郑幸福看也不敢看一眼,跟着那个女子走到一个拐角,终于见到一个男女公用的厕所。

郑幸福就像处在绝望中的人突然遇到了救星,啥话不说,疾步进了厕所,连门也顾不上关好,走到马桶前,便就方便起来。终于像泄洪一样解除了尿泡里的压力,浑身就像卸了千斤重担一样轻松舒畅。

整理好衣裤,出了厕所,正想着偷偷地溜走。没想到那位女子居然一直守在厕所的门口,在静候着他。郑幸福刚刚轻松了的身子顿时又紧张起来,就想,她不会赖着我一定要干啥吧?郑幸福心里慌乱,面子上倒还显得镇静,先连说了两句"谢谢。谢谢。"又往外走了两步,就问"你们这儿有什么服务的?"

年轻女子马上热情地说:"我们这儿有足疗,按摩,还有SPA①,你想做什么都有。"郑幸福问:"怎么收费呢?"年轻女子介绍道:"足疗是六十八元一个小时,按摩有中式泰式港式还有推油,中式是八十八元一个小时,推油是一百八十八元一个小时。"

郑幸福即刻说:"这么贵啊?"觉得这可是逃脱的一个比较好的理由,一边说着"你们家可比别人家贵多了"一边就加快脚步,径直往外走。

女子说:"我们这哪贵啊?在这条街上可没有比我们再便宜的了。"

郑幸福只是一个劲儿地说"太贵了,太贵了。"也没敢停顿,没有几步就到了门口。正要跨出门,却被那女子拉住了,说:"你不是就想上个厕所,骗我半天吧?"

郑幸福看了看那女子,壮起胆子说:"怎么会?"

那女子倒是训练有素的,说:"既然没有,那就做一个项目吧。"

郑幸福感觉并没有那么容易脱身,只好让自己冷静下来,就想,"黑毛"胡说呢,说是三十块就能洗头,再添点钱就能干啥干啥的,他那是胡说八道呢。不过想想"黑毛"说过三十块能洗头的话,就想,实在走不脱,只好花三十块冤枉钱洗个头好了。就问:"你们有没洗头的?"

郑幸福硬着头皮说:"那还是算了,你们家太贵,我还是再到其他人家看看吧。"说着便要出门。

---

① SPA 一词源于拉丁文"Solus Par Agula"(Health by water)的字首:Solus(健康),Par(在),Agula(水中),意指用水来达到健康,健康之水。SPA 是指利用水资源结合沐浴、按摩、涂抹保养品和香熏来促进新陈代谢,满足人体视觉、味觉、触觉、嗅觉和思考达到一种身心畅快的享受。

正这时，厅堂里坐着的几个女子站起两个，走到郑幸福身边，一边拉着郑幸福的衣袖，一边劝说道："大哥，你就做一个吧。"又悄声说，"我们的服务可好了。"

郑幸福还从来没经历过这架势，在这几个年轻妖艳的女子的软磨硬泡中竟莫名地生出一种冲动，一种久违了的时时克制着的冲动。郑幸福不禁下意识地想，要果真如"黑毛"说的几十块钱就能做一下那事，他可能真的控制不住自己了。不过看看她们这架势，哪是几十块钱就能搞定的？偷偷摸了一下自己的口袋，口袋里恐怕连一百块都不到。就想，还是赶紧想法子撤离吧。

郑幸福只说了句"我还有事的"，也不管她们的缠闹，拨开她们便直往门外冲。几个女子见拦不住，就骂："恶心男人，小气鬼。"

郑幸福冲出店门，又紧走两步，回头看看并没有人追，便如释重负地长舒了口气。正回头要往住处方向走，突然两条胳膊像是被人反剪着扭住了。郑幸福心里一惊，本以为是店里的人趁他不注意跟了上来绑了他，可是耳边却明明白白地听到两声极为严厉的声音："我们是警察，乖乖地跟我们走。"

郑幸福扭头看看两人也没穿警服，就怀疑他们是不是警察。同时又想，我也没干啥坏事啊，他们为啥抓我？想想可能还是刚才店里的人，冒充警察在吓唬他呢，便就商量似的跟他们说："我进去做个项目还不行吗？"

"老实点儿，别啰唆。"两个人再次严厉地警告说。郑幸福本以为他们要把他往店里拖，没想到他们竟然把他绑到了路边的一辆面包车上。

快上车了，郑幸福突然感觉是不是遇到了绑匪，就再次问那两人："你们到底是什么人？"一人瞪起眼睛吼："叫你老实点儿，再叫收拾你。"

郑幸福心里即刻生出一种从没有过的恐惧来，似乎感觉已到了生死的边缘，再不自救，恐怕连求生的机会都没有了。郑幸福不知哪儿来的勇气，突然朝四周大声呼叫道："有绑匪，有坏人，快救救我啊。"

周围果真有人向这边看来。两个人还没等周边人反应过来，已迅疾地把郑幸福扭上了车。郑幸福尽管被扭上了车,但依旧拼命地呼叫着求救着。两个说是警察的人似乎有些恼羞成怒,一个捂住郑幸福的嘴,一个将拳头猛烈地砸向郑幸福。

被狠狠地暴打了一阵,郑幸福不仅没了叫喊的力气,就连稍稍反抗一下的力气都没有了。郑幸福张着嘴,喘着气,正想央求他们有话好说,能不能放过他,却见车子已经疾驶而去。

郑幸福痛苦而恐惧地蜷缩在一个座位上,脑子想转却转不动,整个人就像变成了根木头一样。郑幸福感觉在做着一个噩梦,就不知这梦到底什么时候醒,又到底能不能醒。

郑幸福在心里不住地念叨:"但愿老天保佑,保佑我不要出啥大事,不要把命丢在这连块葬身之地都买不起的地方。"

二十八

郑幸福已有两天没来电话了,周冬至也不想主动给他打电话,就怕一不留神说起那恐怖的一晚,又让郑幸福担惊受怕的。明天就是周五了,按照秦二莲的交代,中午回家的时候,周冬至极不情愿地给"真要命"发了一个信息,问他明晚有空吗?

"真要命"似乎很警惕,反问:"有事吗?"周冬至故意说:"如果你要是真心,就明天晚上九点在镇上的哪家旅店开间房,我去找你。"

"真要命"好久没回信息,直到下午才回信息问:"你说的是真的假的?你不会骗我吧?"

周冬至也拖了好一会儿,趁上厕所的工夫,才又回道:"信不信随你,反正我是想通了。再说,我家的地还在你手上,我难道真的不要承包费了?""真要命"将信将疑地回道:"那明天就看你的表现,只要表现好,不要说承包费,就是把我的心肝挖出来也是愿意的。"

周冬至故意发信息说:"你可不要虚情假意的。""真要命"回:"谁虚情假意谁就是乌龟王八蛋。"周冬至在心里冷笑了一声,回道:"那一言为定,明晚不见不散。"

这么说好了,周冬至还是担心"真要命"会不会真的上钩。晚上下班的时候,找到秦二莲,把与"真要命"来往的信息给秦二莲看了,就问:"他会当真吗?"

秦二莲说:"狗改不了吃屎的本性,一般男人都会来的。"

周冬至说:"他要是不信我的话,就不来呢?"

秦二莲说:"那也没关系,下次再约,他总会信的。"

周冬至将信将疑,就问:"到底会不会闹出什么大事来?"秦二莲肯定地说:"不会的,只要你把他约到旅馆来,其他的你就不要管了。"

周冬至还是不放心,再次担心地问:"真的不会闹出人命?"秦二莲说:"怎么会?"又反问:"心软了?"

周冬至"嗤"了一声,说:"心软?我还会心软?要不是怕给你惹事,我巴不得你把他弄死呢。"秦二莲说:"死是不会叫他死,但是一定会叫你解恨的。"

周冬至感觉秦二莲就像武侠小说里的大侠,此刻,不知用什么语言才能表达她对秦二莲的感激和钦佩之情。周冬至不是一个容易激动的人,她看了看秦二莲,只说了一句:"亲姐妹也没有你这样的。"便快步走了。

秦二莲看着周冬至的背影,就在心里默默地说:"谁叫我们当初是最好的姐妹,而我又偏偏对不起你,欠下了你的。"

晚上,躺在床上,看着山墙上的那扇窗子,周冬至不由地又想起前几天那个恐怖的夜晚,就担心院子里会不会突然又冒出什么动静,山墙的窗子里会不会突然蹿进什么可怕的东西。周冬至不敢关灯,瞪着眼睛看着山墙。

周冬至已经基本猜出那天恶作剧的主使是谁,但是她现在还不想跟他面对面地交火,她还要耐心地看看他们到底还会耍出什么计谋,还会做出什么恶毒的事情来。她尽管感觉自己的力量很微弱,有时想想也有些惧怕,但是,只要想到他如此霸道,如此欺负人,她内心里不由得又会升出一种想要与他决一死战的冲动。不管怎样,她都不想轻易地向他投降,轻易地听他摆布。她要试试,即使男人不在家,她也可以独自面对一切。

明晚也不知会是一个什么样的情形,周冬至心里忐忑不安的。就不知"真要命"那个老东西会不会真的如约上钩,秦二莲又到底会怎样对付他。想想那天"真要命"的丑恶嘴脸,再想想他平时道貌岸然的样子,周冬至不禁就想，现在的人怎么会这样，怎么一点儿礼义廉耻都没有。不要说他还是郑幸福的堂叔，还是一个长辈，就是同村的熟人，也做不出如此的事来。由"真要命"想到"水芹菜"，再想到小姑子小丽还有小丽老公在外面的故事，周冬至心里烦闷不已。也不知外面的花花世界怎样，老公在外面究竟能不能管得住自己，会不会学坏，有没有坏女人勾引。要是万一经不住诱惑，上当受骗，或者出了啥事，她到底该咋办，她和儿子还有婆婆到底应该怎么面对呢？周冬至越想越惧怕，越想越不是滋味，心里不禁一阵酸楚，眼泪又不住地往下流。

夜已经很深了，院子里到现在也没有什么动静，估计今夜他们不会再怎么样。周冬至看了看那扇窗子，就想，家里就是再不通风再闷，明天也得把山墙的窗子封了。

迷迷糊糊地终于睡着了。周冬至不知什么时候一人到了北京，感觉北京实在太大，东西南北也分不清。她一路上问了好多人，问是否认识郑幸福是否知道郑幸福住哪里，被问的人都阴着脸，不理她。她没有办法，只好在街上瞎转悠。不知转悠到什么时候，终于碰到一个老乡，周冬至欣喜地问他知道不知道郑幸福住哪儿，那人只是摇头也不说话。周冬至就奇怪，为啥他们都不搭理我的？周冬至又像孤魂野鬼地游荡了好一会儿，好像是一不留神，突然就掉进了一口枯井里，正绝望地要喊，却见郑幸福就躺在井底。

周冬至仔细一看，就见郑幸福遍体鳞伤，似乎已气息奄奄。周冬至大声呼唤着郑幸福的名字，郑幸福只是一动不动，没有一点儿反应。周冬至朝着井口不断叫唤着："救命，救命！"四周一片静寂，静得让人恐怖，让人毛骨悚然。

周冬至想抱起郑幸福却怎么也抱不动，想往上爬，却一点儿力气都没有。周冬至只有继续大声呼救。叫得快窒息了，周冬至四肢乱颤了一阵，突然惊醒过来，才知原来是做了一场噩梦。

周冬至浑身大汗淋漓的，她不明白怎么做了这么奇怪的一个梦，又不知这梦是啥意思，到底好不好。想想也可能是两天没跟老公联系，有点担心他，便做了这样的梦。就想，明天，一定要主动给老公打个电话，问问他这两天究竟忙啥了，怎么连个信息都没有。

第二天中午，周冬至接到"真要命"一个信息，再次问她到底真的假的，是不是在耍弄他。周冬至回说："你要是不信就算了，不过承包费你可不能少了我的。""真要命"又故意问："你想不想幸福？"周冬至回："想又有啥用？他半年也不回来一次。""真要命"近乎露骨地试探："你还这么年轻，实在想得厉害怎么办？"周冬至尽管感觉恶心，但还是强忍住了，回："那又有什么办法？总不能偷人吧？"

"真要命"越发无耻，发信息道："偷就偷呗，现在又有几个不偷？"周冬至故意没再回他的信息。到了下午三点多钟，"真要命"又发了条信息，说："晚上在镇上'如归'旅馆，我等到九点。"周冬至过了好一会儿，才回道："好的，不过你可要说话算数，不要少了我家的承包费。"

周冬至之所以加了承包费那句话，是想把事情说得更真切些，以免老东西再疑心。这么下好鱼钩，周冬至便请了十分钟的假，溜出车间，来到财务室，把秦二莲叫了出来，悄悄让秦二莲看了来往信息。

秦二莲说："老家伙应该不会再怀疑了。"周冬至说："他可是个老狐狸，可精了，说不好的。"秦二莲说："不管他，我们只管守株待兔就是了。"

周冬至问："还要我真去吗？"秦二莲说："哪要你露面？难道我们还真的会给他这么漂亮的饵食？"

周冬至瞪了秦二莲一眼，说："我还要上班。"便匆匆赶回车间去了。

晚上的事只能看秦二莲的了。下班以后，周冬至先去了秦二莲那一趟，问还有没事。秦二莲说："你先回去给你婆婆做饭吧，你在家等我消息好了。"周冬至担心闹出人命，就又叮嘱了一句："可别把事情闹得太大。"秦二莲说："我有数。"两人也没再多说，就分了手。

在去自行车棚的路上，周冬至边走路边给郑幸福发了条信息，问他怎么两三天都没影了，干吗去了？还特意在信息里加了句："是不是被哪个小狐狸精拐跑了。"信息发出去好一会儿也没见郑幸福回，周冬至骑上电动车，就生气地想，回家再打电话，一定要好好修理他。

到家见郑幸福还没回信息，周冬至也没顾上去看婆婆，就先在堂屋里给郑幸福拨电话。可是奇怪，拨了好多次，电话里都是提示音，说是对方已关机。周冬至越发奇怪，就想，这个郑幸福到底咋回事？想想会不会是他的手机没电了，就想等到晚饭后再打吧。

做了晚饭，伺候婆婆吃了晚饭，又帮婆婆洗了澡，给婆婆开了电风扇，把婆婆伺候上床，这才精疲力竭地回到主屋。稍坐了坐，便拿起手机再次给郑幸福打电话，还是关机。周冬至感觉应该不是郑幸福的手机没电，而很可能还有其他缘故。越想越不放心，周冬至只好翻出同村去的老金的电话号码，就给老金打电话。老金的电话打通了，问他郑幸福干吗去了，怎么手机关机的。老金支支吾吾地说："我也不知道啊。"周冬至就问老金郑幸福在不在，让郑幸福接个电话。老金说："没见到他人啊，他不在附近。"

周冬至越发狐疑，问："那你知道不知道他去哪儿了？"老金说："可能跟老板说事了，也可能出去买东西了。"周冬至感觉老金说话没有平时爽快，似乎这里面有什么问题，便直接问老金："你们是不是有什么事瞒着我？"老金说："能有啥事？你不要多想。"又说，"等我见到他就叫他给你回电话。"周冬至说了一声"好"，便就挂了电话。

挂了电话，周冬至坐在那儿细细一回味，更觉老金的口气不对，猜想这里肯定有问题，就打电话给老金老婆，问她家老金最近有没打电话回来，说到啥事没有。老金老婆反问："没听说啥事啊？你是不是听到啥事了？是不是我家老金又背着我做下啥坏事了？"周冬至忙说："没有，没有，我就是随便问问，看你什么时候有空，我们好搭伴一起去北京看他们。"老金老婆忙不迭地说："那好啊，我都跟你说多少回了，你都说要伺候你婆婆，走不开。"周冬至说："等放暑假，我让我小姑子来伺候我婆婆几天，咱们一起去北京。"老金老婆信以为真地说："好，好，好，咱们一定要去趟北京。"

两人似乎就这么约好了。其实周冬至知道，这不过是个说辞，果真要去还不知要下多大决心呢。放下电话，周冬至还是忐忑不安的，不明白郑幸福为啥一直不开机。收拾收拾，洗了澡，开了电扇，在主屋里凉了凉身子，便到里屋里开了电视打发时间。电视里闹闹嚷嚷的，也不知是什么节目，周冬至一点儿也没过心。过了不一会儿，周冬至再次给郑幸福打电话，依旧关机，又给老金打电话，还是说可能出去了，没见着。

周冬至知道老金是在应付她，便有些生气地说："你骗小孩呢？"老金说："我真的不知道他去哪儿了。"周冬至问："那你啥时见的他？"老金顿了一下，才说："下班的时候我还见着他的。"

周冬至说："你就睁眼说瞎话吧。"一气之下便把电话挂了。挂了电话，便生闷气，在想，这个郑幸福一定有什么事瞒着我，不然不会这样的。就分析会是什么事。分析来分析去，觉得最大的可能还是有了相好的。都说人是最奇怪的动物，越是自己想象出来的事情他越认为是真的，越认为是真的，就越当回事，最终很多人都是自己把自己给害死的。周冬至也正是如此，喜欢想象，喜欢假设，越想象越假设越相信，结果心脏就像烧到了临界点的锅炉，似乎随时都可能爆炸。

周冬至看看手机，已经快九点了，一面想着郑幸福怎么还没来电话，一面就在等着秦二莲的消息。快到十点了，手机突然响了，周冬至以为是郑幸福来的，忙拿起电话，一看却是秦二莲的。

周冬至问："咋样？上钩了吗？"

秦二莲似乎有点抑制不住激动地说："当然上钩了。"

秦二莲哈哈笑了两声，才告诉周冬至细节：那个"真要命"确实不是个东西，我冒充你刚进了屋子，他都没看清是不是你，搂住便抱，"小心肝小宝贝"地乱叫了一阵，正要扯我裤子，我大喊了一声"救命"，我的两个朋友突然闯了进来，逮住"真要命"就是一顿猛揍，待打得"真要命"鼻青脸肿，连声求饶的时候，我才让朋友停手。我们一直让"真要命"跪着，问他怎么办，"真要命"说，只要不再打，你们怎么说都行。我朋友便让"真要命"写了个保证书，让他承认了那天对周冬至欲行不轨，如若再犯，愿意承担一切后果。我朋友又警告"真要命"，如果说话不算话，下次一定把他的下面割了。"真要命"磕了好几个头，连说"再也不敢了"，我们才把他放走。

周冬至一听，没出什么大事，便说："倒是轻饶了他。"秦二莲说："是啊，要不是我反复交代，我那两个朋友还不知把他打成啥样呢，说不定就残废了。"周冬至忙说："教训一下就行，打残废了说不定还要闹出官司来。"秦二莲说："是啊，就是还不解气。"周冬至说："如果他死不改悔，下次我就不要你们帮忙，我自己就要了他的命。"秦二莲说："看他还有那个胆量？！"

说完这事，秦二莲就问周冬至："那天贾有才要推荐你竞选村主任的事，你到底是怎么想的，能不能再考虑考虑？"周冬至还是说："这不让人笑话嘛，再说，要是选不上不就更丢人了。"秦二莲说："谁会笑话啊？怎么丢人呢？"又告诉她说，"前几天就有一个村选了个女村主任，人家还是毛遂自荐的。"

周冬至问："真的假的？"秦二莲说："怎么会有假？这可是贾有才亲口告诉我的。"

周冬至一时没了话说，顿了好一会儿，才说："那让我再好好想想吧。"

秦二莲感觉周冬至像是松了口，似乎有些兴奋，就说："你真的得好好考虑考虑，咱不说贾有才一番好心，想推荐你，就说你自己，要是你果真竞选了村干部，你想，像'真要命'那种人还敢再欺负你吗？"

周冬至说："我想的倒不是这些。"秦二莲随即问："那你想的是啥？"周冬至想了想，说："等见面咱们再细聊吧。"秦二莲说："也好。"

又说了几句随便话，两人便挂了电话。放下手机，周冬至就在琢磨，村主任难道真的就不能竞选的，难道你看着村主任那混蛋贪污腐败，看着他随意欺负别人，看着他横行霸道的，你心里就那么自在，就真的无动于衷？

随着对这些问题的不断追问，周冬至原本绝不可能参加竞选的想法似乎就在逐步地动摇。如果不是突然发生了一件意想不到的事，也许，周冬至真的会走到竞选台上，她要对全体村民说，她想做一个一心为大家做事，一心为大家好，不贪不沾，带着大家尽快奔向小康的好村主任。

二十九

郑幸福的手机一直处于关机状态，周冬至料想郑幸福一定是出事了。看看时间已经是后半夜一点多了，周冬至也顾不了许多，再次打了老金的电话。老金可能刚从睡梦中醒来，迷迷糊糊地问："哪位？啥事？"

周冬至只简单打了个招呼，便逼问老金："老金，你可是郑家洼的人，一个村子出去的，你可得跟我说实话，幸福到底出了啥事？你们为啥要瞒着？"

老金支支吾吾了一阵，还是说："我也不太清楚啊。"

周冬至似乎要翻脸，说："老金，我今天把话撂这儿，你要还认我这个弟妹，你今天就跟我说了实话。你要是还想瞒着，那往后咱们两家就大路朝天，到死不要往来了。"

老金犹豫了好一阵，这才嗫嚅着说："我知道的真的不是太多，既然你把这话说到这份上，我只能告诉你，你家幸福被人讹了，到现在还没了事。"

"被人讹了？"周冬至着实被吓了一跳，忙惊慌地问："他怎么会被人讹了？总有个缘故吧？"

老金说："我们也只是听老板说的，具体的真的不清楚，老板还特意交代不让告诉你的，你看我这嘴已经够快的了。"

周冬至知道这回老金肯定没有撒谎，便央求老金，无论如何帮着打听一下，到底怎么回事。还说明天就要去北京。老金说："你先别急，等我打听清楚了,你再定来不来不迟。"周冬至想了想,说:"那好,一定请金大哥帮忙打听。"老金满口答应道:"一定,一定。"又安慰周冬至说,"你千万不要着急,应该没事的。"周冬至"嗯嗯"了两声,便挂了电话。

周冬至瘫坐到沙发上,心脏似乎要爆裂了。她不明白郑幸福怎么会被讹了,又怎么被讹的,到底要被讹多少钱?周冬至现在最担心的不是郑幸福被讹,而是他到底有没有危险,万一要是被弄在坏人手里,那可怎么得了?那电视上不都演过,说不定还会要了他的命的。周冬至胡思乱想了一夜,也揪心了一夜,第二天一早,她还是决定赶紧去北京一趟。

周冬至不敢声张,只悄悄地跟大姑子郑兰说要出一趟远门,让她回郑家洼照顾她妈几天。中午又跟厂里请了几天假,连秦二莲都没说一声,便买了第二天去北京的大巴车票,准备明天一早就走。

到了晚上,老金终于来电话了,告诉说,已打听了,说是真的被人讹了,硬说他那个了。

周冬至不理解,问:"啥那个啊?那个是做啥了?"老金说:"这个你都不晓得?那个就是那个啊。"

周冬至急了,问:"那个到底是哪个?"老金憋了好一会儿,才说:"你就不怕听了生气吗?"顿了顿又说,"也没真的那个,就是被人讹了。"

周冬至脑子转了转,似乎明白过来,就问:"是不是找女人了?是不是像外面人说的去嫖了?"

老金沉默了好一会儿,还是说:"也不是真的,不就被人讹了嘛。"

什么讹了不讹了?还不是犯了事找了个借口?周冬至在心里已完全认定郑幸福嫖了,不仅嫖了,还被人逮了个正着,居然还要花好大一笔钱。周冬至的胸口就像是燃起了熊熊大火,她没再说一句话便把电话挂了。挂了电话,周冬至拿起沙发扶手上的一件衬衫,一边拼命撕着,一边咬牙切齿地叫着:"我叫你嫖,我叫你乱搞,我叫你不要脸,我叫你丢人现眼的。"

很快就把一件衬衫撕成烂片,周冬至似乎还不解气,又拿过一把剪刀，在柜子里找出一件郑幸福的旧外套，将外套剪成了一条条一块块。似乎没有力气再剪了，便像呆子一样坐到沙发上。

哭了一阵，骂了一阵，周冬至感觉自己实在是太疲惫太疲惫了，她的心不仅像厚厚的冰一样寒冷，更像孤独地迷失在了沙漠里，迷茫，痛苦，绝望。她躺到用凉席铺着的床上，身子就像根木头一样，没有了任何知觉。

周冬至第二天一早便去退了大巴票，她绝不会再去北京了。她现在唯一的念头便是：离婚，离婚。

周冬至不光感觉被郑幸福欺骗了，更觉得是被整个世界被整个生活欺骗了，她就像个被人彻底打败了的斗士，不仅颜面无存，似乎连活下去的勇气都没有了。她想喊，想叫，想骂，但是她没有一丝力气。她几次走到小河边，几次想跳进河里，想着干脆把自己淹死算了。可是，每每想到儿子，再想想还有她活着的老娘，便又失去了离开这个世界的勇气。最终，她还是想明白了，男人本来就不是东西，本来就不值得也不应该信任的。周冬至决心这辈子永远都不再相信任何男人。

原本还想再说服说服自己，去参加村主任竞选，这下好，不要说竞选村主任，就是抬头走路怕是都要被人翻白眼。周冬至不明白生活怎么会如此欺负人，自己跟郑幸福是那么相爱，她对郑幸福的爱是那么纯粹，那么无私，那么深入骨髓，可是到头来换来的却是他如此的背叛，如此的可耻，如此的让人恶心。她无法理解郑幸福怎么会变成这样，更无法接受生活对她的玩弄和不公。她在哭了整整一晚后，便不知什么是痛苦。她的心似乎已死了。

麦子黄了，麦子熟了，随着金色的麦浪在微风中漾起一阵阵波澜，麦子成熟的香气也在空中四处弥散。收获的季节到了，尽管现在大多数村民对地里的收成已不再看重，更没有了过去年代那种喜获丰收的快感，但是看着滚滚的麦浪，闻着醉人的麦香，听着布谷鸟在田野里不知疲倦地叫着，村民们还是会因着一种庄稼人朴素的本能，自然地生出一种由衷的喜悦来，他们或许会想，粮食毕竟是粮食，到哪一天总是要吃粮的。

外出打工的凡是没有流转家里还种着地的总要在这个最繁忙的时段

里回来帮衬几天，既要收麦子，还要放秧下田。郑家洼似乎也热闹起来，原本死气沉沉的村子一下子又活跃了很多。

周冬至家的地已经流转了，郑幸福自然是不用回来的。原本，每到这个季节，周冬至总会像村上其他留守的女人一样，每天时时翘盼着男人回来。可是，今年，现在，周冬至最怕的就是突然看到郑幸福的身影，村上突然会传出什么令人恶心的闲话。

当然，周冬至有所不知，就在她对郑幸福对这个世界上所有男人都深恶痛绝的时候，郑幸福对她对天下所有女人的憎恨似乎也到了咬牙切齿的地步。工友们东拼西凑拿出好几千块钱才解决了问题，郑幸福一直处于一种迷糊状态中，他怎么也想不明白，到底是那个按摩房黑了他，还是真的如老板所说是那个干姐姐捣的鬼。本来心情就已沮丧阴暗到了极点，花钱不说，莫名的就被讹上了一个嫖娼的话头，这事要是传出去，特别是传到老家，传到周冬至耳里，他还怎么做人，还怎么活着？他很想找个地方说理，可是这种事情又到哪里说理去。果真报了警，要是再被那帮人逮了，还能有活命吗？想来想去，只有自认倒霉，只能认命了。

这事还在悲愤绝望之中，突然有一天晚上，堂叔郑耀明的一个秘密电话就像在他深深的长长的伤口上又撒了一把盐，让他不仅痛，更觉得连一点儿活下去的意义都没了。

据郑耀明在电话里悄悄地对他说，他老婆也就是周冬至不仅跟副镇长贾有才相好，有一天晚上耐不住寂寞，居然约他到镇上的饭店开房，被他痛骂了一顿不要脸后，居然还找人打了他。

郑幸福起初不信，可是当郑耀明把周冬至约郑耀明到镇上开房的来往信息发给郑幸福时，郑幸福先是感觉脸上挨了重重的一记耳光，接着脑袋心脏都像快要爆裂了似的。他的脑袋嗡嗡作响，心脏急速跳动，所有血管都已膨胀开来，整个人似乎都要山崩地裂了一般。他近于疯癫了一样，他拿起一把水果刀，瞪着他血红的眼睛，恨不能马上找到一个报复对象，一刀下去，鲜血如注。可是当他稍稍冷静一点儿，看看空空荡荡只有他一个人的装修工地，再看看依然繁花似锦的城市夜景，他终于明白，原来他唯一的对手只是他自己而已。他终于绝望了，他如狼嗥叫了一阵，便毫不犹豫地在自己的左小臂上深深地划了一道口子，然后便平静地躺倒下来，让鲜血汩汩流出。

那天晚上，要不是一个工友突然回到工地取衣服，他恐怕早就一命呜呼，去见他爸爸了。可是天不想绝他，当他在医院急救室醒来的时候，他的第一个念头便是，他这一辈子，再也不相信什么爱情，再也不相信誓言，再也不相信任何女人了。当然，这一辈子他再也不想见到他那么深爱那么信任的老婆周冬至。

三十

村上负责征地工作的人，几乎是排着队来找周冬至。他们所说的话不同，但是核心都一样，麦子一收，省道就要开工建设，她必须马上把征地合同签了，不然影响了省道建设，谁也负不起这个责任。郑家宏做工作的口气依旧像是在央求，而村主任说话就近乎恐吓威逼了。周冬至也不多说，就一个要求，只要把上次征地的账目公开出来，她马上就签。郑家宏为难地说："那个账目早交到上面去了。"

周冬至说，"你告诉我交到哪个上面了，是镇上县上还是省上，不管哪里，只要告诉我，我自己去找他们要。"郑家宏说："你这样不是抬杠吗？"周冬至说："你也不是不晓得我这人，我从小就喜欢抬杠的。"村主任啥道理也不说，只凶巴巴地警告周冬至："别不识好歹。"周冬至回："我向来不识好歹，你又不是不知道。"村主任再次说："那咱们走着瞧。"周冬至似乎有些破罐子破摔，也丢下脸说："走着瞧就走着瞧，大不了你们再往我家摔几个瓶子，再装神弄鬼地吓唬人。"似乎回击得不够，又加了句，"不要说装神弄鬼，就是真鬼来了我也不怕的。"

村主任的头发几乎要竖起来了，眼睛冒着火，口气凶得像是要吃人，只留下一句话，说："我就不信你这个邪。"便骂骂咧咧地甩着胳膊走了。

第二天周冬至一大早起来，发现菜地像是被猪拱了一样，满院子的青菜萝卜茄子西红柿还有满架子快要成熟的黄瓜，都被完全糟蹋了。周冬至看着几乎天天都要侍弄一遍的菜园子被糟蹋成这样，心里那个疼那个痛，就像自己亲生的孩子被人打伤了一样。

周冬至哭了一阵，骂了一阵，又在菜园子里默坐了好一会儿，才抹抹脸，缓缓地站起身。她在心里说：走着瞧就走着瞧，不要说毁了我的菜园子，就是把刀架到我脖子上，我也不会低头的。

周冬至依旧像没事人似的去上班，可是到了单位却被车间主任告知，她已经被开除了，不用来上班了。周冬至问："为啥？"主任同情地说："我也不知道啊，干得好好的，为啥被开除了呢？"又提示说，"要不你再去跟老板好好说说吧。"

周冬至心知肚明，她不想再去给秦二莲添麻烦，更不可能再去找老板，做那无用功。她收拾了一下更衣柜，问主任这个月的工钱怎么算。主任说："老板说了，给你按满月算，工资已经打到你卡里。"

周冬至冷笑笑说："老板还蛮有良心的。"便就背上她那个皮革挎包，默默离开了厂子。

周冬至也没回家，径直去了一趟县城，在儿子学校的围墙外转了好几圈，感觉离中午放学还有很长时间，便来到附近的一个小花园里坐了下来。看看小花园不大，却坐了不少人，几乎是清一色的老者。

周冬至正想着坐在这里会不会让人感觉另类，会不会让人感觉怪异，要不要重新找个地方，却听几个老者在议论：现在都是什么世道，一个小小的村干部，居然就贪污挪用了几百万。

又有一个说：听说那个小村官还是被几个农民直接告到了北京才告下的。

边上一个说：现在抓的力度可是少有的，该抓！抓得好！

周冬至听他们说的倒有意思，便就坐着又听了一会儿。听说那个小村官被告到了北京终于被告下，就想，只要有讲理的地方就好，想想自己村的村主任，知道他不是啥好东西，却拿不出什么真凭实据来，想告又怎么告呢？周冬至看看那几个老者仍在义正词严地议论着，就想：我也去北京，就不信告不下他的。

在小花园里又坐了会儿，想到看儿子也没带吃的，决定还是去饭馆买点好吃的，送给儿子吧。就静静地离开了小花园，去找饭馆去了。

看完儿子回到郑家洼已经快一点了，赶紧去跟婆婆打招呼，又忙着做饭，等把饭做好，推了婆婆过来，正准备吃饭，就听院外有人吼叫了一声："这是郑幸福家吗？"

周冬至忙走到院门口，竟见四五个男人，一字排开堵在院门口，凶巴巴地看着周冬至。

周冬至看看没有一个认识的，便问："你们是哪里的？找郑幸福啥事？"

站在中间一个个子很高的说："他欠我们钱了，今天必须还清。"说着拿过一张纸条向周冬至展示了一下，说："这是他的借条。"

周冬至想拿过来看一看，那人却不给。

周冬至似乎无法跟他们说理，就问："欠了多少？"那人说："本金五千，利息四万五，一共五万。"

周冬至似乎不相信自己的耳朵，重复地问了一句："本金五千，利息四万五？"

那人说："没错，这白纸黑字地写着，月息百分之十，按月滚息还款。"

周冬至相信郑幸福不会借高利贷的，联想到村主任丢下的那句话，就判断十有八九是村主任下的黑手。心中尽管有些惊惧，但是面子上又不能露出怯意来，稍壮了壮胆子，便说："我得看看凭据的真假。"

周冬至话音还没落地，就见边上一个长得十分丑陋的长脸厉声吼骂道："他妈的，告诉你，如果今天不把五万块钱还了，你看老子敢不敢把你家房子烧了？"

周冬至说："你要我还钱，借据都不让看一下？天下有这个理吗？"说着便想关了院门不想再理他们。

几个大汉见周冬至要关院门，即刻一窝蜂冲进了院子，大叫："你他妈的还敢跟我们耍赖，你也不打听打听我们都是什么人。"

正吵着，就听婆婆在正屋大喊了一声："媳妇，把我拖出去，用我这条老命给他们抵债。"

周冬至连忙走到正屋门口，对婆婆说："这儿没你的事，你不要管。"

婆婆说："是我儿子犯下的事，我怎能不管？"用木棍捣着地面就要出屋。

几个大汉叫："他妈的还有一个老婆子，刚好，如果不还钱，就把她们一起捉了走。"

周冬至在心里暗忖了一下，就觉得好汉不吃眼前亏，还是先把他们打发走，再想想还有什么法子对付。便就说："五万块钱也不是小数字，就是要还，你们也得给我点儿时间，让我去筹啊。"

大个子可能感觉闹的火候也差不多了，就说："那就再给你一天时间，明天中午我们还来，如果还是赖着不还，可别怪我们不客气。"说着挥了一下手，几个人便张牙舞爪地走了。

周冬至看着他们大摇大摆渐渐远去的身影，就在心里骂："没想到村主任还真是个恶棍。"周冬至知道暂时是不能再在郑家洼待了，她不会向村主任投降，决定带着婆婆暂时离开郑家洼，能躲一时是一时。

吃完饭给婆婆反复做工作，婆婆才同意跟着周冬至先到外面避一避。大姑子小姑子还有娘家是绝对不能去的，去了不仅躲不了还可能会给他们找麻烦。周冬至想起上午在小花园里那几个老者的对话，干脆一不做二不休，我就带着婆婆到城里去，一边找工作，一边到县里告他们去；县上不理就到省上，省上不理就到北京，我就不信告不下他们。

这么想好了，便就给小丽打了个电话，说是今天晚上先在她那借宿一晚，明天就自己租房子。小丽一口答应了，又问出了啥事，周冬至也没有告诉详情，只说："见了面再说。"

当晚，等到天黑，周冬至悄悄地把婆婆背到电动车后座上，又用一条布袋将婆婆固定好，看看四周没人，就锁了门，顺着一条小道骑上了村头的公路。

漆黑的夜空里，只有知了还在聒噪地叫着。天空又是一阵电闪雷鸣，似乎就要下雨了。周冬至并没有在意这些，只是在心里想，不管遇到多大难，都不能向他们低头。又想，等到郑幸福回来，一定不能轻饶了他。

郑幸福没有亲自给周冬至打电话，而是让同村的老金告诉说，他要离婚。周冬至什么也没问，只说："他倒是识相，自己提出来了。"

老金先是帮着给郑幸福解释了一通，说郑幸福只是被人讹了，根本没那个事，接着便悄悄告诉说，郑幸福之所以要提出离婚，并不是他真的做下了什么见不得人的丑事，而是有人跟他瞎说八道，说了她很多的瞎话。

周冬至问："什么瞎话？"老金说："郑幸福为这个差点就寻了短见，你说能是什么瞎话？还不是胡说八道，瞎泼脏水？"周冬至再次问："到底是什么瞎话？"老金犹豫再三，便告诉说："听说你家那个混蛋二叔，把你跟他的来往信息都给幸福看了，你说幸福能不信吗？"

周冬至终于明白过来。她没想到郑耀明会恶人先告状，更没想到自己为了"钓鱼"而发的信息竟然成了她偷人的实实在在的证据。她回想了一下曾经发过的信息，这才骂自己是猪脑子，怎么就没想到老混蛋的这一手。她很想跟老金解释解释，也想借此痛骂郑幸福几句，可是憋了好一会儿，她只说了一句："你告诉郑幸福，我周冬至堂堂正正，清清白白，他要果真瞎了眼，他就是不想离我还一定要离呢。"便把电话挂了。

挂了电话，周冬至便出了租住的小屋，就像个疯子一样在路上狂奔起来。她还从来没有这么委屈伤心过，当她泪流满面的在一条小河边停下脚步的时候，才发现自己竟然光着脚，蓬着发，就像个疯子一样。

周冬至似乎已经绝望了。她原本只是对郑幸福有所憎恶有所绝望而已，现在她似乎感觉整个世界都在欺负她都在欺骗她，让她觉得再在这个世界上待着已经没有任何念想，没有任何奔头了，她只觉得眼前一片模糊……

周冬至不理解，不明白眼前发生的一切。她就像个疯子一样，哭一阵笑一阵，笑一阵哭一阵。不知坐了多久，当周冬至终于筋疲力尽，终于慢慢冷静清醒下来的时候，她才意识到，她不能就这么不明不白地走了，她还有很多事要做，她还有儿子，还有个不能自理的老婆婆，她还要向政府检举村主任，把他绳之以法，她还要重新考虑是不是参加村主任竞选……她必须活着，而且要更加坚强更有意义地活着。

周冬至不禁抬起头来看了看繁星点点的夜空,又低头看了看静静流淌着的小河,就想着:世界原本是光明的,哪能因为暂时的黑暗而怀疑明天太阳的升起?

二〇一六年初至二〇一七年九月七日初稿完于温哥华
二〇一七年十二月底终稿于北京